N&K

Verena Stefan

DIE BEFRAGUNG DER ZEIT

Roman

Nagel & Kimche

Der Verlag dankt

SWISSLOS Kultur Kanton Bern

Kultur Stadt Bern

MIGROS kulturprozent

für die freundliche Unterstützung

1 2 3 4 5 18 17 16 15 14

Herstellung: Andrea Mogwitz und Rainald Schwarz
Satz: Gaby Michel, Hamburg
Druck und Bindung: Friedrich Pustet
ISBN 978-3-312-00606-9
Printed in Germany

FSC www.fsc.org
MIX
Papier aus verantwortungsvollen Quellen
FSC® C014889

Das Sein verstimmt das Bewusstsein.

Graffiti in Berlin

Licht braucht Zeit.

Jürgen Neffe:
Einstein. Eine Biographie

MAI 1950

Die Welt ist blaugrün.

Sie stehen zwischen den Apfelbäumen in der Obstwiese und schauen in den Himmel hinauf. Das Summen der Bienen zittert in der Luft.

Mein Herz ist viel zu groß geworden, sagt der Großvater. Hoffentlich wird der Sommer nicht wieder so unsinnig heiß.

Rosa versucht blinzelnd, die Augen gegen die Sonne offen zu halten, dann lässt sie sie wieder zufallen.

Wenn er den Atem einzieht, hört sie es pfeifen. Manchmal nimmt er zwei-, dreimal Anlauf, um Atem zu holen, dann pfeift er keuchend. Er kann nicht mehr gleichzeitig sprechen und atmen, nur noch separat. Wenn er atmet, spricht er nicht, wenn er spricht, beginnt er zu rasseln.

Vormittags darf sie schnell zum Grüßen ins Parterre hinunter. Das Radio spielt Handorgelmusik, Großmutter Lina hält die hölzerne Kaffeemühle zwischen den Knien und mahlt Kaffee, Julius schreit durch die offene Schlafzimmertür: Himmelherrgottzuckerbäcker! Wo sind meine Manschettenknöpfe!

Wo du sie hingelegt hast!, schreit Lina und dreht die Kurbel der Kaffeemühle weiter.

Der Großvater braucht lange, bis er angezogen ist, immer tadellos, sagt Rosas Vater, eine abgetragene hellgraue Anzugshose, die dazupassende Jacke, ein weißes Hemd und polierte schwarze Halbschuhe. Nur eine Krawatte trägt er nicht mehr, und nachmittags, wenn er die Jacke auszieht, kommen Hosenträger zum Vorschein, die die Hose an ihm festhalten. Am Bund steht sie ein wenig ab, als stünde sie um ihn herum.

Enger geht es nicht, sagt er, und mit Gürtel schon gar nicht.

Nichts, was drücken könnte. Nachts muss er aufstehen und umhergehen oder auf dem grünen Kanapee sitzen, weil er im Liegen nicht schlafen kann.

Rosa öffnet die Augen und schaut in den Schaum der Apfelblüten hoch, die das Sonnenlicht filtern. Es mischt sich in der Wärme mit ihrem Duft, dem Summen der Bienen und breitet sich in ihr aus.

Die Welt ist blaugrün, wiederholt er.

Sie greift mit beiden Händen nach seiner Hand und zieht daran. Dieser Tag ist ein Bilderbuch, in dem der Sommerwind eine Seite umblättert. Die Welt hat zu ihrem Zentrum zurückgefunden, sie ist blau und grün.

Das schönste Blumenbouquet, so ein blühender Apfelbaum!

Der Großvater seufzt tief auf, dann beginnt er zu rasseln. Ein Pfropf sitzt in seiner Kehle, hastig zieht er ein großes, weißes Taschentuch aus der Hosentasche und spuckt hinein. Rosa beginnt es im Hals zu würgen.

Tut mir leid, sagt er zu ihr, das ist nicht schön, ich weiß. Meine Lungen sind voll Schleim. Er schaut auf ihren weißblonden Schopf hinab. Das fisselige Haar fliegt nach allen Seiten auseinander.

Wo wäre er besser aufgehoben als in einer Löwenzahnwiese unter blühenden Apfelbäumen? Er hat den Winter überlebt, vielleicht wird ihm auch noch ein Sommer vergönnt sein.

Rosa hält sich an ihn, sein Name steht auf einem goldenen Schild neben der Haustür. Das Haus ist groß genug, um für alle Platz zu bieten, ihre Großeltern, Eltern und Frieder, ihren Bruder. Siebzehn Türen kann sie aufschieben, aus einundzwanzig Fenstern schauen, vier Treppen auf- und abstapfen. Man weiß nie, woher der Wind weht.

Der Wind ist eine große Macht.

Der Großvater fasst sich mit beiden Händen an die Seiten und holt tief Luft.

Der Wind ballt die Luftmassen zusammen und zieht sie wieder auseinander, er schiebt Wolken am ganzen Himmel umher, schüttelt sie, beutelt sie, so groß ist seine Macht. Wenn man die Winde kennt, weiß man einen Weg.

Wenn sie draußen sind, spricht er über die Luft und die Fahrt im Ballon. Nachts sei es am schönsten, am allerschönsten zwischen Tag und Nacht. Der Ballon sei so groß gewesen wie ihr Haus, eine riesige, prallgefüllte Kugel. Dreißig Männer seien nötig gewesen, um die Seile zu lösen, damit der Ballon in den Himmel aufsteigen konnte.

Wie ein Höhenfeuer!, sagt er, wenn die Sonne untergeht, flammt der Himmel wie ein Höhenfeuer auf. Bevor die Farben ganz verlöschen, taucht sie alles in Gold. Dann sinkt sie unter den Horizont. Weit unten sieht man glitzernde Streifen und Schlangenlinien von Flüssen und Kanälen. Die abertausend Lichter in den Dörfern und Städten funkeln, als sei auch die Erde, nicht nur der Himmel mit Sternen bestickt.

Der Großvater ist groß und schwer, aber er tritt langsam und vorsichtig auf, als habe er sich einen Splitter in den Fuß getreten. Außer seinem Herzen gibt es noch etwas in ihm, was zu groß ist. Es drückt alles zur Seite. In Frieders Aquarium lebt ein Räuberfisch, der alle kleinen Fische aufgefressen hat. Jetzt schwimmt er allein im Leeren umher und starrt einen mit seinen Glubschaugen an.

Rosa zieht Julius an der Hand. Ist es leer oder schwer?, fragt sie.

Wie meinst du das?

Innen drin.

Er bleibt stehen, um Luft zu holen, dann neigt er seinen Oberkörper nach vorn, um ihr in die Augen sehen zu können.

Schwer, sagt er nach einer Weile, sehr schwer. Man müsste lernen, rechtzeitig Ballast abzuwerfen.

In Rosas Universum ist alles Kind wie sie, Grün und Blau,

der Himmel, das Wasser, die Luft und ein alter Mann, der kaum noch Luft bekommt. Selten sagt sie Großvater zu ihm. Als Julius nimmt sie ihn unter ihre Fittiche, ein Erwachsener, den die anderen in ihre Richtung schieben, eine Mischung aus Mensch und einem Tier, das sie nicht haben darf. Ihre Eltern wollen nichts von Hunden und Katzen wissen, um die sie sich kümmern müssten.

Seit langem wünscht sie sich ein Geschöpf, das in ihre Obhut gehört, etwas, das sie allein hat, niemand sonst in der Familie. Die Eltern und Frieder haben den Krieg, Frieder hat außerdem Albträume.

Julius ist gleichzeitig erwachsen und anhänglich. Mit ihm gibt es keinen Streit darüber, wem was gehört, wer etwas besser weiß, wie man etwas tut, wer wem gehorchen muss. Er gehört ihr mehr als Vater und Mutter, ein anderes Kind oder eine Puppe. Puppen sind ihr langweilig geworden, seit er wieder da ist und ihre Gesellschaft braucht. Er sucht nach ihr, um Zeit mit ihr zu verbringen, mit ihr zu plaudern und ihr zuzuhören.

Sie ist die Einzige im Haus, die nicht betreten an ihm vorbeisieht, sich nicht seinetwegen schlaflos durch die Nacht wälzt.

Der Umgang mit ihm ändert ihr Verhältnis zu den andern Erwachsenen. Ohne dass jemand sagen kann, wie es dazu gekommen ist, macht Rosa es sich zur Gewohnheit, die Erwachsenen ihrer Familie beim Vornamen zu nennen. Ihre Mutter bemerkt hin und wieder seufzend, sie würde es vorziehen, wenn Rosa Mama statt Alice zu ihr sagte, worauf sich Rosa einige Tage lang bemüht, dies zu tun, weil sie das Gefühl hat, ihrer Mutter etwas wegzunehmen, obwohl sie nicht weiß, was es ist. Über kurz oder lang vergisst sie es jedoch wieder.

Wenn ich groß bin, fliegen wir zusammen im Ballon, und du wirst wieder gesund!, ruft sie Julius zu.

Er lacht. Wenn du groß bist, werde ich nicht mehr da sein. Man lebt nicht ewig.

Alice steht auf der Terrasse im ersten Stock und schaut in den Garten hinab. Die Obstwiese dahinter leuchtet ihr als schneeiges Blütenmeer entgegen, eine Verheißung, als könnten an so einem Tag alle noch einmal von vorn anfangen oder, was ihren Vater betraf, Dinge ungeschehen machen.

Rosa kümmert sich rührend um ihn, sie hat ihre Rolle perfekt begriffen. Was für ein herzerwärmendes Bild die beiden darstellen; Lebensanfang und Lebensende in einer Obstwiese, ein allerliebstes Motiv! Am liebsten würde sie sich mit dem Fotoapparat anschleichen, aber sie will nicht stören.

SPÄTSOMMER 1949

Nach dem Test geht er im Garten der Anstalt spazieren. Nachmittags sieht man ihn öfter die Kieswege entlanggehen. Ein Wärter läuft hinter dem blöden Walter her, der eine Schubkarre ergattert hat und im Rückwärtsgang schreiend im Hof umhermanövriert, ein junger Kerl, der die Zunge aus dem Mund hängen lässt und sabbert. Ein paarmal sieht der alte Brunner sich um, als könne ihn jemand beobachten, Nachbarn oder einer seiner Stammtischbrüder, die ihn hier sehen würden, ihren Dorfarzt, von Mauern und Idioten umgeben. Was hat er hier unter Tollhäuslern, die lallend und gestikulierend umhertrotten, verloren? Langsam geht er bis zu den Kastanien am andern Ende des Gartens, wo niemand sitzt. Zum Kartenspielen hat er heute keine Lust.

Die rote Katze ist wieder da und streicht um seine Beine. Er lässt sich in einem Korbstuhl nieder, um sie auf den Schoß zu nehmen. Seit Tagen hängt eine satte Spätsommerwärme zwischen den Bäumen, der er nachmittags den Rücken hinhalten kann, ohne wie in den Wochen davor unter der Bruthitze zu leiden. Der Brief, den ihm der Pfleger nach dem Mittagessen ausgehändigt hat, knistert in seiner Jackentasche; er zieht das Kuvert hervor und öffnet es. Eine kurze Mitteilung seiner Tochter Alice, sie habe für Sonntag mit Lina und Rosa eine Besuchsbewilligung bekommen.

Nachts hat er vom Meer geträumt. Stunde um Stunde fuhr er mit der Bahn durch fremde Länder, dann durch Tunnel, bis auf einmal das Meer vor ihm lag, so wie sich der Genfersee vor ihm ausbreitete, wenn er auf der Fahrt von Bern nach Lausanne aus dem Tunnel hinausfuhr. Mit einem Seufzer nahm er die weit geöffnete Landschaft in sich auf, als der Zug abrupt bremste, so dass er mit einem Ruck nach vorne flog und im Sitzpolster gegenüber aufprallte. Von fern hörte er, wie der Kondukteur vorbeiging und mit monotoner Stimme: Lokomotivschaden! Lokomotivschaden! rief, als sein Waggon zur Seite kippte. Im Fenster schräg über ihm bewegte der Wind die Blätter der Weinstöcke vor einem leuchtend blauen Himmel hin und her. Von Licht durchdrungen, hoben und senkten sie sich, während sein Herz im ohrenbetäubenden Rumpeln des Zuges holperte und raste, aussetzte und wieder zu holpern anfing, brüchig gewordenes Leder, falsch behandelt, ein Muskel, der nicht mehr fähig war, einen Todesschrecken elastisch zu verkraften, bis es in eine Stille hineinfiel, in der selbst das Wort Sterben fehlte, so unermesslich schwarz, weich und formlos umfing sie ihn.

Alle Organe, sein ganzes Blut wurden aus dem Körper herausgepresst. Er schaukelte wie eine Blase im Wind. Eine Leere begann sich in ihm auszubreiten und zog ihn in eine noch entleertere Leere hinab, als müsste er wieder und wieder das Bewusstsein verlieren, bis er ohne Mühe ruhig und gleichmäßig atmen konnte. Als sich in seinem Innern die Frage zu formen begann, wie oft er das Bewusstsein verlieren müsste, um Frieden zu finden, schoss das Blut dröhnend in seine Adern zurück; mit einem Ruck wachte er im Traum auf und saß im Sand. Vor ihm lag das Meer. Jetzt, wo er zu schwach war, um schwimmen zu gehen, hätte er gerne einfach am Meer gesessen, um zu sehen, was das sei, das Meer.

Ein Test, sagt der Psychiater, er solle assoziieren.

Julius Brunner hat dieses Frage- und Antwortspiel mitgemacht, eine der rätselhaften Prozeduren der Anstalt. Er selbst ist es gewohnt, von Untersuchungen zu sprechen, von einer körperlichen Untersuchung oder einem Laborbefund. Wenn ein neuer Patient zu ihm kommt, stellt er diesem natürlich auch Fragen. Aber er benutzt keine Uhr wie der Psychiater, um die Zeit zu stoppen, bis der Patient antwortet.

Es handle sich um einen Assoziationstest, fügt der Psychiater hinzu. Vor ihm auf dem Schreibtisch liegt ein aufgeschlagener Doppelbogen mit Stichworten. Er solle sagen, ohne nachzudenken sagen, was ihm zu jedem Begriff einfalle. Zuerst wird Brunners Neugier geweckt; gespannt wartet er darauf, was ihm in den Sinn kommt, dann aber hätte er gern mehr Zeit gehabt, um ausführlicher über alles sprechen zu können. Manchmal fallen ihm ganze Episoden ein, die beim nächsten Stichwort wieder verschwinden. Noch einmal bricht er auf dem gefrorenen See ein, steht in der Sommerhitze nackt unter dem tosenden Wasserfall, sieht Lina händeringend, in Tränen aufgelöst, am Ende der Wiese stehen; die Bilder wirbeln durcheinander und verblassen, als würden sie mit einem großen Schwamm weggewischt. Die Stimme des Psychiaters klingt eintönig, ein wenig blechern, wenn er die Stichworte vorliest.

Grün, kalt, Wasser, Reise, schwimmen, Fenster, reich, bös, Stolz, Mitleid, Vogel, Nadel, sündigen, blau, gelb, ungerecht, Tisch, Dorf –

Es will kein Ende nehmen. Schließlich fühlt Brunner sich der Anstrengung, Schlag auf Schlag antworten zu müssen, nicht mehr gewachsen, und wie nachts, wenn er nicht genug Luft bekommt, beginnt er zu keuchen. Warum stellt man ihm Fragen, wenn man nicht bereit ist zuzuhören?

Er würde anders erzählen, wenn jemand einen Stuhl heranzöge und sich zu ihm setzte, es würden ihm andere Dinge einfallen, zum Beispiel, wie er verzweifelt um sich schlagend nach dem Wasserloch sucht, an dem er eingebrochen ist. Seine Ohren sind voll Wasser und beginnen innen zuzufrieren. Alles an seinem Körper beginnt von außen nach innen zuzufrieren. Die Kälte presst ihm den Brustkorb zusammen. Seine Beinunterkleider sind an den Knöcheln zugebunden und füllen sich mit Wasser. Ihr Gewicht zieht ihn hinab, panisch nach Luft schnappend, kämpft er um jeden Atemzug. Ein Schatten. Werner, sein Schulkamerad, robbt über das Eis auf ihn zu. Mit letzter Kraft zieht er sich hoch und bleibt auf dem Eis liegen. Nie wieder ist ihm die Todesangst so tief in die Knochen gefahren. Erst jetzt hört er, dass Werner unablässig ruft: Du bist gerettet! Du bist gerettet!

Wenn Spelterini und seine Helfer während einer Flaute einen Sandsack nach dem anderen über den Korb ausleerten, rauschte Zeit in die Tiefe, ein glitzernder Sandregen. Sofort stieg der Ballon bolzengerade auf und glitt majestätisch weiter. Könnte man Lasten einfach so abwerfen, durchs All gleiten und alles hinter sich lassen! Jedem Menschen müsste zugerufen werden: Du bist gerettet! Den wenigsten geschieht es. Diesmal würde er nicht mehr davonkommen.

Der Mensch schwimmt in Wasser, bevor er zur Welt kommt, und verlässt sie wieder als ein Sack Wasser, jedenfalls bei ihm ist es so. Herzwassersucht, daran wird er zugrunde gehen, Herzwasserschwindsucht sollte es besser heißen. Er gibt sich noch ein halbes Jahr. Dieser lächerliche Zerfall, mein Gott, was für einen Anblick er den Schwestern und Ärzten bietet: der alte Arzt aus Oberfelden, mit wabbeligem Bauch, einer Nabelbinde, der ganze Körper aufgeschwemmt, Ödeme an beiden Beinen. Majestätisch ist hier gar nichts mehr. Ein Wassersack mit einem grotesk erweiterten Herzen und einer Leberzirrhose, das ist alles, was von dem Mediziner übrig geblieben ist, der einmal jung, für alles offen in einem Fesselballon über die Erde glitt. Weit unten sah er die winkenden und brüllenden Menschen, die schon nach ein paar Atemzügen winzig klein wurden und entschwanden.

Er war froh, dass sein Vater sich nicht getraut hatte mitzufliegen. Der Tag war angenehm warm, voll fächelnder Winde, ein Junitag, an dem er sonst zu Fuß, hemdsärmlig, zum Fischen oder zum Wandern ausgeschritten wäre. Der Tag schien ihm voller Möglichkeiten zu sein, wie der Anfang des Jahrhunderts selbst. So wie er, im Ballonkorb stehend, durch den Raum glitt, sah er sich mitten in etwas hineingestellt, das ihn mit einem rauschenden Flügel in eine Bewegung aufnahm. Dort oben war die Luft ganz anders als der Fahrtwind auf dem Kutschbock oder der Wind, in den er sich beim Skifahren hineinlegte. Nicht schneller, nicht langsamer rauschte sie. Fülliger, massiver. Am meisten erstaunte ihn, dass der Raum nicht leer war, dass er die Luft mit allen Winden und Strömungen, den darin verborgenen Stürmen, mit jedem Lüftchen und Hauch spürte. Eigentlich war es voller als auf der Erde. Wie am Boden musste man Straßen und Kreuzungen kennen.

Unter ihnen schoben sich Hügel und Berge ineinander, über ihnen thronte die mächtige, kupfrig glänzende Ballonkugel. Er hätte keinen Gipfel mehr benennen können. Ein gewaltiges Gefühl ergriff ihn, als ob alle Winde mit einem Mal in ihm herumfuhren und ihn mit ihrem Brausen in einen Schwindel versetzten. Sie schwebten über der Erde, über den aneinandergestückelten Wiesen und Feldern und stiegen gleichzeitig immer höher hinauf, jetzt durch eine nebelschwere Decke hindurch und höher hinauf in ein anderes Blau hinein. Er sah von oben auf die Wolken hinab. So war es, wenn man in eine andere Dimension eintrat, wenn man zum ersten Mal erfuhr, was der Himmelsraum war. Ich lebe in einem Zeitalter gewaltigen Fortschritts!, sagte er sich. Ich werde an allen Erfindungen teilhaben! Spelterini, der Pionier unter den Luftschiffern, wollte sogar die Alpen überqueren.

Wieder dreht er sich um, um festzustellen, ob ihn jemand

beobachtet. Bevor ihn der Landjäger holte, hat er die längste Zeit das Bett gehütet, um das Herz zu entlasten. Warum in Dreiteufelsnamen ist er wegen dieser Beatrice Tanner aufgestanden? Elendes Ratschmaul. Das ist gerade erst gewesen, eine Serviertochter, wie viele andere auch. Wegen ihr muss er jetzt Rede und Antwort stehen.

Er hätte ein Glas Schwarztee mit Zitrone in den Garten mitnehmen sollen, seine Kehle ist ausgetrocknet, und er schwitzt, obwohl er reglos im Sessel sitzt. Seine Beine schmerzen, er müsste sie hochlegen. Er bleibt sitzen.

Zu Hause lässt sich Alice mehrmals am Tag kaltes Wasser über Handgelenke und Unterarme bis zum Ellbogen laufen.

Man meint, die Sonne gehe jeden Morgen mitten im Gartenboden, nicht am Himmel auf, sagt sie in die flimmernde Luft, während sie auf der Terrasse das Sonnendach herunterkurbelt. Die Gluthitze dieses Sommers heischt nach gesammelter Aufmerksamkeit. Sie verändert den Ablauf von Tagen und Nächten, von Tätigkeiten, von Räumlichkeiten.

Sie lehnt sich aus einem Fenster, greift mit den Händen weit nach rechts und links und löst die Holzläden aus der Halterung, zieht sie mit einem knarrenden Ton aus Holz und rostigen Scharnieren zu, hängt die Metallbügel von innen in die gelochte Leiste ein, als sei Frieden!, denkt sie, plötzlich von heillosem Zorn erfüllt, das Zuziehen der Fensterläden nachts hat hier im Haus noch nie Frieden bedeutet!, höchstens Sicherheit gegen außen, und im Sommer tagsüber ein abgedunkeltes, kühles Haus garantiert.

Jeden Vormittag geht sie vom Parterre bis unters Dach durch alle Zimmer und zieht die Fensterläden zu, auch an dem Tag, an dem Beatrice Tanner in die Sprechstunde kommt.

Eine Frau öffnete mir die Haustür. Ich habe mich zu Tode erschrocken, gibt Beatrice Tanner später zu Protokoll, *weil sie so steinalt war, mit schneeweißen Haaren und mich gefragt, ob der*

Doktor am Ende auch so alt sei, oder ob sie vielleicht seine Mutter war? Sie sagte mir, Doktor Brunner schlafe ein wenig, ich solle mit meinem Töchterchen im Wartezimmer Platz nehmen. Nach etwa zehn Minuten kam der Doktor aber schon herein. Er war auch ein alter Mann, aber nicht so alt wie sie. Ich wurde ins Sprechzimmer geführt, mein Kind blieb unterdessen im Garten.

Lina hat Glück gehabt. Die Serviertochter, die der Doktor zur Frau nahm, so hieß es damals, öffnet einer der glückloseren Frauen die Tür. Mit einem Blick sieht sie, was los ist. Wieder eine, die sich hat leimen lassen, die ihr Leben in die Hände des Doktors legt, ihres Mannes: Wegmachen, schnell.

Was heißt hier: sich leimen lassen. Diese Frau ist kein junges Ding mehr, das zum ersten Mal hereingelegt wurde, Lina gibt ihr mindestens fünfundzwanzig Jahre, legt den Kopf ein wenig schief, um sie zu begutachten, und ein Kind hat sie auch, ein kleines Mädchen, in einem zipfeligen Röckchen und einem Schürzchen mit aufgesetzten Flicken, etwas älter als Rosa. Der Geruch der Ärmlichkeit geht von beiden aus, in den sich Angst und Aufregung mischt, als die Frau nach dem Doktor fragt. Ihre Augen bewegen sich hastig hin und her, sie wird rot.

Es gibt nichts, was Julius fürchtet. Lina musste ihm oft genug zur Hand gehen, musste einen Arm oder ein zentnerschweres Bein halten, wenn ein Bauer in eine Maschine geraten oder von einem Stier angegriffen worden war, den Fuß oder die Wade am Zinken einer Heugabel oder Mistgabel aufgerissen hatte. Der Doktor müsste erst noch ausziehen, das Fürchten zu lernen.

Wenn der Zorn gegen ihn über ihr zusammenschlägt, spricht sie von ihm in der dritten Person.

Er schaut sich eine Wunde gründlich an, bevor er entscheidet, schnell entscheidet, als hinge jedes Leben an einem seidenen Faden. Er ist immer fürs Aufschneiden. Ein sauberer

Schnitt, desinfizieren, nähen. Sie muss die Nierenschalen für Blut und Eiter hinhalten. Er arbeitet rasch, exakt, mit ruhiger Hand, auch mit ruhiger Stimme. Bei einem Notfall reagiert er wie ein ganzes Krankenhaus, greift zu, handelt, behält den Überblick, schneidet und näht, ohne viel Federlesens zu machen, kümmert sich nicht um Aufschreie und schmerzverzerrte Gesichter, schnell muss es gehen, schnell und sauber.

Keine Infektion! ist sein oberstes Gebot, dann beginnt er von Agram zu erzählen, zum hunderttausendsten Mal, was er im Ersten Weltkrieg über aseptische Wundversorgung gelernt habe; ihr ist es ganz gleich.

Hundertachtzig Franken. Am dreizehnten Juli neunzehnhundertneunundvierzig, einem Mittwoch, nimmt Beatrice Tanner die Dose mit ihren Ersparnissen aus dem Schrank und zählt das Geld ab. Eine Fünfzigernote, sechs Zwanzigernoten und zwei Fünfernoten. Dreißig Franken bleiben übrig. Von Ernst Strahm hat sie nichts zu erwarten, das weiß sie jetzt mit Sicherheit. Metzgermeister Lüthi, der Vormund ihrer kleinen Tochter, sorgt wenigstens für alles, was das Kind an Kleidung braucht. Sie selbst wird von niemandem unterstützt. Nebenan hört sie ihre Mutter jammern und seufzen, sie wird ihr den Rücken noch mit Franzbranntwein einreiben, bevor sie zum Bahnhof geht.

Von Doktor Brunner aus Oberfelden zurück, schaut sie im *Kreuz* vorbei, wo sie als Aushilfe arbeitet. Göttlich froh!, flüstert sie ihrer Kollegin zu, kaum steht sie in der Gaststube.

Ich bin so göttlich froh!, wiederholt sie.

Wenn zehn Ärzte mich untersuchen täten, würde keiner mehr etwas finden, das kannst du mir glauben!, und verschwindet ebenso rasch, wie sie gekommen ist, um ihrer Mutter die gute Nachricht zu überbringen.

Ihre Worte setzen ein Gerücht in Umlauf, das ein Verhängnis für sie und Doktor Brunner heraufbeschwören wird. In der Julihitze bleibt es zunächst träge, wie die Hühner und Dorfhunde, die vor sich hin dösen. Erst als eine gewisse Frau Strahm davon hört, springt ein Funke über. Hat sie nicht mit eigenen Augen gesehen, dass Beatrice Tanner schwanger war? Und jetzt brüstet diese sich im ganzen Dorf damit, man würde nichts mehr finden! Das Luder hat also abgetrieben, darauf steht Gefängnis, und damit wären wir sie los. Sie macht sich im Laufschritt zum Haus des Gemeindepräsidenten auf.

Am Donnerstagabend, dem einundzwanzigsten Juli, meldet der Gemeindepräsident aus Oberfelden dem Gerichtspräsidenten in Kreisfelden, seiner Ehefrau sei von einer Frau Strahm berichtet worden, *dass Frl. Beatrice Tanner, von ihrem Sohn, Strahm Ernst, geschwängert sein solle, und dass man Beatrice Tanner die Schwangerschaft äußerlich schon gut angesehen habe. Frau Strahm habe erklärt, sie könnte ihren Sohn wirklich durchprügeln, denn er habe bereits eine Verlobte, ein anständiges Mädchen, das einen guten Einfluss auf ihn ausübe.*

Frl. Tanner soll sich nun geäußert haben, dass sie 10 Ärzte untersuchen könnten, aber keiner würde bei ihr noch etwas finden. Die Möglichkeit bestehe, dass eine Abtreibung vorgenommen worden sein könnte. Er fühle sich als Gemeindepräsident verpflichtet, diese Meldung zu erstatten, umso mehr, da Frl. Tanner bereits Mutter eines unehelichen Kindes sei. Frl. Tanner habe angeblich wieder ziemlichen Zuzug von jungen Burschen, insbesondere bevorzuge sie den obenerwähnten Strahm Ernst.

Er habe sich auch mit der Kreuzwirtin in Verbindung gesetzt. Diese habe nichts Nachteiliges über Beatrice Tanner zu berichten. Sie sei fleißig, der Verkehr mit den Gästen soll immer korrekt gewesen sein, irgendwelche Klagen seien nicht bekannt geworden. Was sie außerhalb der Wirtschaft getrieben habe, wisse sie nicht.

Um mich soll ein Gerede zirkulieren. Beatrice Tanner packt den Stier bei den Hörnern und geht zum Angriff über.

Das hat mir der Vormund meiner Tochter Lilo gesagt, Metzgermeister Hans Lüthi. Die Leute sagen, ich sei schwanger. Ich fühle mich gar nicht schwanger. Im Gegenteil, ich habe z.Zt. die Periode.

Sie muss reden, ohne Punkt und Komma reden, bis sie aus der Sache heraus ist und wieder nach Hause gehen kann. Der Brief mit der Vorladung kam tags zuvor mit der Nachmittagspost. Sie habe *am 26. Juli 1949, nachmittags, 15 Uhr, im Gemeinderatszimmer Oberfelden zu erscheinen, zur Einvernahme als auskunftgebende Person in einem polizeilichen Ermittlungsverfahren. Zu spätes Erscheinen u. unentschuldigtes Ausbleiben werden bestraft. Ausbleiben kann Vorführung zur Folgen haben.*

Ihre gebrechliche Mutter rief voller Angst durch die Küche, wo sie hingehe, als sie nach dem Mittagessen eine frische Bluse anzog und sich vor dem fleckigen Spiegel mit dem Kamm durch die Haare fuhr. Nur zur Gemeinde, gab sie zurück, bin gleich wieder da, und schlüpfte zur Tür hinaus.

Der Gemeindeschreiber legt die Finger auf die Tasten der Schreibmaschine und wartet. Ihr ist eng im Hals. Landjäger Scholl stand noch im Flur, als sie das Gebäude betrat und sich suchend umsah.

Letzte Tür rechts, sie warten nur auf dich!, sagte er. Heute wird mir wohl eine andere ein Bier servieren!

Sie wurde rot vor Scham und Zorn und warf den Kopf zurück. Er pfiff durch die Zähne und ging hinaus. Sie würde sich gern hinsetzen. Die Blutung hat noch nicht aufgehört.

Seit Anfang Mai d. J. unterhalte ich ein Liebesverhältnis mit Strahm Ernst. Strahm ist unglücklich verlobt mit einer Tochter aus Unterfelden. Strahm erklärte mir, er wolle diese Verlobung auflösen und mit mir ein Verhältnis aufnehmen. Ich lernte Strahm im Kreuz in Oberfelden, wo ich serviere, näher kennen.

Meine letzte Periode hatte ich glaublich vom 4. bis zum 9. Mai. Das weiß ich so genau, weil ich am 4. Mai Geburtstag habe. Seit der Geburt meines Kindes Lilo (1944) menstruiere ich nicht mehr regelmäßig. Gelegentlich kommt die Blutung schon nach drei Wochen, dann wieder geht es länger, sogar bis fünf Wochen und noch mehr. Kalendermäßig kontrolliere ich meine Regel nicht.

Am 21. Mai, anlässlich des kantonalen bernischen Feldschießens, hatte ich mit Strahm zum ersten Mal Geschlechtsverkehr. In der Folgezeit, d.h. bis Anfang Juni, hatte ich mit Strahm noch 4- oder 5-mal Geschlechtsverkehr.

Der Untersuchungsrichter will wissen, wo der Verkehr mit Strahm stattgefunden habe?

Im Freien, wir gingen hinter den alten Holzschuppen bei der Sägerei.

Wo hätten sie auch hingehen sollen? Die Nächte blieben warm, am Morgen lag kein Tau auf den Wiesen.

So um den 4. Juni habe ich meine nächste Periode erwartet. Sie kam nicht. Ich dachte, es handle sich um eine Verspätung, wie auch schon, aber als am 10. Juni immer noch nichts kam, war mir die Sache doch suspekt, deshalb bin ich am 14. Juni zu einer Frauenärztin nach Bern gegangen, zu Fräulein Doktor Neuenschwander, um mich untersuchen zu lassen.

Woher sie die Adresse dieser Frauenärztin erfahren habe?

Sie räuspert sich, tritt von einem Fuß auf den andern. Es ist zu trocken im Gemeindezimmer. Hätte sie die Frauenärztin nicht erwähnen sollen? Die Tabletten halfen nicht, also hat sie nichts Verbotenes getan. Sie hat Angst, nicht mehr zu verstehen, was in ihrem Leben geschieht. Wie in den Auseinandersetzungen mit Ernst Strahm verheddert sie sich mit jedem Wort mehr in einer Situation, die sich von allen Seiten um sie zusammenzieht und in sich einschließt. Wenn sie in der Gastwirtschaft plötzlich nicht mehr wüsste, wie die vollen Gläser auf ihr Servierbrett geraten sind und welche Bestellung an welchen Tisch gehört, würde sie auf ähnliche Weise von panischer Angst ergriffen.

Woher sie die Adresse gehabt habe? Ihr Mund ist trocken. Was fragen die so dumm. Schließlich stehen alle Ärzte im Telefonbuch.

Aus dem Telefonbuch, sagt sie und spürt, wie sich ihre Stimme zusammenballt, wie in ihrem Körper gleichzeitig etwas nachgibt, als seien ihre Knochen aus Sülze.

Fräulein Doktor Neuenschwander untersuchte mich und erklärte dann, sie könne nichts feststellen, wolle mir aber eine Spritze geben, um eine Blutung auszulösen und auch ein Rezept für Tabletten. Es sei allerdings möglich, dass eine Blutung längere Zeit auf sich warten lasse. Wenn es noch zwei Monate dauern würde, müsste man eine Schwangerschaft annehmen, und dann könne sie als Ärztin nichts mehr machen. Sie gab mir eine Spritze in die rechte Gesäßbacke.

Ja, Sie können bei der Ärztin und dem Apotheker nachfragen. Dann, am Tag nach der Einspritzung, verspürte ich ziehende Schmerzen im Unterleib und in den Oberschenkeln, als würde gleich der Fluss einsetzen, jedoch keine Blutung.

Sie hat noch nie in einem Verhör Rede und Antwort stehen müssen. Neben dem Untersuchungsrichter sitzt ein zweiter Herr, der sie von oben bis unten mustert. Sie hat nicht verstanden, wer er ist.

Wenn man sie nur nicht einsperrt und von ihrem Kind wegnimmt. Was geschah dann? Diese abscheuliche Frau stürzte in ihre Küche, die Strahm.

Beatrice Tanner holt tief Luft. Die Szene, die sich bei ihr zu Hause abspielte, ist ihr noch haarklein in Erinnerung, und die Wut, die sie in sich aufsteigen fühlt, gibt ihr Kraft weiterzumachen. Die Strahm ist der Ausweg, sie muss alles auf sie abwälzen.

Montag, den 18. Juli, abends 17.30, sprach Frau Strahm, die Mutter meines Freundes Ernst Strahm, in unserem Hause vor. Sie war furchtbar aufgeregt, machte mir mit lauter Stimme, ja, sogar brüllend, so dass man es in der Nachbarschaft hören konnte, die ärgsten Vorwürfe wegen meines Verhältnisses mit ihrem Sohn Ernst. Sie titulierte mich schreiend «Hure», «Moore» (Sau) und hielt mir mit anderen Worten noch vor, ich führe einen unsittlichen Lebenswandel. Ich muss sagen, ich habe mich noch nie in meinem Leben so aufgeregt wie anlässlich der Auseinandersetzung mit dieser Frau Strahm. Ich war vollständig kaputt.

Die Wut, in die sie sich hineingeredet hat, lässt sie ausgelaugt zurück, aber sie muss reden, immer weiterreden. Man muss sich zu helfen wissen, wenn man in der Klemme sitzt. Sie schaut zwischen beiden Herren hindurch an die Wand.

Ich holte dann noch Milch und begab mich gegen 19.00 Uhr ins Wirtshaus, weil ich wissen wollte, ob Frau Strahm mich auch dort verleumdet habe. Das war der Tag, an dem der Kreuzwirt einen Schlaganfall hatte. Kaum war ich dort angekommen, bekam ich einen regelrechten Anfall von Bauchschmerzen. Ich hatte das Gefühl, es fließe etwas aus meiner Scheide. Ich begab mich sofort nach Hause und kontrollierte. Ich stelle fest, dass meine rosarote Unterhose und auch das Unterhemd bereits mit Blut verschmiert waren.

Der Herr neben dem Untersuchungsrichter räuspert sich. Wie das Blut ausgesehen habe? Hellrot oder dunkelrot? Ob gestocktes Blut dabei gewesen sei?

Was soll sie sagen? Als ob man Zeit hätte, sich so etwas zu merken. *Ich trage immer noch Binden,* sagt sie. *Das Blut war eher dunkel, aber nicht gestockt. Am Sonntag gingen auch kleine Fetzen ab.*

Wie groß die Fetzen gewesen seien, will der zweite Herr wissen und deutet mit Daumen und Zeigefinger verschiedene Längen an, zwei, drei oder vier Zentimeter?

Sie kann sich nicht entscheiden. *Etwa vier,* sagt sie schließlich.

Und wie dick? Fünf Millimeter oder zehn? So oder etwa so? Wieder deutet der zweite Herr verschiedene Abstände an.

Sie muss es hinter sich bringen. *Fünf Millimeter,* sagt sie aufs Geratewohl. *Am Sonntag war in drei Binden solches Zeug. Die früheren Binden sind gewaschen. Die von heute sind noch eingedrückt. Meine Mutter kann darüber Auskunft geben.*

Das werde man bei der Haussuchung genaustens feststellen, schaltet sich der Untersuchungsrichter ein.

Sie blickt ihm starr ins Gesicht.

Ja, gehen Sie ruhig zu uns nach Hause und nehmen Sie alles mit, was das Gericht interessiert, es wäre mir eine Beruhigung, sagt sie, dann bricht ihr der Schweiß am ganzen Körper aus.

Mit meinem Geliebten Ernst Strahm habe ich in der fraglichen Zeit wohl einige Male gesprochen. Ich meinte, er müsse wissen, dass ich mich ärztlich untersuchen ließ.

Der Unterrock klebt an ihrem Körper, sie möchte sich am liebsten die Kleider vom Leib reißen. Sie tritt von einem Fuß auf den andern und wischt sich mit einer Hand den Schweiß aus der Stirn.

Nehmen Sie sich einen Stuhl und setzen Sie sich, sagt der Experte vom Gerichtsmedizinischen Institut. Ist Ihnen schwindlig?

Sie nickt.

Sie sagen, dass Sie derzeit die Periode haben. Wann hat sie denn eingesetzt, Fräulein Tanner? Am vierten Mai war Ihre letzte Periode, haben Sie gesagt. Welches Datum haben wir heute?

Sie schweigt. Wenn sie schweigt, werden die Herren nie erfahren, was gewesen ist.

Welches Datum haben wir heute?, wiederholt der eine Herr. Wann hat Ihre Periode schließlich eingesetzt?

Seine Stimme klingt gedämpft, als habe sie Watte in den Ohren. Sie wird nicht sagen, dass sie noch einmal nach Bern zu dieser Frauenärztin ging, dass diese ihr sagte, sie könne nichts machen. Sie möchte umfallen und die ganze Geschichte vergessen, vor allem den Strahm, der an einem Tag sagt, er werde sie heiraten, er habe sowieso kein Zuhause, und eine Woche später alles ableugnet. Von ihm sei sie nicht schwanger! Er werde jedenfalls keine Kosten tragen!

Es wurmte sie, dass er nur vom Geld sprach, und so sagte sie, wenn es eine Rechnung gebe, könne sie diese schon selber bezahlen. Manchmal kam er wochenlang nicht ins *Kreuz*, er ging keiner regelmäßigen Arbeit nach. Sie sah ihn erst Anfang Juli wieder.

Falls sie schwanger sei, dann nicht von ihm, er sei nämlich beim Verkehr nicht zum Empfinden gekommen!, schrie er sie an.

Sie standen an einem Holzstapel bei der Sägerei unten. Sie sagte, seit der letzten Periode seien bald sieben Wochen vergangen, sie müssten heiraten, ob er das Verhältnis mit seiner Verlobten da wirklich gelöst habe? Wenn nicht, dann müsse er jetzt aber vorwärtsmachen.

Er sagte immer wieder ganz hartnäckig, er sei hundertprozentig sicher, dass sie nicht von ihm schwanger sein könne, außerdem habe sie ja schon einmal ein uneheliches Kind gehabt, und schon deshalb bezweifle er seine Vaterschaft, hier begann er wieder zu schreien und fuchtelte mit geballten Fäusten vor ihrem Gesicht herum, wie könne er denn sicher wissen, ob sie nicht doch noch mit einem anderen Mann etwas habe? Dann lief er weg.

Fräulein Tanner! Fräulein Tanner! Das ist nicht Strahms Stimme. Sie fühlt, wie sie vom Stuhl rutscht.

Sie hat Fieber, sagt eine Männerstimme. Jemand klopft ihr auf die Wange.

Fräulein Tanner! Hören Sie uns? Antworten Sie!

Die ganze Zukunft stand schwer vor mir, sagt sie, bevor sie ohnmächtig wird.

Der Untersuchungsrichter ordnet eine gynäkologische Untersuchung Beatrice Tanners im Kantonalen Frauenspital an. Sie wird davon in Kenntnis gesetzt und fährt im Auto zusammen mit dem Untersuchungsrichter und dem Experten vom Gerichtsmedizinischen Institut nach Bern, wo sie vom Oberarzt untersucht wird. Sie fiebert und spricht mit schwacher, fast unhörbarer Stimme von ihrer Mutter, ihrer Tochter Lilo, dem Metzgermeister, dem Dorf. Landjäger Scholl erhält den Auftrag, die alte Frau Tanner zu benachrichtigen, dass ihre Tochter bis zur Besserung im Frauenspital bleiben müsse.

Am Tag darauf, dem siebenundzwanzigsten Juli, ist das Fieber gesunken, der Puls normal. Beatrice Tanner beginnt ein Geständnis abzulegen.

Gestern habe ich nicht die volle Wahrheit gesagt. Ich muss zugeben, dass ich letzten Mittwoch vor acht Tagen, nämlich am 13. Juli 1949, bei Doktor Brunner war und eine Auskratzung machen ließ.

Der außerordentliche Untersuchungsrichter des Kantons Bern erteilt noch am selben Tag einen Verhaftungsbeschluss, da besonders im Hinblick auf Doktor Brunner, Oberfelden, in hohem Grade Kollusionsgefahr (Verdunkelungsgefahr) bestehe.

Beatrice Tanner vgt. wird in Untersuchungshaft gesetzt.

1. Sie verbleibt, da bei ihr immer noch Blutungen bestehen und sie Temperatur aufweist, bis auf weiteres auf Rat des Ex-

perten im Kant. Frauenspital in Bern. Briefe, Telefongespräche und Besuch sind vorläufig untersagt. Briefverkehr nur unter Zensur.

2. Der Angeschuldigten Beatrice Tanner und der Abteilungsschwester sowie der Pförtnerin mündlich eröffnet.

Zehn Tage später, am vierten August neunzehnhundertneunundvierzig, fordert der außerordentliche Untersuchungsrichter des Kantons Bern einen Auszug aus dem Strafregister zu Doktor Julius Brunner an, und am fünften August unterzeichnet er einen Haftbefehl:

Nach Aussage der Tanner Beatrice vgt. soll der angeschuldigte Doktor Brunner an ihr eine Auskratzung vorgenommen haben.

Doktor Brunner, der seit 1918 in Oberfelden praktiziert, wurde bereits 1944 und 1948 wegen Abtreibung bestraft.

Es besteht der Verdacht, dass Brunner, der infolge seines Gesundheitszustandes nicht zum Strafantritt verhalten werden kann, gestützt auf diesen Umstand bedenkenlos weitere Abtreibungen vornimmt. Die diesbezügliche Untersuchung verspricht aber nur einigermaßen Erfolg, wenn durch die Verhaftung des Angeschuldigten die Kollusionsgefahr behoben werden kann.

Doktor Brunner ist nicht hafterstehungsfähig. Hingegen kann er zwecks nochmaliger Begutachtung in eine Heil- und Pflegeanstalt eingewiesen werden. Dem entsprechenden Antrag hat der zuständige Staatsanwalt bereits zugestimmt. Es wird deshalb beschlossen:

Brunner Julius Gottlieb vgt. ist zu verhaften.

Er ist zur Begutachtung in die Heil- und Pflegeanstalt Waldau einzuweisen.

Bern, den 5. August 1949

Um fünf Uhr nachmittags an diesem fünften August steht Landjäger Scholl vor Doktor Brunners Haustür und drückt den Klingelknopf. Brunner sitzt mit der Nachmittagszeitung und einem angefangenen Brief im Wohnzimmer.

Hier sende ich euch einige Gurken, die letzten Zuckererbsen und eine Zungenwurst. Mama wird bald eine Torte folgen lassen, schreibt er seiner Tochter Alice, die mit Rosa und Frieder in den Bergen ist. *Ich selber war einige Tage wieder übel dran, hatte eng und konnte kaum recht atmen. Es war so heiß draußen, dass wir am Nachmittag nicht im Garten sein konnten. Nun bekam ich vor zwei Tagen eine Einspritzung mit Strophantin, die ausgezeichnet wirkte. Im Laufe von 24 Stunden habe ich 3,6 Liter Harn gelassen. Dazu hat es endlich ausgiebig geregnet und die unerträgliche Spannung in der Atmosphäre gelöst.*

Am Morgen hat er sich seit langem wieder einmal zu einem Gang durchs Dorf aufgemacht. Die letzten Monate musste er mehr oder weniger das Bett hüten, um sein Herz zu schonen, jetzt aber trieb ein mächtiger Energiestoß ihn von allein hinaus. Während er langsam den Fußpfad hinter den Häusern bis zum Bach hinabging, fühlte er eine unerklärliche Unruhe, als werde er verfolgt und müsse sich in Sicherheit bringen. Am liebsten hätte er sich in die Büsche links vom Weg geschlagen. Die Kraft, wie früher querfeldein drauflos zugehen, hatte er nicht mehr.

Letzte Nacht habe ich ausgezeichnet geschlafen und bin heute so frisch, wenn auch etwas matt, dass ich schon wieder Pläne für einen kleinen Ausflug am Sonntag mache. Wenn die nächste Einspritzung wieder so gut wirkt, dann werde ich so schlank wie mit zwanzig Jahren sein, schreibt er weiter, da steht der Landjäger in der Tür, Lina, kreidebleich hinter ihm, hält sich die Hände vor den Mund.

Tags darauf sitzt sie flennend am Küchentisch.

Jede Schublade aufgezogen!, jede Ofentüre geöffnet, und

hinter meiner Hutschachtel!, jault Lina auf, hinter meiner Hutschachtel! hat Julius seine Instrumente versteckt! Wieder der Landjäger in meiner Küche!, dass ich das noch einmal erleben muss!

Die Haussuchung wurde am 5. August 1949 nachmittags in Begleitung und mit Hilfe des Landjägers Scholl in Domizil und Praxis von Herrn Doktor Brunner in Oberfelden durchgeführt und zwar in allen Räumlichkeiten der Praxis, der Wohnungen im ersten und zweiten Stock, des Kellers und des Dachbodens. Unser Augenmerk richteten wir besonders auf taugliche Kürettements- (Auskratzungs) Instrumente. So konnten wir 12 metallene, für ärztlichen Gebrauch bestimmte Instrumente und ein Paar rosarote Gummihandschuhe finden. In sämtlichen Räumen des Dachbodens und des Kellers, ebenso in den darin befindlichen Öfen, Schachteln, Schränken, Gefäßen etc. haben wir von den gesuchten Instrumenten keins mehr finden können.

Alice, Karl, Frieder und Rosa stehen ratlos um Lina herum. Rosa zieht ungeduldig an ihrem Arm.

Wer ist der Landjäger? Ist er grün angezogen und hat eine Feder am Hut?

Ist Großvater jetzt ein Verbrecher? Ist Julius ein echter Verbrecher?, schreit Frieder aus Leibeskräften, um sich Gehör zu verschaffen.

Was fällt dir ein! Natürlich ist Großvater kein Verbrecher! Karl fährt sich, wie immer, wenn er sich aufregt, mit beiden Händen durchs Haar und versucht gegen Linas Jaulen anzukommen.

Warum ist er dann eingesperrt! Eingesperrt!, schreit Frieder weiter.

Er ist doch gar nicht richtig eingesperrt, beschwichtigt Alice. Er ist nur im Krankenhaus.

Warum ist dann der Landjäger gekommen! Ins Krankenhaus geht man doch nicht mit dem Landjäger!

Frieders Stimme beginnt sich zu überschlagen, und Rosa beginnt jämmerlich zu heulen, weil sie die Anspannung nicht länger erträgt.

Landjäger, Landjäger!, heult das Kind.

Kein gewöhnliches Krankenhaus, sogar Alice schreit jetzt, eine Heilanstalt! Julius ist in einer Heilanstalt, hört ihr mich? Eigentlich müsste er ins Gefängnis, aber dafür ist er viel zu krank. Er muss aber irgendwo sein, wo er nicht fliehen kann –

Fliehen?, schreit Frieder erneut auf, warum denn fliehen? Ist hier auch Krieg?

Worauf Karl sich wieder mit beiden Händen durchs Haar fährt, von einem Fuß auf den andern tritt und: Hier ist kein Krieg! schreit. Die ganze Zeit ist hier kein Krieg gewesen! Während des Krieges war hier kein Krieg! Du bist sogar bei den Großeltern in den Ferien gewesen!, das weißt du doch!

Aber wenn jemand in einer Uniform kommt!, schreit Frieder, dann ist das nicht ein Land, in dem kein Krieg ist!

Lina rasselt nicht. Wenn ein Unglück geschieht oder sie einen Zorn auf Julius hat, beginnt ihre Stimme zu sägen wie eine zu straff gespannte Saite, die jeden Augenblick reißen könnte. Lina muss schreien, es plärrt aber gleichzeitig aus ihr heraus, und dazu muss sie etwas in die Hände nehmen, eine Pfanne mit Stil oder eine Holzkelle und damit herumfuhrwerken.

War der Landjäger grün angezogen, mit einer Feder am Hut? Rosa spürt, dass auch sie schreien muss. Eine Hitze zum Löcher in den Boden Stampfen steigt in ihr hoch. Gleich werden Flammen aus ihren Haaren schießen.

Was willst du wieder wissen!

Was der Landjäger angehabt hat! Sie stampft auf und schaut zu Lina hoch, die in ihrem schwarzen Kleid und der dunkelgeblümten Haushaltsschürze finster wie eine Wand vor ihr sitzt.

Denk seine Uniform hat er angehabt, sagt sie.

Welche Uniform?, fragt Rosa. War sie grün?

Seit wann hat unser Polizist eine grüne Uniform?, raunzt Lina sie an.

Warum denn der Polizist!, schreit Rosa verzweifelt, wenn es der Landjäger war!

Lina haut auf den Küchentisch. Das ist doch ganz gleich!, schreit sie. Der Polizist ist doch der Landjäger!

Rosa wirft sich immer noch schreiend an Alice heran, die sie sofort von sich weghält. Was hast du jetzt!

Wer ist der Landjäger!, schreit Rosa außer sich. Was macht er! Wen jagt er! Warum hat er keine grüne Uniform!

Sie stürmt hinaus und in den Garten hinab, um ein paar Blumen zu räubern, rote Blumen.

Blödsinnig, murmelt Alice in der Küche vor sich hin. Vollkommen blödsinnig. Wie sollte dieser alte Mann abhauen, er kann ja keine drei Schritte mehr tun, ohne nach Luft zu schnappen.

Langsam geht sie von der Küche durchs Wohnzimmer ins Schlafzimmer. Auch dort ist jede Schublade aufgezogen, die Türen der Nachttischchen und des Kleiderschranks stehen offen. All dies ist ein böser Traum, eine Wiederholung, von was nur? Jemand hat die kleine handgedrechselte Holzdose, die auf der Kommode steht, ausgeleert. Zwei Halsketten aus Silber und eine Emaillebrosche, die einzigen Schmuckstücke, die sie seit Kriegsende besitzt, liegen daneben. Schamrot bleibt sie mitten im Zimmer stehen, als habe sie etwas Verbotenes getan, dann beißt sie die Zähne zusammen und geht in die Küche zurück. Sie wird etwas Essbares auf den Tisch stellen müssen, um die Gemüter zu beruhigen. *Lina war allein, als der Landjäger Vater holte,* wird sie abends an ihre Schwester Flora schreiben, *wir mussten von einer Stunde zur andern sofort Koffer packen und aus dem Licht der Berge zu-*

rück in die dunklen Zimmer voller Sorge und Schande – in die Backofenhitze im Unterland – wir kamen aus den Bergen zurück, und mein Vater war weg.

Warum hat ihn der Landjäger geholt!, beharrt Frieder aufgebracht.

Er hat etwas Unrechtes getan, sagt Alice.

Hat er jemanden umgebracht?, fragt Frieder.

Unsinn!, fährt Karl auf. Was hast du bloß für Ideen!

Was hat er denn getan? Dass wir zurückkommen müssen! Aus den Ferien!

Etwas, das er als Arzt nicht hätte tun dürfen. Das kann ich dir jetzt nicht erklären.

Wir müssen alles tun, um ihn wieder nach Hause zu bringen, sagt Alice. Wer weiß, wie lange er noch –

Aber wenn er doch Unrecht getan hat!, sagt Frieder vorwurfsvoll.

Es wird eine Anklage geben, sagt Karl. So etwas hat uns gerade noch gefehlt.

Was machst du denn hier!, heult Lina auf.

Trini, das Dorfunikum, steht wie eine Vogelscheuche in der Küchentür, wie immer mit hinuntergerollten Strümpfen um die Knöchel, derben, ausgelatschten Schuhen, dem einzigen Paar, das sie besitzt, einem fadenscheinigen Kleid, einer Schürze mit eingerissenen Taschen und einem verrutschten, geblümten Kopftuch, unter dem zwei dünne, graue Zöpfe hervorschauen.

Lina Brunner, beginnt es zu psalmodieren, geborene Saum, am einunddreißigsten Mai achtzehnhundertachtzig, Julius Brunner – und bricht abrupt ab, starrt alle einen Augenblick mit offenem Mund an und verschwindet lautlos, wie es gekommen ist.

Die Leute sind es gewohnt, dass Trini unvermutet auftaucht, und wissen, dass es in jedem Haus des Dorfes von seinen Bewohnern Namen, Geburtsdatum und vielleicht noch den Heimatort herunterleiern wird.

An jedem andern Tag hätte Lina einen Teller mit Essen hingestellt, heute knurrt sie es an.

Scher dich fort, du Unglücksvogel!

Gestützt auf vorliegenden Verhaftungsbefehl habe ich Doktor Brunner heute um 17.15 in seinem Domizil in Oberfelden arretiert, und er wurde alsdann, weil nicht anders transportfähig, durch Garagier Lanz aus Oberfelden, mit einem Auto nach der Heil- und Pflegeanstalt Waldau transportiert, wo er um 18.00 an Doktor Walter abgeliefert wurde. 5. August 1949, Scholl, Landjäger.

Der Landjäger, mein Gott, der Landjäger, verdreht den Kopf hierhin und dorthin, nur um ihm nicht in die Augen sehen zu müssen.

Grüß dich, Scholl, sagt Julius Brunner, als er sich hinten in den Wagen setzt, wir zwei sind noch gar nie zusammen Auto gefahren.

Hm, brummt Scholl. Brunner starrt auf seinen Nacken. Lümmel, ungehobelter Depp. Was bildet der Kerl sich ein! Nur weil er ihn in die Waldau transportieren muss, brauche er nicht mehr zu grüßen. Neben ihm auf dem Vordersitz sitzt dieser Herr, der im ganzen Haus herumgeschnüffelt hat. In der Anstalt stellt ihn der Psychiater als einen Experten vom Gerichtsmedizinischen Institut vor. Hat dieser doch wahrhaftig die alten Instrumente hinter der Hutschachtel in Linas Kleiderschrank hervorgezerrt und gemeint, er habe was Wunder für einen Fang gemacht. Noch etwas, was Lina ihm bis zum Lebensende nachtragen wird. Nicht mehr lange.

So überstürzt ins Auto hinein, abgeführt und eingesperrt. Drei Tage braucht Julius Brunner, um sich einigermaßen zu berappeln, bis er Lina einen ersten Brief schreiben kann.

Im Garten rupft Rosa mit beiden Händen an den roten Zinnien und Löwenmäulchen und reißt einige samt Wurzeln aus. Etwas Übermächtiges ist geschehen. Ihre Eltern schreien sonst nicht.

Wenn Lina und Julius sich streiten, zieht es sie mit aller Macht dorthin. Linas und Julius' Stimmen gehen mit Stöcken und Fäusten aufeinander los. Weil Alice immer wieder erhitzt, voller Vorwürfe ins Zimmer stürzt, bereit, das Kind zu retten: Wie könnt ihr nur! Könnt ihr euch nicht einmal zusammenreißen!, hat Rosa es sich angewöhnt, sich zu verstecken, um beim ehelichen Kampf der Großeltern ungestört dabei zu sein.

Das Geschrei der beiden alten Menschen hat nichts mit ihr zu tun. Hätten sie Dreschflegel in den Händen, würden sie einander totschlagen. Stattdessen dreschen sie hilflos vor Wut mit den immer gleichen Beschimpfungen und Anklagen aufeinander ein. Rosa hört alte Dielenbretter seufzen, eine Tür knarren; es rumpelt und poltert wie die Wackersteine im Bauch des Wolfs. Das Gegreine gibt ihr eine gewisse Sicherheit, es stößt etwas aus. Auch Lärm ist ein Kind, wenn man Kind ist.

Aus ihrem kindlichen Körper bricht jedes Gefühl, jede Erschütterung mit einem Aufschrei hervor, jede ihrer Fragen trägt ein Ausrufezeichen. Namen stößt sie wie Fanfaren aus, wenn sie in den Raum stürzt: Julius! Lina! Frieder! Karl! Alice!

Sie wäre um ihr Leben gern zu Hause gewesen, als der Landjäger kam; sie hätte Julius vor ihm beschützt. Leider war sie in den Ferien und musste mit den andern die Berge auf- und abgehen. Sie starrt auf die Löcher im Gartenbeet, aus denen sie die Blumen ausgerissen hat. Man sollte beide Seiten der Berge auf- und abgehen, nicht nur die Seite innen im Land, die einen immer anschaut. Nach einem Wandertag ist ihr manchmal ganz öd zumute.

Was ist auf der anderen Seite der Berge?, fragt sie einmal.

Deutschland, sagt Frieder laut.

Das Ausland, sagt Karl gleichzeitig.

Warum sagst du Ausland?, fragt Alice gereizt.

Karl rutscht auf dem Stuhl hin und her und meint, es handle sich doch um die Außenseite der Berge. Er lacht ein wenig dabei, als habe er einen Witz gemacht, aber Rosa weiß, dass niemand lachen wird, wenn er gleichzeitig schnell eine Faust macht, ohne dass es jemand merkt, auch er nicht. Die Finger krümmen sich von allein. Es geht so schnell, dass man sich einreden könnte, Karl habe keine Faust gemacht, als er Ausland gesagt hat, aber sie weiß genau, dass sie es gesehen hat.

Warum gehen wir nie auf deiner Seite der Berge auf und ab?, fragt sie.

Alice sagt: Eigentlich gehören wir in die Schweiz, Karl sagt: Wir haben lange genug in Deutschland gelebt, Alice sagt: Kinder, es gibt ja noch so viel zu entdecken in der Schweiz!, so ein Neuanfang im Frieden nach einem Krieg ist ja wie eine Schöpfung!

Frieder malt für Rosa ein Bild vom Dschungel auf einen Bogen Packpapier und heftet es mit Reißzwecken an die Wand, lauter Affen und Riesenschlangen, die von den Bäumen baumeln. Die Bäume wachsen so dicht zusammen, dass ihre Kronen ein Dach bilden. In einem Dschungel sei es immer dämmerig, und man müsse der wilden Tiere wegen höllisch aufpassen. Papageien kreischen, Affen krakeelen, und alle zusammen würden einen Heidenlärm vollführen. Im Dschungel gebe es wie in einem Haus mehrere Etagen, die Stimmen der Tiere würden sich von oben, vom Blätterdach bis zum Boden hinab auf verschiedene Stockwerke verteilen.

Alices Stimme kommt aus den Wolken, wenn sie aus einem Buch auftaucht, oder klingt zermatscht, wenn sie kocht und putzt, wie Blumen und Gräser, die Rosa in der verschwitzten Hand hält. Karls Stimme hüpft über Stock und Stein. Linas und Julius' Stimmen halten nichts zurück. Es knallt, kracht und donnert, dann ist alles raus und vorbei.

Alle rufen kreuz und quer untereinander hin und her, ein Stimmengewirr aus halblauten Bemerkungen, Seufzern, verärgerten Ausrufen, Gelächter. Einzelne Wörter und Satzbrocken lösen sich heraus und fallen von oben links und rechts neben Rosa zu Boden. Frieders Stimme ist am nächsten und flüstert ihr Geheimnisse ins Ohr: Du bist ein Schwarzfußindianer!

In seinem Zimmer steht ein Terrarium, in dem er kleine Frösche hält. Manchmal entwischt einer und hüpft am Boden herum, auf dem dunkelgrün und schwarz gesprenkelten Linoleum, auf dem sie ihn kaum sieht und beinahe drauftritt.

In der Sonntagsschule wird Geld für die armen Negerlein gesammelt. Auf dem Geldkästchen steht ein geschnitzter schwarzer Mann mit einem gelben Umhang und einem roten Turban. Wenn zehn Rappen durch den Holzschlitz fallen, nickt er mit dem Kopf. Frieder sagt, er bedanke sich bei jedem Kind einzeln für die zehn Rappen. Er hat keine Lust, Rosa mitzunehmen; von den andern vierjährigen Kindern wird noch keines in die Sonntagsschule geschickt.

Rosa schlüpft unter den Stimmen der Erwachsenen hindurch, als laufe sie mit eingezogenem Nacken durch einen Regenschauer, um ungeschoren durchzukommen. Mit beiden Armen rudernd, bewegt sie sich zwischen Inseln aus Schatten und Licht, Grün und Rot durch den Tag, der ihr gehört, ihr allein. Mit jedem Atemzug vibriert er warm, kalt, hoch, tief, hell, dunkel, schmal, breit in ihr. Stimmen, Gesichter, die Umrisse von andern Körpern, ihre unterschiedlichen Ausmaße, ihre Schritte, schwere und leichte, ziehen durch sie hindurch; die Welt ist ein Kreisel.

Die Zinkgießkannen vor der Waschküche sind leer. Sie schiebt eine unter den Wasserhahn neben den Bananenstauden, dreht ihn auf und schaut zu, wie das Wasser hohl in das dunkle Innere der Kanne schießt, zu gurgeln anfängt und schließlich überschwappt. Es läuft mit seiner schlappenden Zunge über den Rand und netzt die Steinplatten mit der krümeligen Erde zwischen den Fugen. Rosa hockt sich neben die Gießkanne, rupft ein paar Stengel von einem Kraut aus und zieht sie durchs Wasser. Es wächst auch unten am Bach bei der Feuerstelle, an der Frieder und seine Freunde Kartoffeln braten. Die untere Seite der kleinen Blätter wird zu Silber, die obere bleibt mattgrün, während sie sie im Wasser hin- und herschwenkt. Ameisen laufen zwischen den Steinfugen hin und her. Sie klaubt einige zusammen und legt sie oben in einen Bananenwedel. Halb zerdrückt, trudeln sie in den Blattschlund hinab, andere krabbeln ihre Beine hoch. Stampfend und zappelnd wischt sie sie von der Haut ab, dann läuft sie johlend die Gartenwege entlang und verkündet ihren Sieg. Der Garten antwortet nicht. Julius ist weggebracht worden. Seine großen, schwarzpolierten Schuhe bleiben nicht neben den rauhen Ziegelsteinen, die die Gartenwege einfassen, stehen, er deutet nicht auf eine besonders rote pralle Erdbeere, die sie naschen könnte.

Sein Haus schlottert, es hat ihn nicht beschützt.

Die Verhaftungen und Vorladungen wirbeln Staub auf und produzieren Stapel von Papieren, die routinemäßig oder mit Genugtuung in Aktenordnern abgeheftet werden, Formulare, Protokolle, amtliche und kollegiale Benachrichtigungen, *für Ihre Mithilfe danken wir bestens.* Amtliche Briefe, die an Küchentischen und in Sofaecken gelesen werden, verursachen Herzklopfen, Beklemmungen, sorgenvolle Nächte, mühsam unterdrückte Wut und Angst. Alice legt die Briefe, die ihr Vater aus der Waldau schreibt, in eine alte lederne Schreibmappe, die sie zwischen die Kochbücher ins Küchenregal stellt. Sie mag sie nicht zwischen ihrer Korrespondenz im Sekretär haben. Lina schiebt ab und zu einen Brief in die Schublade ihres Küchentischs. Karl legt einen neuen Aktenordner an.

Da kommt einiges auf uns zu, seufzt er. Das wird etwas kosten.

Am achten August neunzehnhundertneunundvierzig teilt der außerordentliche Untersuchungsrichter des Kantons Bern dem Direktor der Heil- und Pflegeanstalt Waldau mit, Doktor Julius Brunner sei zur psychiatrischen Beobachtung in die Anstalt eingewiesen worden. *Da beim Angeschuldigten Kollusionsgefahr besteht, bitte ich Sie, vorderhand keine Besuche zu bewilligen. Ebenfalls bitte ich Sie, mir sämtliche ein- und ausgehenden Korrespondenzen des Angeschuldigten zur Zensur zuzustellen.*

Der Direktor lässt sich die Post des Angeklagten bringen und liest dessen ersten Brief nach Hause durch.

8. VIII. 1949 Liebe Lina! In der Eile der Abfahrt habe ich kein rechtes Briefpapier erwischt, nur Notizzettel. Ich hätte gern ein Paket Watte zu 100 gr., dann ein Nachthemd und ein Paar dünne Socken. Paket und Briefe soll Karl in Bern zur Post bringen. Damit für Frieder auch etwas abfällt, kaufe von jedem

Wert der Augustmarken je fünf Stück, um die Sendungen an mich freizumachen. Solltet ihr am Sonntag mit Rosa kommen, so bringt auch Frieder mit, denn man kann es ihm nicht gut längere Zeit verheimlichen, dass ich hier bin, und er ist ja verschwiegen. Mit zwölf Jahren hat man höchstens Bubenstreiche im Kopf. Den Don Quijote von Cervantes kannst du mir jetzt senden; ich glaube, ich lerne hier seine Albernheiten, seine dummen Streiche sowie die urwüchsige Philosophie seines Dieners noch schätzen. Bevor die Untersuchung abgeschlossen ist, darf niemand zu mir kommen. Es braucht eine Bewilligung des außerordentlichen Untersuchungsrichters des Kantons Berns, um mich besuchen zu können. Ich habe gestern ein Gesuch für dich, Alice, Karl und die Kinder eingereicht. Herzliche Grüße, Julius.

Ebenfalls am achten August neunzehnhundertneunundvierzig fordert der außerordentliche Untersuchungsrichter des Kantons Bern je ein Leumundszeugnis der Einwohnergemeinde Oberfelden und der Kantonspolizei über Doktor Julius Brunner an.

Um die persönlichen Verhältnisse in der Voruntersuchung gegen Brunner, Julius Gottlieb, geb. den 25. November 1875, angeschuldigt wegen Abtreibung, abzuklären, ersuche ich Sie, mir über den Charakter, die Lebensweise (Familienverhältnisse, Einvernehmen unter den Ehegatten, eheliche und außereheliche Kinder, Besuch von Kinos, Dancings und Wirtschaften, Alkoholgenuss, Rauchen, Zugehörigkeit zu Vereinen, Sport), die berufliche Tätigkeit, das Einkommen und Vermögen der genannten Person eingehend zu berichten. Für Ihre Mitarbeit danke ich Ihnen bestens.

9. August 1949, Einwohnergemeinde Oberfelden

Herr Julius Gottlieb Brunner, Arzt, Oberfelden, welcher sich seit dem Jahre 1918 in unserer Gemeinde aufhält, genießt einen guten Ruf. Über seine Charaktereigenschaften ist nichts Nachteiliges bekannt. Brunner ist verheiratet und Vater 2 verheirateter Töchter. Sein Einvernehmen mit der Ehefrau und den Töchtern ist ein gutes. Es kann ihm das Zeugnis eines guten Familienvaters ausgestellt werden. Obgenannter besucht weder Kinos noch Dancings, und er ist ein mäßiger Raucher. Sport treibt Herr Brunner nicht, und Vereinen gehört er auch nicht an. Er war ein mäßiger Besucher der Wirtschaften, und gelegentlich hat J. Brunner, wie man zu sagen pflegt, etwas zu tief ins Glas geschaut. Er befand sich gern in unterhaltender und fröhlicher Gesellschaft. Von Liederlichkeit oder Trunksucht konnte selbstverständlich nicht die Rede sein. Seit ca. 2 Jahren ist J. Brunner kränklich und man hat ihn selten mehr gesehen. In den letzten Jahren konnte er seinen Arztberuf nicht mehr ausüben, da er meistens bettlägerig war.

13. August 1949, Kantonspolizei Bern

Brunner, Julius, vgt., ist eigenen Rechtes und genoss hier einen guten Leumund. Seine früheren Verurteilungen haben seinem Ansehen keinen großen Abbruch getan. Er war trotzdem beliebt, und infolge seines loyalen Charakters verkehrten die Leute gerne mit ihm. Seine ärztliche Praxis ist in den letzten Jahren mehr und mehr zurückgegangen, und er dürfte in letzter Zeit nur noch wenige Patienten behandelt haben. Einer großen Praxis wäre er seinem eigenen Gesundheitszustand wegen auch nicht mehr gewachsen gewesen. Der Rückgang seiner Praxis ist wohl auch eher der Anlass, dass er auf Abwege geriet. Bei einer umfangreichen Praxis hätte er es nicht nötig gehabt, sich in gesetzeswidriger Weise zu betätigen.

Die Familie des Brunner besteht aus den Ehegatten und

2 Töchtern. Davon ist die eine mit einem Deutschen verheiratet. Nach dem Kriege kehrte sie mit ihrer Familie ins Elternhaus heim. Sie kamen vollständig mittellos hier an, und Rubrikat musste für ihren Unterhalt sorgen. Der Schwiegersohn ist Ingenieur, und hat inzwischen Beschäftigung und bringt seine Familie allein durch. Er wohnt noch im Hause des Brunner. Die andere Tochter ist auswärts verheiratet. Das Familienverhältnis ist gut.

Über die allgemeine Lebensführung des Brunner kann nichts Nachteiliges gesagt werden, außer dass er ab und zu etwas über den Durst trank. Trotzdem kann er nicht als Trinker taxiert werden, denn er trinkt nicht gewohnheitsmäßig. Aber wenn er einmal ins Wirtshaus geht, bleibt er meistens sitzen, bis das Maß übervoll ist. In dieser Hinsicht ist er haltlos und die Einsicht, wann es Zeit wäre, den Weg nach Hause zu finden, fehlt ihm ganz. Mit dem Rauchen übertreibt er es nicht, sein Gesundheitszustand in letzter Zeit hätte ihm das auch nicht erlaubt.

Im Jahre 1947 versteuerte er ein Einkommen von Fr. 7000.– und 1948 noch 1.100.–. Vermögen: Fr. 59.000.– davon 27.000.– in Wertschriften. Seinen finanziellen Verpflichtungen ist er stets pünktlich nachgekommen.

Besuch von Kinos usw. sowie Tätigkeit in Vereinen kann negativ beantwortet werden.

Wenn Julius Brunner länger als vier Sekunden über ein Stichwort nachdenkt, beginnen die Finger des Psychiaters auf der Schreibunterlage aus Linoleum zu trommeln, dann rückt er die Stoppuhr ein wenig zurecht, schraubt den Füllfederhalter zu und gleich wieder auf. Manche Stichworte sind einfach.

Zahlen, sagt der Psychiater, *bar zahlen,* antwortet Brunner. Der Psychiater notiert *2sec.*

Brunner ist wieder in tiefes Nachdenken versunken. Bar zahlen macht alles viel einfacher, es hinterlässt keine Spuren. Nichtstun ist ihm sein Lebtag zuwider gewesen. Sein Leben lang hat er Tauschhandel mit Naturalien, Möbeln und anderen Gegenständen betrieben. Wenn er um etwas handeln kann, ist er in seinem Element. Stolz kam er von seinen Hausbesuchen mit einem Stück Speck, einem Schinken oder wenigstens ein paar Eiern nach Hause oder rieb sich vor Vergnügen die Hände, wenn er erzählte, er habe einem Bauern eine Kommode oder einen Schrank abluchsen können. Die Sachen seien ja doch nur hinten in einer Scheune verstaubt. Tische, Kommoden, Zinnteller, Zinnkrüge, lauter schöne Dinge. Wenn er einen ganzen Bauernschinken für ein eingerenktes Bein bekam, war ihm das auch recht.

Er sei nur auf Geld aus gewesen, er habe die Frauen ausgenutzt! Damit wollen der Psychiater und der Experte ihn in die Ecke drängen. Bei der geringsten Gefühlsaufwallung kommen ihm die Tränen. Letzte Woche ist er sogar zusammengebrochen, als man ihm nach dem Verhör das Protokoll vorlas und zum Unterschreiben hinlegte.

Ich gebe zu, dass ich im Februar 1949 eine Abtreibung gemacht habe und im Juli 1949 nochmals eine.

Die Frauen haben jeweils gebettelt und gebeten, bis ich mich erweichen ließ. Ich bin besonders in den letzten zehn bis fünfzehn Jahren sehr leicht beeinflussbar geworden. Wenn ich ein Bier oder ein Glas Wein gehabt habe, habe ich nachher den Heimweg nicht mehr gefunden.

Vorhalt: *Nach den bisherigen Einvernahmen, denen Sie zum Teil beigewohnt haben, haben die Frauen nicht betteln müssen.*

Antwort: *Wenn die Frauen das so sagen, dann wollen sie sich jetzt günstiger stellen. Die Frauen hätten doch nicht sagen sollen, dass sie eine Auskratzung hatten! Man verrät den helfenden Arzt doch nicht! Ja, wenn sie alles im Dorf herumplaudern, bis der Polizist es merkt! Neunzehnjährige Mädchen, deren Leben verpfuscht gewesen wäre, wenn sie das Kind hätten haben sollen!*

Frage: *Ist es Ihnen nicht mehr ums Geld gegangen?*

Antwort: *Nein. Aber selbstverständlich habe ich mich recht bezahlen lassen. Manche, manche habe ich abgewiesen. Ich habe sie angehalten zu heiraten. Wie viele Abtreibungen ich gemacht habe, kann ich mit dem besten Willen nicht mehr sagen. Ob nun eine mehr oder weniger dazu kommt, macht wahrscheinlich nicht mehr viel aus. Ich könnte also sagen, es seien drei oder dreißig, ich weiß es aber nicht mehr. Ich will mich nicht mit einer kleinen Anzahl herausbeißen und auch nicht mit einer zu großen Zahl belasten.*

Vorhalt: *Finanziell hätten Sie diese Abtreibungen gar nicht nötig gehabt.*

Antwort: *Ich hatte dies wohl nicht direkt absolut nötig. Ich habe aber die hundertzwanzig bis hundertachtzig Franken, die ich dafür erhielt, gut brauchen können. Ich habe auf einem Sparheft ca. sechstausend bis siebentausend Franken. Dazu hat meine Frau ein Sparheft von viertausend bis fünftausend Fran-*

ken. Ferner hatte ich für neunzehntausend Franken Obligationen, wovon eine zu fünftausend Franken jetzt eingelöst worden ist. Meine Frau hat auf mein Ableben ca. zehntausend Franken zu beanspruchen, eventuell auch etwas mehr beim Ärztesyndikat. Das Haus ist mit zweiundvierzigtausend Franken Grundsteuer eingeschätzt und mit zehntausend Franken belastet.

Frage: *Geben Sie zu, bereit gewesen zu sein, an einer unbestimmten Vielheit von Frauen Auskratzungen vorzunehmen?*

Antwort: *Das bestreite ich entschieden. Ich habe gewusst, dass die Unterbrechung der Schwangerschaft strafbar ist, und habe deswegen oft Angst genug gehabt. Die Einsicht in die Strafbarkeit hat mir nicht gefehlt, hingegen konnte ich wegen meiner leichten Beeinflussbarkeit nicht immer meiner Einsicht gemäß handeln. Es ist nicht so, dass mir die Verurteilungen keinen Eindruck gemacht haben, und ich bestreite, von der Erwägung ausgegangen zu sein, dass man mich wegen meines Gesundheitszustandes nicht zum Strafantritt verhalten könne. Ich habe, wie ich immer wieder sage, einfach zu leicht nachgegeben.*

Die letzte Verurteilung bejahte die Gewerbsmäßigkeit. Jetzt ist es ja nicht anders, und ich nehme an, dass auch diesmal die Gewerbsmäßigkeit zu bejahen ist.

Ich gestehe, in den Fällen, zu welchen ich einvernommen wurde, Abtreibungen vorgenommen zu haben, und ich gebe zu, dass dies gewerbsmäßig gemacht wurde. Ich ersuche, mich mit Rücksicht auf dieses Geständnis im Falle der Zuständigkeit nicht an das Geschworenengericht, sondern an die Kriminalkammer zur Beurteilung zu überweisen.

Seine Unterschrift fällt krakelig aus. Er setzt ein Komma daneben und schreibt *Arzt* dazu, da erkaltet der Schweiß auf seiner Schädeldecke bereits, der Speichel hat sich im Gaumen angesammelt, als fließe alle Körperflüssigkeit an dieser Stelle zusammen, um in einen Schlund hinabzustürzen.

Er hat den Zusammenbruch wie eine Lunte gefühlt, deren

Glut nicht zu einer Explosion führte, sondern nur eine Bruchlinie hinterließ, ein Einreißen. Als er wieder zu sich kommt, sitzt er haltlos weinend vor dem schweren Schreibtisch des Psychiaters und weiß nicht, wie er in dessen Zimmer geraten ist. Lunte, Explosion sind zu laute Worte für alles, was ihm jetzt geschieht. Selbst Einreißen ist zu laut; denn es geschieht lautlos wie in einem Stummfilm, in dem ein Gebäude einstürzt. In der gespenstischen Leere erhebt sich eine Staubwolke schwerfällig vom Boden und sinkt, unfähig, eine luftige Höhe zu erreichen, zurück, alles Leben unter sich erstickend.

Der Psychiater trägt seine Anmerkungen handschriftlich in die großen Bögen der Anstaltsformulare ein.

Aus den Jahren 1947 und 1945 konnten ihm je ein Fall nachgewiesen werden, aus dem Jahre 1944 2 Fälle und aus dem Jahre 1943 ein Fall.

Mit den beiden Abtreibungen aus dem Jahr 1949 ist er also wegen gewerbsmäßiger Abtreibung in 7 Fällen angeschuldigt. Bei der Einvernahme erklärte er, sich an die einzelnen Abtreibungshandlungen nicht mehr erinnern zu können.

Mit den Frauen konfrontiert, kannte er diese angeblich nicht mehr. Doch gab er ohne weiteres zu, verschiedene Abtreibungen vorgenommen zu haben. Wie viele, und wann diese stattgefunden hätten, konnte er nicht angeben. Dass er sich an seine Delikte nicht mehr erinnert, ist allerdings nur zum Teil einer Gedächtnisstörung organischer Art zuzuschreiben.

Der Explorand hatte schon bei der Einvernahme 1944 ein großes Interesse, sich an diese Dinge nicht erinnern zu können. Auch heute hat man den Eindruck, dass er in diesem Zusammenhang seine Gedächtnisschwäche bewusst in den Vordergrund stellt.

Auf die Frage, ob er, wenn er wieder nach Hause könne, nicht wieder anfange zu unterbrechen, sagt Explorand energisch, das komme gar nicht mehr in Frage, weil er jetzt das Inventar der Praxis verkaufe. Explorand stützt beim Sprechen beide Hände auf den Knien auf, um Luft holen zu können.

Schnell aufgebracht und rechthaberisch. Er sei jetzt auf dem letzten «Trom» (Faden). Da müsste er ja ein «Schafseckel» sein, wenn er noch so etwas machen wollte! Ob man denn glaube, er sei ein so ein «verrückter Cheib» und mache so etwas noch einmal! Man solle ihm doch nicht zumuten, dass er auf einem Tisch abtreiben werde! Man solle ihn doch nicht aufregen, er würde doch seiner Frau nicht noch mehr Leid zufügen!! Ganz so verrückt sei er doch nicht!

Explorand gerät in starke Erregung und verlangt, dass man ihn mit solchen Zumutungen nicht plage. Man solle ihn als ganz normal erklären und ihn verurteilen! Werde er gesund, sitze er ab, so viel er könne, sonst sterbe er halt und das Spiel (lacrimae) … sei aus.

Er hält sich für den armen Verratenen und ist empört darüber, dass man seine Hilfsbereitschaft so schlecht belohnt hat!

Julius Brunner hat sein liniertes Briefpapier, kleine quadratische Doppelbögen, die er quer zusammenfaltet, mit in den Garten genommen. Seine Schrift ist winzig geworden. Früher hatte er die Angewohnheit, die Anfangsbuchstaben mit schwungvollen Bögen auszuschmücken; seine Schrift war gestochen scharf.

25. 8. 1949. Liebe Lina! Dass ich deine Stimme gestern gehört habe, hat mich getröstet und einigermaßen gestärkt, so dass ich dem Kommenden ruhiger entgegenblicken kann als bisher. Ich brauche noch 2 ältere Krawatten, das alte Sommerkleid, Closetpapier, ein Paar ältere Halbschuhe, um die zu schonen, die ich hier habe. Dazu muss ich haben: Schuhwichse, 1 kl. Bürstchen, 1 Bürste für die Kleider und 1 Stofffetzen, um den Staub von den Schuhen zu pusten, 2–3 ältere Hemden. Mit dem Don Quijote habe ich mich jetzt angefreundet. Ich lese jeden Tag zwei bis drei Kapitel, aber einen ganzen Tag mich mit ihm beschäftigen könnte ich nicht. Das Herz war ganz ruhig bis gestern, als ich wieder verhört wurde. Es kam etwas unerwartet, und bis gegen Abend hatte ich 130–140 Puls und natürlich auch stark geschwollene Beine.

Jetzt zeigen seine Schriftzüge Stockungen und Kanten in einem Aufwärts- oder Abwärtsschwung, wenn er nachdenkt oder die Hand leicht zittert.

Für mich ist leider vorläufig keine Möglichkeit vorhanden, heimzukommen, denn der Herr Paragraph gestattet es nicht, jenes Ungeheuer, das von weisen Männern geschaffen wurde, und an das ihre Vollstrecker sich ängstlich klammern, wenn es gilt, einen schwachen, schuldig gewordenen Menschen zu züchtigen. Einmal wird ja vielleicht auch für mich die Zeit kommen, wo ich wieder frei aufatmen und den Druck, der all mein Denken und Sinnen Tag und Nacht daniederdrückt, von mir abschütteln kann.

Ich mache mir aber ernstlich Sorgen um deinen Gesundheitszustand, von dem Karl mir berichtete. Du würdest neuerdings über Herzstörungen und Schmerzen im Unterleib klagen. Ich bitte dich deshalb inständig, lass alle schwere Arbeit sein und schone dich in jeder Hinsicht. Es wäre mir furchtbar, wenn du ernstlich erkranken solltest und ich nicht bei dir sein und dir nicht beistehen könnte.

So ein Dorfarzt, was verdient der schon. Für ein Fläschchen Medizin fünf Franken, eine Konsultation zehn, zwölf, je nachdem. Für eine Auskratzung hingegen hat er in der Regel hundertzwanzig bis hundertfünfzig Franken verlangt. Selbst wenn es nur ein paarmal im Jahr vorkommt, nicht einmal jeden Monat, ist es doch ein schöner Zuverdienst.

Brunner würde dem Psychiater am liebsten väterlich auf

die Schulter klopfen: Was plusterst du dich so auf, mein Guter! Als habe ich den Frauen zu viel Geld abgeknöpft, es sei mir überhaupt nur ums Geld gegangen, was weißt du schon, wie das Leben in Wirklichkeit aussieht. Bezahlen muss man überall. Das ganze Leben ist ein Geschäft. Eine Auskratzung ist schnell gemacht und bringt gutes Geld. Kleine Chirurgie, eine saubere Sache. Das Risiko ist hoch, dafür braucht man eine Entschädigung.

Der Aufenthalt in der Waldau und das Gerichtsverfahren werden ihn teuer genug zu stehen kommen. In den Briefen von Zuhause steht nicht drin, dass die erste Rechnung bereits eingetroffen ist:

17. August 1949: Kostenverbal

Folgende Zahlungen wurden heute in der Untersuchungssache gegen Brunner Julius und Konsorten gemacht:

a) an Alfred Lanz, Auto Garage, Oberfelden, für Transport des Angeschuldigten Brunner Julius nach der Waldau Fr. 38.–.

b) an Landjäger Scholl für Mitwirkung an Haussuchung und Begleitung des Brunner nach Bern Fr. 6.–

Total Fr. 44.–

Abtreibung ist nach wie vor die sicherste Verhütungsmethode, das wissen auch die Herren Obrigkeiten genau. Schließlich nehmen sie sie häufig genug für ihre Gattinnen und Mätressen in Anspruch.

Da war dieser Mann, der ihm aus Davos schrieb, ein kaufmännischer Angestellter, verheiratet, der vor seinem Eintritt ins Militärsanatorium mit einer Serviertochter aufs Zimmer ging. Himmelherrgottzuckerbäcker! Wegen einem Mal! Der Mann verhielt sich anständig. *Sehr geehrter Herr Doktor,* schrieb er, *ich komme mit der Bitte zu Ihnen, dieses Fräulein entsprechend zu behandeln. Als verheirateter Mann habe ich eine große Unvorsichtigkeit begangen. Außerdem leide ich an*

Lungentuberkulose und bin im Militärsanatorium einquartiert.

Vor ca. zweieinhalb Jahren behandelten Sie meine Schwägerin Frau Brigitte Haller mit großem Erfolg. Mein Bruder, welcher momentan hier in Davos in den Ferien weilt, machte mich auf Sie aufmerksam. Sie erweisen mir eine außerordentliche Gefälligkeit, wenn Sie meinem verzweifelten Wunsche entsprechen werden. Was würde dieses Unglück alles auslösen, wenn es bekannt würde! Ich bin überzeugt, dass Sie mich verstehen und eine Abhilfe nicht ablehnen. So oder so, es bleibt eine absolute Diskretion.

Auch an jene Frau Haller erinnert er sich noch. Er musste sie an einem Sonntag bestellen, ausgerechnet an einem Sonntagnachmittag, weil ihr Mann nur am Sonntag freihatte und zu Hause sein wollte, wenn sie zurückkam. Lina schlug mordsmäßig Krach, weil sie die dicke Bertha zum Kaffee erwartete und den ganzen Samstag alles gewienert und poliert hatte, die Frau kam später als verabredet, er musste sich beeilen und hantierte nervös.

Es war einer der schlimmsten Kräche mit Lina an jenem Sonntagmorgen, erst fraß der Zorn sich in sie beide ein, bis sie sich gegenseitig hätten erwürgen oder abschlachten können, dann brüllten sie sich leer. In diesem ausgelaugten Zustand wäre er normalerweise zum Wald hochgegangen, um sich abzukühlen, stattdessen musste er diese eine Auskratzung machen.

Seine Unruhe griff auf die Frau über, sie bekam es mit der Angst zu tun, er schenkte ihr einen Kognak ein, trotzdem weinte sie, und während des Eingriffs schrie sie beinahe, obwohl er ihr eingeschärft hatte, man dürfe nichts hören. Er hatte Angst, sie würde ohnmächtig werden oder auf dem Weg zum Bahnhof zusammenbrechen, und was dann? Lina war zum Glück im Garten mit der Kaffeetafel beschäftigt, so konnte sich die Frau auf dem Sofa im kleinen Salon hinlegen, aber als er sah, dass das Taxi mit der dicken Bertha die Dorfstraße entlangfuhr, musste er sie beinahe zur Tür hinausschieben und in aller Eile saubermachen.

Nach einer Auskratzung hat Lina nie für ihn putzen müssen, bestand nicht einmal darauf, obwohl sie sonst durch und durch putzwütig war. Er ist selbst mit dem Scheuertuch auf dem Boden herumgerutscht, hat die Nierenschalen und den Eimer ausgewaschen, die Instrumente ausgekocht und alles weggeräumt, damit niemand etwas merkte.

Einmal ging sie mit Vorwürfen auf ihn los. Als er das erste Mal angezeigt wurde, als so ein Lumpenmädchen sein Maul nicht halten konnte und er deswegen vor Gericht musste, da ist sie auf ihn losgegangen. Wegen der Schande im Dorf! Das Gerede der Nachbarn! Wie solle sie ihrer Freundin Bertha aus Kreisfelden erklären, dass er vor Gericht müsse!

Da war keine Schande im Dorf, für ihn nicht, dafür legt er die Hand ins Feuer. Niemand, kein Nachbar, keine Bekannten, am Stammtisch nicht, niemand hätte ihn scheel angesehen. Sie wussten, dass sie zu ihm kommen konnten, wenn ein Mädchen vergeblich seine Tage zählte.

Hast du Flora vergessen? Julius stellt sich vor Lina in Positur, sofort voller Zorn, wie immer, wenn sie ihm etwas vorwirft.

Hast du vergessen, wie Flora bei uns im Garten unter dem Birnbaum lag, bleich wie die Blüten am Baum und stumm wie der Tod? Wer hat ihr geholfen? Ich. Andere Mädchen haben keinen Arzt zum Vater, der seine Tochter ins Krankenhaus einliefern lassen kann!

Er wäre gern Chirurg geworden. Nachdem er im Reservekrankenhaus von Agram, dem jetzigen Zagreb, nicht so viel gelernt hatte wie erhofft, aber doch mehr als ein gewöhnlicher Dorfarzt, entschied er sich 1917 nach seiner Rückkehr für die Niederlassung in einer Landpraxis. Das Nichtstun in Agram hatte ihn mürbe gemacht und, schlimmer als das, die Unterordnung in eine strikte Hierarchie, das Einhalten eines Protokolls um jeden Preis. Er hatte nur noch einen Wunsch, fern von jeder Obrigkeit nach seinem Gutdünken schalten und walten zu können.

Wenn er Lina in langen Briefen sein Leid klagte, meinte sie, es tue ihm gut, wenn auch er einmal den Befehlen anderer folgen müsse. Ungerührt teilte sie ihm die Aussprüche seiner kleinen Töchter mit. Flora habe gesagt, sie solle einen andern Papa heiraten, damit sie wieder froh werde, und Alice habe dazu genickt und gemeint, der rechte Papa komme nicht mehr nach Hause.

Allerdings hat ihn Lina damals aus der Ferne auch aus tiefstem Herzen bewundert und gemeint, er vollbringe Heldentaten an Helden *(du wirst manchem Held die Hand drücken, tue es auch für mich, gell)*, den bedauernswert zusammengeschossenen Soldaten. Auf vehemente Art ergriff sie Partei für oder gegen eine Nation, drosch mit Phrasen um sich, die sie aus Zeitung und Radio aufgeschnappt hatte *(… wie die Söhne des Tirols sterben, mit einer so tapfern Ergebung fürs liebe Vaterland)*, oder was man sich im Dorf erzählte. *Hoffentlich gelingt es noch recht vielen Österreichern, viele Italiener zu bewältigen, es schadet nichts, wenn Italien von der Oberfläche verschwindet!*

Unbeholfene Schreibhände, unbeholfene Gedanken. Manchmal brachte sie ihn zur Weißglut mit ihren Sätzen, die sie ohne jegliche Logik aneinanderreihte, Gedanken wie Krähenfüße!, zeterte er. Jetzt erinnerte er sich mit Wehmut und einem vertrauten Hadergefühl daran, wie stolz sie damals auf ihn gewesen war.

Beatrice Tanner bleibt nach dem Streit mit Ernst Strahm unten bei der Sägerei. Sie ist wie vor den Kopf geschlagen; in diesem Kopf rast ein Sturm umher. Am liebsten würde sie aufstehen und von ihrem Körper weggehen, ihn dort an der Lattenwand des Schuppens auf einem Bretterstapel zurücklassen. Auch die Zeit spürt sie nicht mehr.

Plötzlich taucht Strahm wieder auf, obwohl sie ihm nachgeschrien hat, er brauche sich nicht mehr blicken lassen. Er ist im *Kreuz* gewesen und kommt kurz vor Mitternacht nachschauen, wo sie abgeblieben sei.

Komm jetzt, sagt er barsch, du musst nach Hause. Er packt sie am Arm und schiebt sie neben sich her.

Lass mich los, sagt sie, ich kann allein gehen.

Ich bringe dich jetzt nach Hause, beharrt er, als spüre er in seiner bierbeduselten Dumpfheit eine Gefahr für sie, nach Hause und bis in dein Zimmer hinein, sagt er störrisch.

Dort lässt er sie los und geht ohne ein Wort davon. Sie bleibt drei Tage zu Hause, benommen, ohne Gefühl. Mechanisch verrichtet sie das Nötigste im Haushalt.

Oft bleibt sie auf einem Stuhl in der Küche sitzen und starrt mit verschränkten Armen ins Leere. Wenn ihre Mutter voller Angst fragt, was nun werden solle, zieht sie unwillig die Schultern hoch oder sagt: Lass mich, woher soll ich das wissen.

Am Dienstag, ihrem Aushilfetag, geht sie wieder ins Wirtshaus. Gegen halb sechs kommt Ernst Strahm in die Gaststube. Sie stellt ihm wortlos ein Bier hin. Gegen acht Uhr, nach drei, vier Bier, probiert er, ihr schönzutun, sie solle ihm nicht böse sein, er habe alles nicht so gemeint.

Dein Geschwafel!, sagt sie.

Lass mich in Ruhe mit deinem Geschwafel! Es schlägt mir aufs Gemüt.

Nach Wirtschaftschluss lässt sie sich zu einem Stelldichein überreden. Den Alkoholdunst, den er ausströmt, ist sie von der Gaststube gewöhnt, wie die anzüglichen Blicke der Mannsbilder. Je länger der Abend, desto mehr klopfen sie ihre eigenen Schenkel und die Hintern der Serviertöchter. Sie ist es leid, schwer zu arbeiten und gute Laune zu verbreiten, um die Männer zum Trinken anzuhalten. In zwei Jahren wird sie dreißig sein. Primarschule, Dienstmädchen, Serviertochter, ein uneheliches Kind, das ist alles. Wer würde sie noch wollen? Wenn nur aus Lilo etwas Rechtes werden wird, wenigstens Coiffeuse oder Sekretärin. Jener Malermeister aus Bern, der Kindsvater, muss fünfunddreißig Franken Unterhalt pro Monat zahlen. Seit Lilos Geburt lebt sie wieder im Elternhaus, auch um ihrer kranken Mutter den Haushalt zu führen.

Strahm zeigt sich in seinem angetrunkenen Zustand anhänglich und verspricht, nun wirklich seine Verlobung aufzulösen. Es mache ihm nichts, wenn er sie heiraten müsse, er habe sowieso kein Zuhause, wiederholt er, und sie könne dann ihr Kind zu sich nehmen. Sie treffen sich wieder ab und zu, der Juli ist heiß, die Nächte warm, und zwei- oder dreimal, gibt sie zu Protokoll, haben sie wieder Geschlechtsverkehr, immer unten bei der Sägerei.

Am Sonntag, den zehnten Juli, wartet er nach Wirtschaftschluss vor dem *Kreuz* auf sie. Gleich beginnt er zu klagen, das werde noch eine üble Sache werden, wenn er seine Verlobung auflösen müsse, seine Mutter sei hinter ihm her, und am Ende müsse er noch zahlen.

Sie starrt ihn an, bleich vor Zorn. Schau mir in die Augen!, fährt sie ihn an. Es wäre dir doch am liebsten, wenn alles nicht mehr wäre mit uns, du bist ja immer im Zweifel!

Er erwidert sofort, was er sich den ganzen Weg aufgesagt hat: Es gebe doch bestimmt etwas, um die Sache wegzumachen.

Sie hat wieder kein Gespür im ganzen Körper.

Ich wüsste nicht, wo ich mich da hinwenden sollte, sagt sie nur.

In Oberfelden wohne ein gewisser Doktor Brunner, meint Strahm darauf, der das auch schon gemacht habe.

Ihre Arme sind so schwer, als müssten sie abfallen. Ihr ist klar, was Strahm ihr zumutet. Sie spürt auch genau, dass sie bei ihrer Mutter zu Hause nicht ein zweites uneheliches Kind haben kann, im Gegenteil, sie muss die Mutter ja betreuen. Sie wird zu diesem Doktor Brunner gehen müssen.

Nichts davon spricht sie laut aus. Noch einmal richtet sie ihren Blick auf Ernst Strahm, nicht mehr, um etwas von ihm zu ertrotzen, sondern nur noch, um ihn aus ihrem Blickfeld zu entfernen.

Ich werde mir die Sache überlegen, sagt sie gleichgültig.

Er hat sich bereits umgedreht und geht davon. Am zwölften Juli, an einem Dienstag, an dem sie hätte servieren müssen, die Sache jedoch nicht mehr länger vor sich herschieben kann, ruft sie Doktor Brunner an.

Fragen, sagt der Psychiater,

... und antworten, entgegnet Brunner *(2sec).*

So wie hier, fügt er hinzu und verzieht das Gesicht.

Wie sie ihn ausquetschen in den Verhören über die Frauen! Das aufdringliche Hersagen der Frauennamen, mit Vornamen, Familiennamen, Mädchennamen, wo sie wohnten, womöglich noch den Heimatort, es treibt ihm die Galle hoch.

Die verbeulte Blechschachtel in seinem Untersuchungszimmer ist ihm zum Verhängnis geworden. Er vergisst alles so schnell, besonders Jahre und Zahlen. Dass er die Abschnitte der Einzahlungsscheine aufbewahrt hat, die die Auskratzungen betreffen! Nun werden auch die Frauen, deren Adressen auf den Einzahlungsscheinen standen, in diese Sache hineingezogen. Der Untersuchungsrichter wird sich über einen so großen Fang die Hände reiben.

Wie sie sich aufplustern, im Recht glauben!, allen voran der Experte vom Gerichtsmedizinischen Institut. Dieser spricht an ihm vorbei, als hätte er irgendjemanden vor sich, nicht ihn, Doktor med. Julius Brunner. Brunner starrt auf seinen Adamsapfel, der sich hinter einem strammsitzenden Krawattenknoten auf und ab bewegt. Gewohnheitsmäßig fährt er sich mit beiden Händen an den Hals, um seine eigene Krawatte zu lockern, aber sein Hemdkragen steht bereits offen.

Was ihn dazu geführt habe, kriminelle Abtreibungen zu machen? Was ihn überhaupt bewogen habe, Medizin zu studieren?

Ich wollte, dass die Frau wieder aufsteht und weiterlebt.

Welche Frau? Könnten Sie sich etwas klarer ausdrücken?

Die erste Frau meines Vaters. Sie starb im Wochenbett.

Ihre Mutter, Herr Brunner? Ist Ihre Mutter bei Ihrer Geburt gestorben?

Dummes Zeug. Nicht meine Mutter. Nicht meine Geburt. Sie starb nach Elises Geburt.

Wer ist Elise?

Elise ist meine ältere Schwester.

Wann erfuhren Sie davon?

Da muss ich so fünfzehn, sechzehn gewesen sein.

Seine Mutter Gertrud war viel zu jung, als sie ihn bekam, auch zu jung, um die beiden Geschwister, die schon da waren, zu betreuen und dem großen Hauhalt vorzustehen. Knapp achtzehn war sie, eine ehemalige Schülerin seines Vaters. Sie ist immer nur achtzehn Jahre älter als er gewesen und der Vater immer achtzehn Jahre älter als sie. Die Frauen mussten alle zu früh Kinder bekommen. Wussten nichts von Verhütung, überhaupt nichts Geschlechtliches. Auch Lina nicht, meine Güte, Lina! Eine Generation später, und sie wusste nicht mehr als jene Gertrud. Und Flora? Sie wollte viel wissen, und es kam verkehrt heraus.

Als die Bescherung da war, wurde er geholt. Sie hatten sie aus dem Genfersee gefischt, eine verpfuschte Abtreibung. Über einen Kollegen ließ er sie in Bern ins Inselspital einweisen. Nicht etwa als Flora Brunner. Dass seine Tochter beinahe ihr Leben weggeworfen hätte, brauchte nicht aktenkundig zu werden. Wenn man ihn allein machen ließ, brachte er mit ein paar geschickten Schachzügen alles in Ordnung. Vor Amtsstuben und Behörden hat er, Julius Brunner, sich noch nie gefürchtet.

Die erste Frau seines Vaters hieß Ida Schär. Ein Segen, dass es den Namen dieser unbekannten Toten gab, den er für Flora borgen konnte. Ja kein Skandal in Oberfelden und nicht in

Floras Zukunft hinein. Auch den Psychiater hier ging diese Geschichte nichts an, sie würde nur weitere unnütze Fragen nach sich ziehen.

Flora war von Kind an auf Abenteuer aus. Sobald sie gehen konnte, riss sie aus. Wenn er sie abends suchen musste, schnitt er schon unterwegs eine Weidenrute ab, um sie auf ihre Waden niedersausen zu lassen. Er mochte das pfeifende Geräusch und wusste genau, wie gemein der Schmerz brannte. Einmal lief sie vor dem Abendessen fünf Kilometer bis ins nächste Dorf. Wie üblich kam sie zu spät nach Hause, und Lina fauchte sie an, sie könne gleich wieder verschwinden. Flora nahm es wörtlich.

Spät nachts musste er anspannen und sie holen gehen. Dieses eine Mal schlug er sie nicht. Er war heilfroh, sie gesund zurückzubringen. Und dann war da so etwas hartnäckig Wildes in ihr, davor musste man eigentlich Respekt haben.

Erst gab sie zu vielversprechenden Hoffnungen Anlass. Als kleines Kind wollte sie wissen, was sich in den braunen Flaschen und den Porzellantiegeln in seiner Apotheke befand und stand daneben, wenn er im Mörser Zutaten für eine Salbe verrieb. Wenn er Hausbesuche machte, wollte sie immer mitgehen. Stolz erzählte sie zu Hause, Papa habe ihr Kranke gezeigt, die hätten Stellen in der Brust wie winzige offene Reißverschlüsse. Man könne in die Menschen hineinsehen, dort seien kleine Höhlen und Schluchten und Geheimnisse. Alice lachte sie aus, schimpfte sie Angeberin.

Lina mit ihrem Blumentick meinte, ein Mädchen müsse einen Blumennamen tragen. Ihm war es recht. Er hoffte, seine erste Tochter werde nicht nach ihr geraten, sondern sich als eine duftigere Version des weiblichen Geschlechts entpuppen. Nur musste sie partout Kopf voran in jede Schmeichelei, jede Gefahr hineinrennen. Schließlich verschwand sie, nach einer unglücklichen Ehe, geschieden, mit ihrem sechsjährigen Sohn und einem zweiten Ehemann nach Amerika. Das war fünfzehn Jahre her. Sie schrieb nur noch selten, zu Ostern, zu Weihnachten und, wenn sie daran dachte, zu den Geburtstagen.

Den ganzen Vormittag versuchte er, seinen Schwiegersohn Karl durch den Oberpfleger anrufen zu lassen; der dies aber nicht ohne die Erlaubnis des Abteilungsarztes tun durfte. Als dieser endlich kam, war der Oberpfleger unauffindbar.

Er, Brunner, ist als Untersuchungsgefangener in der Anstalt. Die anderen sind nur Verrückte. Sein Bettnachbar ist wegen Senilität da, hat keine Familie mehr. Verwechselt alles, tunkt die Serviette statt des Löffels in die Suppe. Brunners Post wird geöffnet. Für jeden Besuch ist eine Besuchsbewilligung vorgeschrieben. Alle müssen sie eine Bewilligung beantragen, Lina, Flora, Karl, Alice und sogar Rosa. Eine Besuchsbewilligung für ein kleines Kind!

Frau Lina Brunner, Frau Alice Schmidt-Brunner und das Kind Rosa Schmidt, alle wohnhaft in Oberfelden, BE, erhalten hiermit die Bewilligung, den Untersuchungsgefangenen Brunner, Julius Gottlieb, am Sonntag, den 4. September 1949 während der ordentlichen Besuchszeit in der Heil- & Pflegeanstalt Waldau zu besuchen. Bern, den 1. September 1949, der Untersuchungsrichter des Kantons Bern: Doktor Moser.

Alice hat ihm das Formular gezeigt; er hat es gleich als Lesezeichen für Don Quijote behalten.

Er muss Karl schreiben.

Lieber Karl! Mit gleicher Post gehen zwei Pakete schmutzige Wäsche an deine Adresse im Büro ab. Ich mute Dir ein bisschen viel zu, nicht wahr? Aber ich sende sie nicht gern direkt nach Oberfelden. Ich habe keine Kleiderbürste, und die Seife ist bald aufgebraucht. Die Tage sind lang hier; halb sieben ist Tagwache, um 20 Uhr müssen wir zu Bett gehen. Ich sitze fast den ganzen

Tag in einem Lehnstuhl und lese, nur zwei- bis dreimal gehe ich im Garten einen kurzen Spaziergang machen. Ich habe ausgerechnet, dass ich dabei etwa sechshundert Meter zurücklege, also nicht ganz so weit wie von uns bis an den Bach hinab. Ich glaube, dass ich dadurch das Herz nicht allzu sehr belaste und doch meine Gelenke der unteren Extremitäten nicht ganz einrosten. Ich habe wieder angefangen, den Don Quijote zu lesen, aber ich musste ihn auf die Seite legen, da mich seine verrückten Vorstellungen und Taten zu sehr erregten. Morgen ist Bibliothekstag, da hole ich mir ein paar vernünftige Bücher. Damit ich Eure Briefe rascher erhalte, sendet sie direkt an den außerordentlichen Untersuchungsrichters des Kantons Bern.

Um körperliche Gebrechen kümmern sich die Anstaltsärzte nicht sonderlich. Sie glauben ihm nicht, wenn er ihnen sagt, dass es mit dem Herzen schlimmer werde, er müsse die ganze Nacht im Sitzen verbringen. Von Innerer Medizin verstehen sie nicht viel. Fragt sich, ob sie mehr von den Verrückten und Debilen verstehen, viel kümmern sie sich auch dort nicht.

Und jetzt, zu allem Überfluss, dieser Test, diese hingeworfenen Worte. *Grün, kalt, Wasser, Reise, reich, gut, bös, Stolz, Mitleid, blau, gelb, Nadel, Dorf, Tod, Fenster, freundlich, Brot, sündigen, schwimmen …* was sollte dies anderes sein, als was ohnehin in einem Menschenleben und in einem Dorf vorkam? Im kalten Wasser wäre er einmal beinahe ertrunken, eine lange Reise hat er nur im Ersten Weltkrieg gemacht, die ihn bis Agram führte, Reiche gibt es etliche im Dorf, gut und böse sind sie alle miteinander, er hat seinen Stolz und immer Mitleid, wenn jemand Hilfe braucht, mit einer Nadel hat er unzählige Male zugestochen, um eine Einspritzung zu machen oder eine Wunde zu nähen. Lina ist beim Fensterputzen gestürzt. Das hätte nicht vorkommen dürfen.

Im Kantonalen Frauenspital Bern setzen der außerordentliche Untersuchungsrichter und der Experte vom Gerichtsmedizinischen Institut das Verhör mit Beatrice Tanner fort.

Sagen Sie uns genau, wie Doktor Brunner reagiert hat und wie er den Eingriff machte, fordert der Untersuchungsrichter sie auf.

Eine Männerstimme antwortete, ich glaube, Doktor Brunner selber.

Könnte ich heute in die Sprechstunde kommen?, fragte ich.

Worauf er sagte, wenn ich ihn recht verstanden habe, er halte überhaupt keine Sprechstunde mehr, ich könne aber gleichwohl am Nachmittag kommen.

Um eins nahm ich bei uns den Zug und kam eine halbe Stunde später in Oberfelden an. Mein Kind Lilo musste ich mitnehmen. Vor dem Bahnhof erkundigte ich mich bei einem unbekannten Mann nach Doktor Brunner, und dieser sagte mir, wie ich gehen musste, vom Bahnhof immer geradeaus die Dorfstraße hinunter bis zum Haus nach der großen Drogerie.

Doktor Brunner sagte, er wolle mich untersuchen. Ich musste mich ausziehen und auf einen Untersuchungstisch legen. Doktor Brunner reckte mir in die Scheide und drückte mir am Bauch herum. Schließlich sagte er, ich sei schwanger, die Schwangerschaft sei jedoch höchstens sechs Wochen alt. Weiter sagte er, er könne mir diese Schwangerschaft schon beseitigen, aber nicht heute, er sei nicht so gut beisammen. Ich solle am nächsten Tag wiederkommen.

Am Mittwoch, am 13. Juli habe ich also den gleichen Zug genommen, nur diesmal ohne mein Kind. Doktor Brunner öffnete mir selber die Tür. Im Sprechzimmer musste ich mich wieder auf den Untersuchungstisch legen und auch die Beine spreizen, wie am Tag davor bei der Untersuchung. Doktor Brunner betupfte darauf die Scheidengegend mit Watte, dann machte er eine Spülung. Dann sagte er, er müsse noch etwas ausweiten. Er führte ein Instrument bei mir ein, und ich empfand schreckliche Schmerzen im Unterleib. Nach etwa fünf Minuten nahm er ein anderes Instrument zur Hand und führte auch dieses wieder ein. Ich empfand wiederum große Schmerzen im Unterleib und merkte, dass etwas aus meiner Scheide floss. Nach ungefähr zwanzig Minuten hieß mich der Arzt aufstehen. Es floss nichts mehr aus meiner Scheide. Ich konnte mich ohne Binde wieder anziehen. Doktor Brunner erklärte mir, es komme möglicherweise noch etwas Blut. Ich hatte vorsichtshalber bereits eine Damenbinde, gestrickt, nicht Cella, mitgenommen. Diese legte ich jedoch erst im Bahnhofsabort ein. Auf dem Weg zum Bahnhof hatte ich nämlich das Gefühl, es fließe etwas, und es floss auch tatsächlich etwas Blut aus meiner Scheide.

Doktor Brunner sagte ich mit keinem Wort, dass ich bei Fräulein Doktor Neuenschwander in Behandlung sei. Ich sagte, meine letzte Periode sei am 4. Mai gewesen, was ja auch stimmt. Doktor Brunner stellte mir keine weiteren Fragen. Ich habe ihn seitdem nicht mehr gesehen, und er hat sich nicht nach mir erkundigt.

Nach dem Eingriff sagte er mir, ich dürfe niemandem etwas davon sagen, sonst werde er bestraft. Ich sicherte ihm Stillschweigen zu. Ernst Strahm oder sonst jemand anderes hat mir kein Geld gegeben.

Auf weitere Fragen des Experten gibt sie zu Protokoll:

Zum Ausweiten führte Doktor Brunner nur ein einziges Instrument ein. Es schien mir etwa fünfzehn cm lang. Ich kann das Instrument nicht beschreiben. Ich hörte nur ab und an etwas klirren. Vor dem Eingriff hat mich Doktor Brunner nicht auf Herz oder Lunge untersucht. Er hat lediglich eine Untersuchung am Unterleib vorgenommen, die etwa fünf Minuten dauerte. Einspritzungen hat mir Doktor Brunner keine gemacht.

Der Eingriff fand ohne Betäubung statt. Auch nach der Auskratzung spürte ich nichts von einer Einspritzung. Tabletten oder andere Medikamente hat mir Doktor Brunner nicht gegeben. Ich sah, dass Doktor Brunner in einer langen silbernen Schale Instrumente kochte.

Grün, sagt der Psychiater.

Blaugrün, antwortet Brunner nach einigem Nachdenken *(12 sec).*

Ohne Blau gibt es kein Grün. Den ganzen Sommer über, bevor er eingeliefert wurde, hat er Rosa vom Ballonflug erzählt.

Die Welt ist blau und grün, sagt er.

Während man aufsteigt, ist alles blaugrün. Dann bleibt das Grün auf der Erde liegen, in den Wiesen und Wäldern, wie hier, wenn der Sommer so viel Grün gegessen hat, dass eine Wiese davon ganz grün geworden ist.

Sie stehen zusammen unter den Apfelbäumen hinter dem Haus und schauen in den wolkenlosen Sommerhimmel hoch.

Dort oben fliegt man, sagt er, hoch oben am Himmel.

Im Nachhinein sieht man keine Wiese mehr an, ohne dass sich das Blau des Himmels über sie legt, als würde es sie zudecken. Man kann auch das Blau des Himmels nicht mehr getrennt vom Grün der Wiesen sehen, wenn man einmal aus dem Grün aufgestiegen ist, höher und höher hinauf in die blaue Luft und sich nach Stunden wieder ins Grün hinabsinken ließ.

Hat der Himmel Blau gegessen?, fragt Rosa. Julius nickt.

Ich möchte auch Blau essen, sagt sie.

Da wirst du warten müssen, bis die Pflaumen und Trauben reif sind.

Nein, jetzt!, ruft sie, jetzt möchte ich Blau essen! Sie breitet die Arme aus. Himmelblau!

Mit dem Kind kehrt er im Geist zu jener Ballonfahrt mit

Spelterini zurück. Rosa hört mit offenem Mund zu. Und wenn ein Berg kommt?, fragt sie.

Dann muss man Ballast abwerfen, antwortet er, damit der Ballon höher als der Berg aufsteigen kann. Spelterini ist der erste Luftschiffer gewesen, der über die Alpen flog. Er war ein Pionier.

Pionier, wiederholt Rosa. Was ist ein Pionier?

Spelterinis Ballon ist mehr als sechstausend Meter aufgestiegen. Ein Pionier schafft Neuland. Er wagt etwas, was vor ihm noch kein Mensch getan hat.

Mit jedem Mal fügt er seiner Geschichte neue Schilderungen hinzu. Aus einem kurzen Flug von Winterthur Richtung Bodensee, einer der sogenannten Biedermeierfahrten, entwickelt er im Zusammensein mit Rosa die Abenteuer etlicher Flüge, in denen Stürme wehen und der Ballon knapp an scharfen Felsspitzen vorbeizieht.

Er kramt seine alten Hefte hervor, um die Berichte der spektakulärsten Flüge wieder durchzulesen. Einmal ist vom blauen Meer der Luft die Rede, das hält er für groben Unfug. Ein Meer hat dort oben nichts zu suchen, überhaupt kein Wasser. Jene Episoden, die ihm am besten gefallen, liest er dem Kind in den feurigsten Farben und mit großen Worten vor. Vom Samt der Tannenwälder ist die Rede, den kreideweißen Fäden der Gebirgsbäche, der furchtbaren Mauer der Alpen und unerforschlichen Abgründen.

Alle Winde sind hinter uns hergewesen und haben uns wie einen Luftballon herumgezwirbelt und davongeblasen, sagt er und holt Atem, und die Wolken erst! Er muss sich hinsetzen. Wenn du die Wolken gesehen hättest! So hoch, als wenn du an unserm Kirchturm hochschaust und auf diesem Kirchturm stünde noch einmal ein Turm und auf diesem noch einmal einer, so hoch, und ohne Ende türmten sich die Wolken von allen Seiten um uns auf, so dass wir nicht wussten, ob wir jemals wieder heil aus dieser Wolkensuppe herausfinden würden. Erschöpft hält er inne.

Wolkensuppe, wiederholt Rosa.

Julius blättert in einem Heft. Vor dem samtschwarzen Tuch der Nacht, beginnt er von neuem.

Ganz schwarze Nacht, sagt Rosa mit feierlicher Stimme nach.

Schimmerten die Kuppeln der Berge wie Gespenster, fährt er fort, wie mächtige eisbeglänzte Gespenster.

Eisgespenster, wiederholt Rosa.

Während der einzigen und kurzen Ballonfahrt seines Lebens, begann sich eine Idee in seinem Kopf zu formen, die den Ablauf der Zeit betraf. Die Landschaft wurde unter ihm weggezogen, er fuhr, er wusste nicht wie, durch die Luft. Sie bewegten sich auf andere Art fort, als mit allen ihm vertrauten Bewegungsarten, dem Pferd, dem Einspänner, der Bahn. Die Zeit verging ihm wie im Flug. Sie ließ sich nicht mit eineinhalb Stunden Bahnfahrt oder zu Pferd vergleichen. Von allen Seiten drückten sich Luftmassen gegen den Ballonkorb; sein Schädel füllte sich mit einem Rauschen, das anschwoll und abebbte. Die Höhe, die Aufregung, die Unendlichkeit des Raums und die Flugbewegung ließen ihn vor Glück beinahe bersten.

Wie Adler schwebten wir über den Schneefeldern. Seine Stimme zittert vor Ergriffenheit.

Adlerfeder, echot die Kinderstimme.

Stets beugt er sich bei den Worten, die ihn am stärksten ergreifen, zu Rosa hinab, als wolle er ihr diese persönlich ans Herz legen: gewaltig, lautlos, majestätisch, erhaben. Die Geschwindigkeit, das sausende Dahingleiten über der Erde hallten in seinem Brustkorb wieder, der sich ausdehnte und zusammenzog, als enthalte er mehr als zwei Lungenflügel, ein mächtiges Instrument, das mit den Winden zusammen

Handorgel spielte, anders als der müde Blasebalg, der ihm jetzt selbst bei gewöhnlichen Atemzügen Mühe bereitete.

In einem Ballon ist es erhaben und still, sagt er. Vornehm schwebt er durch den Äther.

Vernimm den Äther, flüstert Rosa.

Er würde seine Erzählungen gern mit etwas Relativitätstheorie schmücken. In jungen Jahren, als er sich damit beschäftigte, machte ihn etwas daran hellwach, als sei er gerade aus einer Viertelstunde Mittagsschlaf in den Tag zurückgekehrt.

Er hätte ewig weiterfliegen wollen. Der Raum dehnte sich weiter und weiter von ihm weg, die Erde auch; es wollte nicht aufhören. Es gab keine Stationen, Schilder, Fahrpläne. Er hatte von einem gelesen, der bei einem Flug bis nach Frankreich gekommen war. Der Wind habe das Luftschiff einfach über die Grenze und immer weiter getrieben, an die dreiundzwanzig Stunden seien sie unterwegs gewesen, von Schlieren am Zürichsee bis an den Atlantik. Und Alfred Wegener erst! Er und sein Bruder waren für Luftuntersuchungen im Ballon aufgestiegen und zweiundfünfzig Stunden in der Luft geblieben.

Nicht nur der Raum dehnte sich aus, sondern auch die Zeit. Natürlich dehnte sich die Zeit aus, das wusste jedes Kind! Ein Jahr, ein Tag, selbst ein Augenblick konnten sich unendlich in die Länge ziehen, wenn man sich mit etwas abmühte, ohne dass es voranging, wenn ein Unglück geschah, oder wenn man eingesperrt war, wie er jetzt. Wurde ihm die Zeit mit jedem Tag in der Anstalt nicht lang und länger? Manchmal blieb sie stehen.

Wie konnte das angehen, dass die Zeit etwas Gewöhnliches sein sollte wie Länge, Breite und Höhe? Die Zeit war immer eine eigene Größe gewesen, außerhalb von Tischbein und Türstock. Plötzlich existierte sie nicht mehr für sich allein, sondern war mit dem Raum zusammengeschmiedet worden. Raumzeit war Trumpf. Die Zeit bestand nur noch aus einer Richtung wie oben und unten, links und rechts, vorwärts und rückwärts, einem flachen Faden, nicht mehr aus prall angefüllten Stunden und Tagen. Dass es plötzlich vier Dimensionen geben sollte, anstatt deren drei wie bisher, trieb ihn um.

Das Gefühl, mitten in einem gewaltigen Umbruch zu leben, sozusagen am Beginn einer neuen Zeit, in der mitten unter ihnen ein Erfinder lebte, einfach so in Bern, und dazu noch an einem ganz gewöhnlichen Ort wie dem dortigen Patentamt arbeitete, begeisterte ihn.

Sein Leben lang ist er gut mit *Panta rhei!* gefahren. Alles fließt. Mit zunehmendem Alter und verfestigten Trinkgewohnheiten kehrt er zu dieser Losung zurück. Nur jetzt, wenn er mit Rosa spricht, muss er feststellen, dass sein geistiges Werkzeug nicht mehr taugt, um dem Kind zu erklären, dass Anfang des Jahrhunderts der Zeitbegriff aufgehoben wurde.

Und wenn es nicht stimmte? Die Zeit war stärker als alles andere. Vielleicht meinte Einstein nichts anderes, als er die Lichtgeschwindigkeit zum Maß aller Dinge erklärte. Was war Geschwindigkeit letztlich anderes als Zeit?

Er neigt den Oberkörper ein wenig vor. Alles fließt, sagt er, das musst du behalten: alles fließt. Man kann die Welt auf vielerlei Art erklären, es ist kompliziert. Nur eins ist sicher: Nichts bleibt gleich.

Wenn man hinabschaute, sagt er zu Rosa, sah man Pferdefuhrwerke, ein Dampftram, Fahrräder, Menschen mit Handwagen, Gemüsekarren. Auch die Milch wurde in der Stadt mit einem Handwagen angeliefert. Die großen Milchkannen standen darauf, eine Bauersfrau zog den Karren durch die Gassen und verkaufte den Stadtfrauen Milch.

Wo?, fragt Rosa.

An der Haustür. Die Bauersfrau schöpfte die Milch in einen Krug oder einen Milcheimer.

Rosa sieht ihn ungläubig an.

Die Frauen sind nicht beim Bauern Milch holen gegangen wie wir?

Er schüttelt den Kopf. In der Stadt gibt es keine Bauern. Eine schön verkehrte Welt, nicht wahr, wenn die Bauersfrau zu den Leuten an die Tür geht. Es gab auch Karren, die von Hunden gezogen wurden.

Von Hunden? Was war in dem Karren drin?

Vielleicht Kartoffeln, schlägt er vor, oder Kohlköpfe, Zwiebeln. Gemüse, das zum Markt gebracht wurde.

Große Hunde? Rosa schaut immer noch skeptisch. War der Karren so groß wie dein Leiterwagen?

Er nickt. Das Seltsame ist, fährt er fort, dass die Erde einem entgegenschwebt, wenn man wieder landet. Man glaubt zu träumen. Bäume und Häuser wachsen einem entgegen; wachsen einem über den Kopf, und dann gleitet man ganz sanft zu Boden.

So sanft wie ein Schmetterling, fügt er entschieden hinzu, bevor der riesige Ballon zur Seite sinkt wie ein uraltes, leergepumptes Tier.

Das Vormittagslicht dringt gedämpft ins Schlafzimmer. Links und rechts vom Fensterkreuz fällt an jedem Fenster eine Tüllgardine herab, deren gebügelter Faltenwurf weißer leuchtet als der cremefabene Anstrich des wandhohen Wäscheschranks, an dem Lina in der linken Türhälfte innen das Scharnier einhängt, die rechte zuschiebt und den Schlüssel umdreht. Langsam geht sie im Unterrock zum Kleiderschrank hinüber, dreht auch dort den Schlüssel im Schloss, diesmal, um die Doppeltür zu öffnen und beide Hälften weit auseinanderzuziehen. Rosa, die von Alice ausgeschickt worden ist, um nachzuschauen, ob Lina bald reisefertig sei, steht angewurzelt auf der Türschwelle. Lina holt ein beigefarbenes Jackenkleid aus dem Schrank, schält den Rock unter der Jacke vom Kleiderbügel, legt die Jacke über die Stuhllehne und zieht sich den Rock über den Kopf, zieht den Reißverschluss im Rücken hoch und knöpft den Knopf im Gurtband zu. Dann nimmt sie nacheinander zwei weiße Blusen heraus, eine glänzende mit schwarzen Tupfen, eine zweite aus Batist mit Zierstickerei an Kragen und Manschetten und hält sie prüfend gegen das Licht. Sie hängt die getüpfelte in den Schrank zurück und schlüpft mit den Armen in die Batistbluse hinein, dann knöpft sie sie langsam zu. Im Spiegel sieht sie hinter sich den feingewirkten weißen Bettüberwurf über den Ehebetten und in der dunklen Türöffnung das Kind in einem weißen Hängerkleidchen, mit weißen Schnürschuhen, weißen Söckchen, einer weißen Schleife in den aufgesteckten Zöpfen, das ihr mit offenem Mund zuschaut.

Rosa vergisst zu atmen. Wenn sie vom Parterre in die Waschküche hinabgeht, muss sie sich im Stockfinsteren, eine Hand an der Wand, drei Stufen hinabtasten, bevor sie im Fenster der Tür gegenüber Licht sieht und hinter dem Licht die blendende Helligkeit des Gartens. Jetzt geht vor ihren Augen mit Lina eine ähnliche Verwandlung von Dunkel nach Hell vor. Sogar ihr Gesicht sieht aus, als sei es mit einem Mal im Licht. Sie steht vor dem Spiegel, nimmt die Haarbürste vom Waschtisch, streicht mit einer leichten Bewegung die Haare zu beiden Seiten des Gesichts hoch, damit sie sich etwas aufbauschen, zieht die Haarnadeln aus ihrem dünnen Knoten und steckt sie neu zurecht, nimmt aus einem der Kartonschächtelchen auf dem Waschtisch noch ein paar dazu, klemmt sie sich zwischen die Lippen, bevor sie eine nach der andern rings um den Knoten feststeckt. Im Spiegel sieht sie, wie Rosa aus der Tür flitzt. Kurz darauf kommt sie mit Alice zurück und deutet triumphierend auf Lina: Siehst du jetzt, was wir für eine schöne Lina haben!

Warum ziehst du dich nicht immer so an?, fragt sie. So wärst du immer eine schöne Lina.

Lina schüttelt den Kopf und streicht über die Ärmel ihrer Bluse, die so weiß wie ihre Haare leuchtet. Doch nicht werktags!

Aber am Abend könntest du so eine Bluse anziehen oder wenigstens am Sonntag, wenn du bei uns isst!, beharrt Rosa.

Ah, bah!, macht Lina. Die viele Arbeit. Im Schrank halten sich die Blusen still, und ich muss nicht waschen und bügeln.

Die Lokomotive stampft und dröhnt, warmer Wind weht Rosa ins Gesicht. Grün und Blau laufen mit dem Zug um die Wette, die Sonne blendet, die Welt stürmt durch sie hindurch, wie sie selbst sonst durch die Welt stürmt. Alice zieht auf ihrer Seite den Vorhang im Abteil zu und hindert sie daran, auf den Sitz zu klettern: Nicht mit den Schuhen aufs Polster! Nicht hinauslehnen!

Der Zug saust davon, saust gleichzeitig durch sie hindurch und zieht sie mit sich fort, sein Schnauben und Stampfen schnaubt und stampft in ihr weiter, ta-tam, ta-tam, ta-tam, sagt Alice und gibt mit dem Fuß den Takt an, hörst du die Räder stampfen? Sie lehnt sich einen Moment zurück und betrachtet das Kind, das vor Aufregung nicht weiß, ob es sitzen oder stehen, vorwärts oder rückwärts schauen soll, ta-tam, ta-tam, ta-tam, wiederholt sie, das ist Verreisen, Wegfahren. Sie schließt kurz die Augen. Wenn sie doch wegfahren könnte, auf und davon, das elende Schlamassel hinter sich lassen, weg von der tonnenschweren Mutter neben ihr, dem eingesperrten Vater, zu dem der Ausflug führt, Ausflug!, sie kneift die Lippen zusammen, könnte sie doch mit dem Kind zusammen wirklich ausfliegen, wenigstens an den Thunersee, und eine Dampfschifffahrt machen.

Stattdessen muss sie beim Psychiater der Waldau vorsprechen. Kaum ist sie mit Karl und Frieder aus dem Gröbsten heraus, muss sie einmal in der Woche nach Bern fahren, um ihren Vater in der Irrenanstalt zu besuchen. Wenn er auch stets half, wo er konnte, und seine Töchter jeweils aus üblen Situationen rettete, so hat er gleichwohl die ganze Familie in Schmach und Schande geführt.

Von Flora, wäre sie hier, könnte sie schwerlich Unterstützung erwarten. Sie hatte immer nur Flausen im Kopf, und Flausen sind leicht wie Staub an der Landstraße.

Wie oft zogen sie pfeifend und singend an jenen endlos langen Sommertagen, die ihre gemeinsame Kindheit ausfüllten, mit der Dorfjugend zum Wald hinaus. Über den alten Leiterwagen hatten sie Weidenzweige gespannt und diese mit Wolldecken und Leintüchern drapiert. Flora saß im roten Kleid, das sie von einem Kostümfest hatte, mit klimpernden Armreifen im Planwagen und schlug das Tamburin. Wenn sie mit den Dorfkindern «Zigeunerleben» spielten, war sie in ihrem Element.

Flora war mit Leichtigkeit angefüllt, die Wirklichkeit hatte ein leichtes Spiel mit ihr. Hätte sie jemanden zur Seite gehabt, der ihre Begabung für Leichtigkeit vertieft hätte! In ihrem Kopf war ein Hüpfen, so wie sie selber ständig auf und abhüpfte, quirlig, quecksilberig dahin und dorthin sprang, allem nachrannte, was ihre Aufmerksamkeit zehn Sekunden lang fesselte.

Sie hatte damals schon einen Schulschatz, mit dem sie manchmal nach dem Unterricht in die Sandsteinhöhlen ging. Viele aus den höheren Klassen gingen dorthin.

Das wäre eine Auskunft für den Psychiater: Für ihren Vater war es selbstverständlich, dass Flora und sie studieren sollten.

Alisseli, sagte er eines Tages im Garten zu ihr, setz dich einmal zu mir auf die Bank. Möchtest du nicht wie Flora nach Kreisfelden aufs Gymnasium gehen? Ihr könntet zusammen mit dem Zug hin- und herfahren. Später einmal könntest du ein Studium anfangen –

Ihr Vater wollte eine Frage mit ihr besprechen und ihre Meinung hören. Das war noch nie vorgekommen. Bei Flora gingen die Eltern immer davon aus, dass sie auf dumme Gedanken kommen würde. Man traute ihr nichts anderes zu, und nun sollte Alice mit elf Jahren ihr Anstandswauwau sein. Die Freiheit lockte, es gab einen Weg aus dem Dorf hinaus. Sie würde Zeit mit ihrer großen Schwester verbringen, sie würden dieselben Bücher lesen und darüber sprechen können.

Die Lokomotive pfeift und schickt ihren Triumphschrei über Land, Rosa schnellt herum, ihre Augen blitzen, etwas von ihrer glühenden Begeisterung geht auf Alice über, sie lächelt zurück.

L wie Lokomotive, sagt Lina.

In Kreisfelden steigen sie aus, gehen eine lange Treppe hinab und unter dem Perron weiter. Dort ist es dunkel und feucht wie in einer Gießkanne.

Wir gehen durch eine Unterführung, sagt Alice zu Rosa, dann steigen sie eine andere lange Treppe hinauf an die Sonne zurück und in eine andere Bahn hinein. Lina humpelt am Stock schweratmend eine Stufe nach der anderen hinab und hinauf.

E wie Eisenbahn, sagt sie und lässt sich mit einem Schmerzenslaut auf den Sitz fallen. Den Stock behält sie zwischen den Knien und stützt sich mit beiden Händen auf den silbernen Knauf.

Niemand ist jemals so lange Eisenbahn gefahren wie sie, als sie ihre große Reise nach Wien unternahm.

W wie Wien, anno neunzehnhunderteinunddreißig, sagt

Lina zu Rosa, als dein Großvater Alice in Paris besuchte, bin ich allein zu meiner Schwester nach Wien gefahren. Die ganze Fahrt über hat die Sonne geschienen. Der Himmel war blau, und die Donau war blau. Wenn du wüsstest, was das für ein Erlebnis ist, wenn man zum ersten Mal die schöne blaue Donau sieht!

Alice sieht sie spöttisch an. Die Donau ist doch ganz armselig, wenn man in Wien einfährt, und schon gar nicht blau, will sie sagen und beißt sich auf die Lippen.

In Bern gehen mehr Menschen durcheinander, als Rosa je gesehen hat, mehr als am Oberfeldener Jahrmarkt. Sie gehen in verschiedenen Richtungen durch Gänge und Höhlen, auch sie gehen durch dunkle Gänge bis zu einer riesigen Höhle und von dort auf einen großen Platz hinaus.

Alice hält sie fest an der Hand und sagt mit ihrer strengen Stimme: Keinen Schritt gehst du mir hier allein! Jetzt nehmen wir ein Tram bis zum Kornhausplatz und dort das Bähnchen in die Waldau hinaus.

Alice und Lina wischen sich immerzu mit Taschentüchern über ihre tropfenden Gesichter. Lina hat extra die großen, weißen von Julius mitgenommen. Die Reise endet vor einem riesigen Haus. In einem hohen Gang bleibt Alice vor einem Glaskasten stehen, in dem eine Frau sitzt. In dem großen Gang gehen so viele Leute umher, als ob sie immer noch im Bahnhof seien, aber es riecht nicht mehr nach Perron und rollenden Rädern. Rosa schnuppert und verzieht das Gesicht. Es riecht wie zu Hause im Schlafzimmer, wenn Alice vor Halsweh nicht sprechen kann und das Zimmer nach Medizin stinkt. Hinter dem Glaskasten sieht Rosa einen großen Mann stehen und winken. Er trägt ein weißes Hemd und ein Gilet, wie Julius eins hat, und an seiner Gilettasche baumelt eine goldene Uhrkette. Eine Hand mit einem Schlüssel schiebt sich davor, in der Glaswand öffnet sich eine Tür.

Rosali, sagt der Mann und hebt sie hoch. Sie dreht den Kopf weg und zappelt. Er stellt sie auf den Boden, sie sucht nach Alices Hand.

Er riecht komisch, sagt sie.

Noch nie hat sie ein so großes Haus gesehen. Sie ist froh, dass sie im Garten sein können. Alice geht einmal hinein, um mit dem Arzt zu sprechen. Sie muss warten, bis ein weiß angezogener Mann sie mitnimmt.

Mit beiden Händen hält Alice sich am Griff der Handtasche auf ihren Knien fest. Der Psychiater legt ein neues Blatt in die Krankengeschichte Doktor Julius Brunner ein, schaut die Besucherin kurz an, und während er auf eine erste Antwort wartet, notiert er: Alice Schmidt, geb. Brunner, 40j, mit einem Deutschen verh., Mutter zweier Kinder (12 und 4). Hektische rote Flecken am Hals, nervös.

Wie Doktor Brunners Ansehen im Dorf gewesen sei.

Mein Vater ist ein geselliger Mensch und war bei allen beliebt, antwortet Alice, als sage sie auswendiggelernte Sätze auf. Jetzt lebt er ganz zurückgezogen. Durch seine Herzkrankheit ist er sehr müde geworden, fügt sie hinzu, er hat viel von seiner Lebenskraft verloren, auch von seiner Lebensfreude. Er sagt oft, er passe nicht mehr in diese Welt. Seine enorme Vergesslichkeit fiel mir erst nach dem Krieg auf.

Wir haben –, sie denkt nach und fängt neu an.

Wir waren ja in Deutschland und leben erst seit Kriegsende bei meinen Eltern.

Sie schlägt ein Bein über das andere und schiebt die Handtasche neben sich auf den Sitz. Sie würde gern ein Pfefferminzbonbon herausnehmen, aber sie traut sich nicht.

Wie das Familienverhältnis gewesen sei.

Alice räuspert sich. (Zerstritten. Fürsorglich. Als ob man dies in zwei Worten sagen könnte.)

Es hat uns an nichts gefehlt, beginnt sie zögernd.

Flora ist zu viel verprügelt worden. So etwas kann sie doch nicht laut sagen. Warum fällt ihr bei Familienverhältnis wieder Flora ein?

Was davon sollte sie diesem Herrn erzählen? Er war fast kahl, obwohl er noch jung war, zumindest schien er ihr nicht älter als sie. Er schaute sie nicht unfreundlich, aber auch nicht freundlich an. In seinen Augen konnte sie gar nichts entdecken, das zu einer Zwiesprache aufforderte. Wahrscheinlich musste ein Psychiater so sein, ungerührt und unbeteiligt, um sich nicht von Emotionen in die Irre führen zu lassen, wie es ihr immer wieder geschah.

Natürlich war es Flora, die die Hefte mit den nackten Frauen fand. In einem unbenutzten Zimmer unter dem Dach lagen sie in der Ecke hinter einem Ohrensessel, Jugendstilhefte mit Aktfotos von jungen Schönheiten mit wallenden Locken, die auf Glanzpapier die Augen zum Himmel verdrehten. Meist standen sie unter einem Wasserfall. Es sah aus, als fließe die Haut selbst ununterbrochen an ihren Alabasterleibern hinab.

Flora geriet ganz aus dem Häuschen, als sie das Heft durchblätterte. Entzückt strich sie immer wieder über die glatten, glänzenden Seiten.

Sogar das Papier fühlt sich anders an, flüsterte sie andächtig.

Auch Alice starrte die Nacktaufnahmen fasziniert an. In dem Zimmer hatte einige Monate ein Untermieter gewohnt. Warum versteckte er die Hefte hinter dem großen Sessel?

Ein Aktmodell mit schwarzen Haaren hatte es Flora besonders angetan. Einzelne Wassertropfen waren wie Perlen auf ihrer Haut drapiert. Dunkle Locken ringelten sich über ihre Schultern und Brüste und fielen am Rücken bis zu den Hüften hinab.

So verführerisch würde auch ich mit meinen schwarzen Locken aussehen!, rief sie aus.

Alice kicherte unbehaglich. Das ist affig, sagte sie schließlich und ging zur Tür. Sie wollte nicht länger in dem Zimmer mit diesen Heften sein. Flora, das spürte sie genau, fühlte sich einmal mehr von etwas Verbotenem angezogen und würde ein Unheil für sich heraufbeschwören.

Sie tanzte wie närrisch mit der Illustrierten im Zimmer herum. Wenn ich so eine Fotografie von mir hätte, wäre ich Königin der ganzen Schule! Niemand würde sich trauen, so etwas zu tun! Du musst so eine Fotografie von mir machen!

Ihr Vater war ein leidenschaftlicher Hobbyfotograf. Einen Teil der Waschküche hatte er als Dunkelkammer eingerichtet; dort konnten seine Töchter frei schalten und walten, selber Bilder entwickeln und abziehen. Er störte sie nie, war im Gegenteil immer furchtbar stolz, wenn sie selbständig arbeiteten.

Alice hatte ihre Schwester noch nie genauer ohne Kleidung angeschaut. Wie sollte sie die Schärfe einstellen? Eine schwarze Locke ringelte sich über ihre rechte Brust und blieb neben der Brustknospe liegen, die sich frierend aufgerichtet hatte, dunkler als ihre eigene. Verwirrt drückte sie auf den Auslöser. Als sie den ersten Abzug endlich aus dem Fixierbad holten und zum Trocknen aufhängten, konnte Flora sich nicht sattsehen an ihrem Bild. Alice musste zugeben, dass sie schöner aussah als die Aktmodelle.

Doch wie immer konnte Flora ein Geheimnis nicht für sich behalten und zeigte ausgerechnet der Haushaltshilfe, einem Bauernmädchen aus dem nächsten Dorf, eine der Aufnahmen. Das Mädchen, selbst noch halb Kind, aber bereits in Lohn und Arbeit und den Arbeitgebern verpflichtet, das Mädchen wusste nichts Besseres zu tun, als alles sofort der Frau Doktor zu erzählen und diese, Mama! Mama!, hatte nichts Besseres zu tun, als Vater den Vorfall zu melden und ihm Urteil und Strafe zu überlassen.

Schwärmerische Einfälle zu solchen Missetaten aufzubauschen! Nicht umsonst tauften sie damals die Prügelszenen Das Gottesgericht.

Mit verschränkten Armen wartete Lina darauf, dass Vater sie bestrafte. Es treibt Alice heute noch die Schamesröte ins Gesicht.

Knie dich hin! Auf die Knie!

Flora warf ihre schwarzen Locken zurück und schaute ihren Vater spöttisch an.

Zum Donnerwetter noch mal! Er drückte sie mit Gewalt nieder.

Warum konnte Mama Flora nicht lieben, möchte Alice wissen, brach doch von Geburt an alles Wünschen und Sehnen nach einer großen Freiheit unbändig aus ihr heraus, aber wie sollte sie hier, in dieser Anstalt, deren Namen man lieber nicht in den Mund nahm, einen wildfremden Psychiater so etwas fragen?

Sie setzt sich aufrecht hin.

Mein Vater hat viel Zeit mit uns verbracht, als wir klein waren, sagt sie. Er hat uns alle Pflanzen erklärt, er war ein großer Naturliebhaber, ist viel mit uns gewandert, hat immer mit den Schulaufgaben geholfen, später vor allem Latein mit uns gebüffelt – oft hat er sich ans Klavier gesetzt und Reinhardlieder gespielt und mit uns gesungen –

Sie könnte sich die Zunge abbeißen. Was für Banalitäten sie von sich gibt. Die Lieder aus dem alten *Röseligarten*-Liederbuch, heile Singesangewelt, Schlaflieder, Jahreszeitenlieder, Wanderlieder, frischauf fröhlich, als sei nichts gewesen, warum sagte sie so etwas?

Das Familienleben hat unter anderem für Sicherheit gebürgt und sich selbst im Krieg, über die Grenzen hinweg bewährt. Es hat uns nie an etwas gefehlt, er hat immer für alles gesorgt, sagt sie.

Hielt man nicht um jeden Preis ein Familienleben aufrecht, selbst in größter Gefahr, oder gerade dort? Man setzte Gesten des Alltags fort, als könnten diese ein Unheil abwehren, wie sie es im Mai neunzehnhundertfünfundvierzig bei Karls Verwandten in Prag tat. Der Rucksack war fluchtbereit gepackt, sie wusch in einer Schüssel Unterwäsche aus, eine fremde Nachbarin hatte ihr Wäsche zum Wechseln geliehen, die Schwägerin kochte Grießbrei für alle anwesenden Kinder; da standen Soldaten der tschechischen Revolutionsgarde in der Tür und gaben Befehl, sofort mitzukommen. Armband und Ringe, die sie auf einem Tischchen abgelegt hatte, waren bereits in der Tasche des Anführers verschwunden.

Durch die einfachen Gesten ging ein Riss: Sie trugen nicht mehr. Hastig stopfte sie die nasse Wäsche ins Gepäck, half der Schwägerin zwei Duvets und mehrere Wolldecken zu buckeln und nahm deren zittrige Mutter am Arm. Die Kinder gingen von selbst nebenher, keinen Zentimeter wären sie von den Erwachsenen gewichen.

Sie schaut dem Psychiater ins Gesicht. Wieder hatte sie es mit einer Obrigkeit zu tun, die ihnen das Leben erleichtern oder es vernichten konnte. In dieser Anstalt gab es zwar keine Soldaten, aber Wärter, massive Wärter.

Er hat kaum noch Patienten gehabt, sagt sie, seit letztem Jahr eigentlich überhaupt nicht mehr. Er musste oft das Bett hüten, weil das Herz ihm zu schaffen machte.

Die Soldaten führten sie ins Prager Messekino ab. Dort mussten sie drei Treppen tief unter die Erde hinabsteigen. Alle Stockwerke waren mit Frauen, Kindern und einigen alten Männern überfüllt. Die meisten Menschen waren bereits seit einer Woche dort. Alle Neuankömmlinge wurden mit Schreckensgeschichten von blaugeprügelten Rücken und gebrochenen Rippen empfangen; am schlimmsten waren die aufgeschnittenen Fußsohlen. Viele Gefangene hatte man gezwungen, barfuß über Glasscherben zu gehen.

Auch sie roch bereits, von tierischer Angst überflutet, nach Soldatenschweiß, Gewehrläufen und aufgepflanzten Bajonetten, weil eine Falle zugeschnappt war, nach Geschrei, Blut, aufgeschlitzten Pulsadern links und rechts zwischen den Kinosesseln. Sie fanden eine leere Ecke im rechten Balkon und betteten die alte Mutter in Decken, verstauten alles Hab und Gut, beruhigten die Kinder mit Zwieback und Zucker.

In der Nacht zuvor hatte sich ein Ehepaar in dieser Loge umgebracht, der Boden war mit Blut bedeckt gewesen.

Wie hätte sie jemals mit Frieder aus dem Gefangenenlager und der Tschechoslowakei herauskommen sollen, wenn nicht ihr Vater sich eingeschaltet hätte? Der Schweizer Konsul war gutwillig, aber hilflos. Oder nur einfallslos? Es hätte ihm doch etwas einfallen können, um sie eher in die Schweiz zurückzubringen. Selbst Aufsehern oder Soldaten fiel manchmal etwas ein.

Für kurze Zeit stand ein Tscheche im Gefangenenlager Wache, der ihnen wie ein Schutzengel vorkam; war er doch jedes Mal in der Lage, die russischen Soldaten abzuwimmeln. Ihm fiel etwas ein, das Naheliegendste: Es würden ansteckende Krankheiten grassieren, um die Russen abzuweisen, die Samstagnacht die Lager durchkämmten, um Frauen abzuschleppen. Es musste einem ja nichts Großartiges einfallen (auch ihr fiel nie etwas ein), nur irgendetwas, es konnte etwas ganz Alltägliches sein (eine Tschechin steckte ihr einmal eine Semmel zu); das hieß, jemand war aufmerksam, ergriff Partei.

Überall lauerten Gefahren, an die sie nie gedacht hätte.

Da war der Tag, an dem zwei russische Offiziere vorfuhren und verlangten, die Kinder zu sehen, die im Lager waren. Der Aufseher des Gefangenenlagers hätte sie ohne weiteres ausgeliefert. Er diente sich jeder Obrigkeit an, um sich Vorteile zu verschaffen. Jagd auf Kinder! Als ob die Jagd auf Frauen nicht schon schlimm genug war! Eine der Frauen roch Lunte und brachte schleunigst alle in Sicherheit. Von da an versteckten sie die Kinder, sobald die Gefahr bestand, dass Russen auftauchten. Dann wurden zwei junge Frauen im Auto entführt, blutjung waren sie, fast noch Mädchen. Anderntags brachten die Soldaten sie zurück. Sie schleppten sie über eine Schulter geworfen an und ließen sie vor dem Hoftor auf den Boden hinab, wo sie in den Dreck rollten und liegen blieben. Eine junge Frau beging daraufhin Selbstmord.

Wie Kartoffelsäcke, warum muss sie jetzt an Kartoffelsäcke denken. So rollten sie in den Dreck.

Der Psychiater schiebt die Kappe auf den Füllfederhalter und bleibt damit sitzen, als habe er nichts weiter zu tun, als seinen Füllfederhalter zu betrachten. Als sie neunzehnhundertneunundzwanzig nach Paris aufbrach, um sich an der Sorbonne einzuschreiben, schenkten die Eltern ihr eine Waterman's-Füllfeder. Unter welchem Dreck lag sie jetzt zertrampelt, unter welchen Kleiderhaufen? Wie stolz sie auf diese leichte, elegante Füllfeder gewesen war, wie eine Königin kam sie sich vor, und die Zukunft, in die sie sich einschrieb, sollte ihr Königreich werden. Schreibt jemand noch damit, gerade jetzt, in diesem Augenblick, da sie vor diesem Psychiater sitzt und aufpassen muss wie ein Luchs, was sie für Aussagen macht?

Er ist immer ein guter Familienvater gewesen, sagt sie. Meine Schwester und ich, wir sind beide ans Gymnasium in Kreisfelden gegangen. Ich war elf Jahre alt, als ich am Progymnasium anfing, und zwei Jahre lang das einzige Mädchen in der Klasse.

Wie harmlos romantisch und gesittet damals alles zuging, als lebten sie unter einer großen Käseglocke. Sie hatte keine

Ahnung vom Leben, von Wirklichkeiten, die auch noch vorkamen. Eine dieser Wirklichkeiten schlug zum ersten Mal eine Kerbe in ihr Dasein, als die Sache mit Floras Selbstmordversuch und ihrer Abtreibung auskam. Niemand hätte damals solche Worte ausgesprochen, sie, Alice, war zu unbedarft, um im Entferntesten zu begreifen, wieso Flora plötzlich wieder zu Hause war, an was für einer Krankheit sie litt, warum sie hatte operiert werden müssen, warum ihre Mutter sie noch mehr angiftete.

Ob sie gewusst habe, dass ihr Vater kriminelle Abtreibungen in seiner Praxis machte, ob ihre Mutter davon wusste.

Sie schüttelt heftig den Kopf, eher, um die Anschuldigung *kriminell* abzuschütteln, als auf die Frage zu antworten.

Was soll das heißen, *kriminell?* Ihr Vater ist kein Krimineller. Er hat eine verbotene Handlung begangen, das ja, es war gegen das Gesetz, aber bedeutete *verboten* dasselbe wie *kriminell*?

Unter dem Blick des Psychiaters vertiefen sich die hektischen Flecken an ihrem Hals. Sie spürt die verräterische Röte und das lästige Juckgefühl aufsteigen, durch ihre Hände geht ein Zucken, auch das entgeht dem Psychiater nicht, sie möchte sie an den Hals legen, die roten Stellen kühlen.

Nach der Gerichtsvorladung im letzten Jahr saßen die Eltern abends einträchtig bei Braten und Wein zusammen und stießen darauf an, dass er noch einmal den Kopf aus der Schlinge gezogen hatte. Die Mutter hatte ihr morgens nebenbei mitgeteilt, sie müsse mit ihm zum Gericht; die Anklage laute auf Komplizenschaft.

Auch ihre Mutter ist inzwischen unförmig und schwer wie ein Sack Kartoffeln. Der Vater ist bei den Verrückten eingesperrt; sie selbst wird langsam irre an der ganzen Geschichte. Nachts wacht sie auf, weil sie mit den Zähnen knirscht.

Mein Mann und ich und die Kinder wohnen in den Zimmern unter dem Dach. Dort oben hört man nicht, was im Parterre in der Praxis vorgeht.

Alles Unglück kommt von einem Mädchen, das sein Maul nicht halten kann, ob es nun Flora heißt oder Beatrice wie diese Beatrice Tanner. Warum hat dieses elende Mädchen sein Lästermaul nicht halten können, sein Tratsch- und Ratschmaul und sich damit brüsten müssen, wenn zehn Ärzte sie untersuchten, würde keiner mehr etwas finden?

Natürlich musste die aufgescheuchte Mutter des vermutlichen Kindsvaters der Sache nachgehen, weil sie ihren Bubi in Gefahr sah, hereingelegt von einem Weibsbild, das ihn an sich binden und zur Heirat zwingen wollte, das wäre ja noch schöner!, gackerte diese Mutter überall herum, so eine, die schon ein uneheliches Balg hat, bekommt nie und nimmer meinen Sohn. Dieser Beatrice Tanner wollen wir jetzt das Handwerk legen, wenn die herumerzählt, zehn Ärzte würden bei ihr nichts mehr finden, dann hat sie vermutlich abgetrieben, darauf steht Gefängnis, und damit wären wir sie los. Und den Doktor mit ihr. Mitgegangen, mitgehangen.

Du, Rilke, du!, was weißt du schon! Warum kehrt sich der Zorn, der in ihrem Innern brodelt, plötzlich gegen Rilke, ihren über alles geliebten Dichter? Auch dieser Sommer war sehr groß!, möchte sie ihm entgegenschleudern, wir haben ein Haus und doch kein Haus! Ich werde wachen, lesen und keine Briefe schreiben! Was weißt du vom Krieg und vom dicken Mann, von dem Frieder und sogar Rosa Albträume haben?

Niemand im Dorf weiß, was ein langsam fahrendes Auto bedeutet, wie sich das Ohr mit Angst anfüllt, wenn ein Auto langsam mit offenen Fenstern über Schotterwege fährt, als sei es ringsum mit Augen bestückt, nicht nur mit dem lauernden Blick der Soldaten, die die Gegend absuchen. Im Dorf hat niemand diese Gefahr im Ohr.

Gäbe es doch eine einzige verwandte Seele im Dorf! Verwandte Seele, ihr Refrain von Jugend an. Rilke, dachte sie damals in ihrer schwärmerischen Manier, Rilke, der innere Bruder. Bis der Krieg über sie hereinbrach, war ihr Leben ein langgezogenes schwärmerisches Einatmen gewesen, dann musste sie in rasendem Tempo Dinge lernen und Bewährungsproben bestehen, von denen sie nichts geahnt hatte. Verwandte Seele, was hieß das schon? Die wie sie selbst empfand? Empfinden, war das noch etwas wert? Die ganze Welt drehte sich unaufhörlich hinter irgendwelchen Gitterstäben, vollkommen abgestumpft. Wenn sie mit jemandem reden könnte, wenigstens eine Andeutung machen über Autoreifen, unter denen der Schotter knirscht, und ihr Gegenüber würde ohne weiteres verstehen, wovon sie spricht. Plötzlich sehnt sie sich nach ihrer deutschen Schwägerin, die wie sie mit ihren Kindern im Gefangenenlager war, obwohl sie ihr gar nicht nahesteht.

Karl sagt Lazarett oder Todeskampf, andere Wörter als die ihren, doch wenigstens Wörter vom Krieg. Nachts stöhnt er manchmal im Schlaf oder schreckt hoch und ruft verzweifelt: Er stirbt! Er kann nicht sterben! Dann erzählt er, wie sehr er sich vor dem Sterben fürchte, welch grauenhaften Todeskampf der junge Soldat im Lazarettbett neben ihm ausgefochten habe, als werde er erwürgt.

Der Psychiater dreht seinen Füllfederhalter in beiden Händen hin und her. Alice schaut sich suchend um, nach etwas, was ihr Halt geben würde, aber es gibt nichts, was zu ihrem inneren Aufruhr in einen Dialog treten könnte. Eine Schreibunterlage aus grünem Linoleum, ein Lineal aus Metall, ein Bergkristall, ein besonders schönes Exemplar, eine Messinglampe mit grünem opaken Schirm. Sie hat keine Ahnung, was er zuletzt gefragt hat.

Zu Hause ist eine Küche und keine Küche, da sind Rilkes

Gedichte, ihre Familie. Frieder geht bereits seine eigenen Wege und lässt sich so selten wie möglich blicken.

Vor dem Fenster schießen Vögel zwischen den Bäumen hin und her, Schwalben, denkt sie gleichgültig, im Sommer jagen sich die Schwalben, steigen in den Himmel hinauf, stürzen aus dem Blau herab; früher habe ich deswegen gejubelt.

Wusste überhaupt irgendjemand, was Leben war? Hatte Leben ein Gefühl? Jeden Morgen, jede Nacht präsentiert es sich in seinem Flickengewand, schüttelt sich aus, und man klaubt die Puzzleteilchen auf, erschrocken oder verzückt. Dem Leben ist es einerlei. Es kübelt sich über sie aus, eher das, als dass es einer Wundertüte gleicht, von der sie sich als Kind begeistern ließ, oder gar einem Füllhorn.

Vielleicht helfen einem nur komische Momente über alles andere hinweg, etwa wenn Lina selig lächelnd am Küchentisch sitzt und sich von Karl einen Kaffee im Glas servieren lässt

Ihr Fiaker, gnä' Frau!, sagt er mit einer Verbeugung, natürlich mit Schlagobers!, und Lina kichert in sich hinein und beginnt wieder von Wien und den Kaffeehäusern, in die ihre Schwester sie geführt hat, zu erzählen.

Familienanekdoten werden wie eh und je bei Kaffee und Kirsch und einer Meringue zum Besten gegeben. Andere Erlebnisse und Erschütterungen, die unter die Rubrik *Vermischtes der Seele* fallen würden, bleiben im Dunkeln und führen dort ein Eigenleben.

Meine Mutter ist meist ganz für sich in der Küche, sagt sie, und wird allmählich blind. Früher gab es manchmal Streit zwischen den Eltern, aber nichts, was länger dauerte. Sie haben beide eine leicht aufbrausende Natur.

Sie lehnt sich zurück, legt ihre Arme zu beiden Seiten auf die geschwungenen Holzlehnen und blickt den Psychiater beinahe amüsiert an. Wie anders wäre ihre Kindheit und Jugend verlaufen, wenn beide Eltern nur eine leicht aufbrausende Natur gehabt hätten. Kleine Reibereien, ein einziges Himmeldonnerwetter! oder: Stärneföifi! hätte genügt, um eine Spannung aufzulösen, danach hätte man gelacht und weitergeatmet.

Eine Denunziation kommt selten allein. Anzeigen, Anschwärzen, Ausfragen, Ausquetschen. Hört es denn nie auf?

Was soll sie hier in der Anstalt zu Protokoll geben, Auskunft erteilen über Vater und Mutter, wer sie waren, wie sie waren? Mit welchem Recht verlangt man dies von ihr? Was wird so ein Psychiater mit ihren Aussagen machen?

Nach dem Krieg stand sie am Bodensee in einem Quarantänelager unter der Dusche einer Dame gegenüber, die ihren jüdischen Ehemann in der Schweiz suchte und mit geschulter Stimme Rilke rezitierte: *Jetzt reifen schon die roten Berberitzen/ Alternde Astern atmen schwach im Beet/ Wer jetzt nicht reich ist, da der Sommer geht/ wird immer warten und sich nie besitzen.*

Ein Kreis schloss sich, an dessen Anfang sie auf Rilkes Spuren durch die Straßen von Paris gestreift war, immer auf etwas wartend. Es war eingetroffen, mit Sack und Pack und Krieg. Es gab nur solche Augenblicke, in denen eine rezitierende Dame unter der Dusche einen Ort schuf, an dem auch sie sich wie eine Verwandte fühlte.

Er hat immer Zeit für uns gehabt, fährt sie fort, auch für andere Menschen, hatte immer ein offenes Ohr für die Sorgen anderer. Er ist ein weicher Gefühlsmensch, etwas labil, vielleicht (das ist ihr herausgerutscht), hat viel für die ganze Familie getan.

Würde es sich günstiger für ihren Vater auswirken, wenn sie sagte, er sei nicht ganz bei Trost, oder im Gegenteil, urteilsfähig und verantwortlich für sein Tun? Wie ging das überhaupt vor sich, eine Abtreibung? Was wurde da gemacht?

Wie konnte er eine solche Handlung noch ausführen, der keuchende alte Mann? Sie stammt nicht von einem Vater ab, der in einer Anstalt eingesperrt ist. Bei ihrem letzten Besuch hat er sich beim Abschied umgedreht und versteckt geweint. Das Herzleiden, die Leber schwächen ihn seit langem; die Schwäche lässt ihn milder werden.

Mit welcher Inbrunst er Rosa an sein eingefallenes Gesicht hält und immerzu sagt: O du meine Freude, o du meine Freude! Ihr Leben lang hat sie nie eine größere Zuneigung zwischen zwei Geschöpfen gesehen.

Sollte wirklich eine Demenz bei ihm vorliegen? Greisenirrsinn. Ihr Vater ist doch kein Tattergreis, auch kein Irrenhäusler!

Das Anstaltsgebäude sieht eher wie ein Gefängnis oder eine Kaserne aus, nur ohne Soldaten oder Polizisten, aber mit Gittern vor allen Fenstern. Und Gebrüll. Sie hat es deutlich brüllen gehört, dumpfes tierisches Gebrüll. Wurde hier jemand gequält? Sie weiß, was es heißt, eingesperrt und bewacht und, mehr als das, in Lebensgefahr zu sein. Ist ihr Vater nachts in Sicherheit, im Schlaf? Oder reißt jemand die Tür auf und leuchtet ihm in die Augen?

Die Türen haben keine Klinken, sagt sie abends zu Karl, und alle Fenster haben Gitterstäbe, das ist schon beklemmend.

Lina ächzt wegen der langen Fahrt, ihre Schuhe drücken, die Beine hängen ihr an wie Bleiklötze. Alice seufzt, jemand müsse ja gehen. Frieder besucht den Großvater nicht, weil er Angst hat, auch eingesperrt zu werden; außerdem muss er für die Schule büffeln. Rosa ist zu klein, um den Weg allein zu finden. Karl hat auch keine Zeit, ist aber am nächsten bei der Waldau. Er braucht nach dem Büro in Bern nur ins Bähnchen zu steigen und hinauszufahren.

Heft, sagt der Psychiater.

Schulheft, erwidert Brunner *(2 sec)*.

Warum in aller Welt muss er neben diesem Assoziationstest auch noch idiotische Aufgaben lösen, Monatsnamen rückwärts aufsagen, *Bleistiftspitze* vor- und rückwärts buchstabieren, den Unterschied zwischen *Baum und Strauch*, *See und Bach*, *Vogel und Schmetterling* nennen oder zwischen *Mitleid und Barmherzigkeit*, *Liebe und Irrtum*?

Ein Irrtum geschieht unbewusst, sagt er. Im Nachhinein sagt er sich, für die Liebe treffe dies auch oft zu.

Mitleid heißt bloß mitleiden, das besagt schon das Wort selbst, Barmherzigkeit dagegen ist tätige Liebe, erklärt er und sieht, dass der Psychiater die Augenbrauen hochzieht.

Was wird dieser mit seinen Antworten anstellen? Ihm einen Strick daraus drehen? Dann die Kopfrechnerei, *hundertfünfundzwanzig weniger vierundsiebzig macht? Ein halb mal ein Viertel? Ein Viertel mal ein Achtel? Wie viel sind dreieinhalb Prozent von dreitausendfünfhundert?* Als müsse er noch einmal die Schulbank drücken. Sogar alle Strophen von *Im Krug zu dem grünen Kranze* soll er aufsagen. Das geht ihm flott über die Lippen wie eh und je.

Wer in England Premierminister sei, wann der Zweite Weltkrieg zu Ende gegangen sei?

Als Alice mit Frieder aus dem Krieg zurückkam, hätte er sagen sollen, aber was würde dieser Holzkopf davon verstehen.

Soll er, Doktor Julius Brunner, etwa besser verstehen, was ihm geschieht, worauf es jetzt ankommt, wenn er beweist, wie gut er noch bruchrechnen kann? Als gehe es am Ende eines Lebens darum, dass man sich mit Zahlen und mit Namen von Politikern auskenne. Das bedeutet nichts, gar nichts. Es hilft einem nicht, sich im Gestrüpp einer Erschütterung, wie er sie gegenwärtig durchlebt, zu orientieren, in seinem Leben nicht, und gewiss nicht für die letzte große Reise. Wörter rückwärts zu buchstabieren, macht vielleicht in seiner Situation am meisten Sinn, am besten vermurkst, verkehrt, verkorkst.

Laut auflachend wirft er plötzlich den Kopf hoch und nimmt den Psychiater ins Visier: Tubedänzig!, sagt er gedehnt, das wird man hier drin, in Ihrer schönen Anstalt, tubedänzig! Ein gutes Wort zum rückwärts Buchstabieren, was meinen Sie?

Er wünscht sich, er wäre nur sechzig, oder zumindest erst siebzig und hätte noch genug Zeit vor sich, um Rosa in einigen Jahren erklären zu können, wie er bei einem Irrenarzt Rede und Antwort stehen und auf Wörter reagieren muss.

Mit ihr kann er wenigstens vernünftig philosophieren. Sie sitzen zusammen im Schatten vor dem Haus und schauen durch das schmiedeeiserne Gartentor auf die Dorfstraße hinaus.

Die Sonne ist ein ganz eigenartiges Ding, sagt er. Sie ist fern und nicht fern. Man müsste jahrelang unterwegs sein, um zur Sonne zu gelangen. Man kann sich das gar nicht vorstellen. Selbst wenn man fliegen könnte, könnte man es sich nicht vorstellen. Man könnte nie anhalten oder zu Hause nachschauen, wie es allen geht, man müsste immerzu weiterfliegen. Die Zeit würde alles verschlingen. Die Zeit ist eine Riesin.

Eine Riesin?, fragt Rosa. Wo lebt sie?

Hinter der Sonne, sagt Julius, im Weltall. Alles am Himmel gehört ihr. Von der Sonne bis zu uns ist es unendlich weit. Trotzdem ist die Sonne immer gerade dort, wo sie scheint, ganz nah, so nah wie deine Hand oder wie dein Scheitel, wenn ich dir die Hand auf den Kopf lege, oder wie das Fell der Katze, das sich unter ihren Strahlen aufheizt.

Rosa schaut zum Himmel hoch. Die Sonnenstrahlen schlängeln sich ununterbrochen von der Sonne auf sie herab.

Wenn sie näher wäre, würden wir verbrennen, sagt Julius. Die Sonne muss so weit weg sein, weil sie so heiß ist. Wenn die Sonne ihre Strahlen ausschickt, sind sie acht Minuten unterwegs, bis sie bei uns ankommen.

Er zieht seine Uhr aus der Gilettasche und klappt den Deckel auf. Zehn Minuten nach drei, sagt er. Jetzt gehen wir zusammen acht Minuten lang über die Dorfstraße bis zum Bäcker, wie das Licht und die Zeit. Das Licht reist immer zusammen mit der Zeit über den Himmel. Weil es so weit weg ist, braucht es so viel Zeit.

Wer gibt ihm die Zeit? Die Riesin?

Julius kratzt sich am Kopf. Hm, ja. Die Riesin gibt dem Licht die Zeit. Alles gehört ihr, der Himmel, das Licht, Sonne, Mond und Sterne und unser Leben. Die Zeit hat alle Zeit der Welt. Nur wir meinen, wir haben keine Zeit.

Warum?

Weil wir keine Riesen sind, sondern nur winzige Menschlein, wie Ameisen so winzig.

Sie schaut zu ihm hoch. Aber du bist doch groß!

Auch ich bin nur ein kleiner Wurm.

Er nimmt sie an der Hand. Du hast noch viel Zeit vor dir, du bist die Zeit. Ich bin das Licht, wenn auch nur noch ein trübes.

Wenn jemand von ganz weit her kommt, braucht er Zeit für die lange Reise. So ist es auch mit dem Licht. Es braucht viel Zeit. Nichts ist so schnell wie das Licht.

Wie schnell?, fragt Rosa.

Schneller als der Wind, sagt er, schneller als ein Blitz. So schnell kannst du nicht einmal die Augen auf- und zumachen, wie das Licht vorbeisaust.

Rosa presst die Augen zusammen und reißt sie plötzlich auf, viele Male hintereinander, bis sie blinzeln muss. Julius, flüstert sie, ich kann wieder die Luft sehen.

Nur Julius schenkt ihren Worten Gehör, wenn sie sagt, sie könne die Luft sehen.

Die Luft beginnt sich zu wellen wie in die Länge gezogenes, weiches Glas. Rosa streckt die Hände aus, durch die Luft hindurch und ist mitten in ihr drin. Die Luft schwankt wie eine Wasserwand hin und her, so dünn, dass sie sie nicht in die Hand nehmen und anfassen kann, nur sehen kann sie sie. Viel dünner ausgezogen als Wasser, so hängt sie vom Himmel herab, ein wenig wie farbloses Transparentpapier. Sie heftet ihren Blick darauf und schiebt ihre Stirn geradewegs in sie hinein.

Das Licht ist immer unterwegs, sagt Julius. Es steht nie still. Die Sonne scheint weiter, auch wenn bei uns Nacht ist.

Wenn es Nacht ist? Dann ist es doch dunkel!

Ja, aber die Sonne ist immer noch da. Die Sonne wird nicht dunkel mit der Nacht, sie scheint nur an einem andern Ort, auf der anderen Seite der Erde. Das erkläre ich dir später noch einmal, dazu brauche ich ein paar Kugeln, um dir zu zeigen, wie es geht.

Und die Geschwindigkeit? Hat die Dunkelheit auch eine Geschwindigkeit?, fragt Rosa.

Nein, sagt Julius. Lass mich nachdenken. Er zieht die Uhr aus der Gilettasche. Erst vier Minuten. Ich muss mich setzen.

Er lässt sich auf der Bank vor der Schreinerei nieder und schließt die Augen.

Wenn ihr Großvater nachdenkt, schläft er manchmal ein. Auch jetzt sinkt ihm das Kinn schwer auf die Brust. Sein Mund öffnet sich, und er beginnt zu rasseln.

Rosa rüttelt an seinem Arm. Julius!

Mit einem Ruck wacht er auf. Was ist?

Hat die Dunkelheit auch eine Geschwindigkeit?

Ach so, meint er, nein. Die Dunkelheit ist immer schon da, sie kommt nicht von woanders angereist.

Rosa schüttelt den Kopf. Im Dunkeln spielt sich alles so

lautlos ab, dass sie nie weiß, ob es schnell oder langsam ist. Manchmal kommt die Dunkelheit mit Wucht angerollt. Es stimmt nicht, dass sie nicht reist. Vielleicht doch. Vielleicht steht die Dunkelheit still, und in ihr reist etwas, das sich überall bewegen kann. Es kommt vor, dass Frieder nachts im Zimmer nebenan derart laut aufschreit, dass Rosa hochschreckt und, so heftig wie ihr Herz hämmert, gegen die Wand hämmern möchte. Nachts befindet sich das Ausland nicht mehr auf der Außenseite der Berge, sondern in Frieders Zimmer. Irgendwo muss eine undichte Stelle sein.

Dort sieht es düster aus, keine Straßenlampen brennen, die Häuser haben Löcher. Man kann in sie hineinsehen wie in eine Puppenstube, die keine Fassade hat und auch kein Dach, nur Zimmer. Die Häuser haben nicht einmal richtige Zimmer. Viele sind ganz zusammengefallen und liegen als riesige Steinhaufen am Boden. Man hört Stimmen, Flüstern, manchmal Schreie, in manchen Ecken glimmen kleine Feuerchen. Rosa sieht Frieder gebückt durch die Dunkelheit laufen; er kennt sich hier aus. Er sucht nach etwas Essbarem, er hat immer Hunger. Auch in Oberfelden hat er Kartoffeln und Möhren vom Feld geholt. Alice und Karl sagen, man müsse ja vor Scham im Boden versinken.

Wir sind nicht mehr im Krieg!, wiederholen sie abwechslungsweise. Hier ist kein Krieg!

Manchmal verschwindet Frieder allein an den Bach, um ein Lagerfeuer zu machen und Kartoffeln zu braten. Manchmal tut er sich mit den andern Jungs zusammen.

Kartoffeln stehlen!, sagen Alice und Karl entsetzt.

Gefunden! Frieder ist empört. Im Lager mussten wir auch etwas zum Essen finden!

Wir sind nicht mehr in einem Gefangenenlager!

Alice und Karl haben beide rote Gesichter und streichen sich immerzu die Haare aus der Stirn. Hier haben wir genug zu essen! Und du isst gefälligst abends bei uns am Tisch mit! Was soll diese Lagerfeuerei unten am Bach! Anstatt Lina beim Unkrautjäten zu helfen! Die Leute müssen ja denken, wir seien vollkommen verwildert!

Ah, bah, sagt Julius dann. Wir haben immer Kartoffelfeuer gemacht, das gehört sich so. Ein paar stibitzte Kartoffeln, was macht das schon!

Jetzt hilfst du ihm auch noch! Alice wird puterrot. Was heißt hier stibitzen! Stehlen ist das!

Ah, bah, sagt Julius. Mach doch deswegen nicht so ein Getue! Das ist doch ganz harmlos! Warum soll er nicht unten am Bach mit seinen Kumpanen ein Feuer machen! Gib ihm lieber ein paar Cervelats mit! In seinem Alter habe ich ganz andere Streiche gespielt!

Frieder nimmt Rosa manchmal zum Bach mit und zeigt ihr, wo sich der Geheimplatz befindet.

Wir gehen auf eine Dschungelexpedition!, flüstert er und legt einen Finger an die Lippen.

Ein Geheimnis, du musst es für dich behalten!

Der Trampelpfad zum Bach hinunter beginnt zwischen den Häusern am andern Ende der Obstwiese, schlängelt sich an der Hagebuttenhecke vorbei und zwischen den Fliederbüschen hindurch bis zum ersten großen Holunder.

Der Alte ist eingesperrt, warum, sagt ihm niemand. Die Eltern katzbuckeln vor dem Dorf. Seine Familie ist ihm unheimlich geworden. Rosa ist zu klein, um diese Dinge zu verstehen, am wenigsten die Gefahr, die ihnen durch den Landjäger drohen könnte.

Er geht in die Knie und schleicht gebückt weiter: Jetzt müssen wir durch die Lianen!, an hohen Gräsern, an denen Kletten hängen, an Mariendisteln und Nesseln mit feurig gezackten Blättern entlang, die beidseits vom Weg über Rosas Kopf emporwachsen. Bei den Schlehenbüschen mit den langen spitzen Dornen bleibt er stehen: Hier darfst du nie rennen, sie könnten dir die Augen ausstechen!

Mit ihr zusammen spürt er eine Verbindung zu den Eltern, zum Haus, das ihnen Schutz gewährt, in dem sie sicher sein sollen. Rosa muss wissen, wohin sie fliehen, wo sie unterschlüpfen könnte, falls der Landjäger noch einmal auftauchen sollte. Er sagt ihr nichts davon, er nimmt sie nur ab und zu mit, damit sie sich den Weg einprägt.

Am Bach angekommen schleicht er die Böschung hinauf und schiebt ein paar Zweige der Haselnusssträucher auseinander. Da!, sagt er stolz und deutet auf eine Senke hinab, in der sie aus den großen Steinen vom Bach eine Feuerstelle gebaut haben. Sie haben alles Mögliche angeschleppt, eine alte Holzkiste mit Deckel, in der sie Blechteller, Besteck und Tassen aufbewahren, einen Butan-Gaskocher und Streichhölzer. Hinter der Kiste ist eine Zeltplane zwischen zwei Bäumchen befestigt, unter der sie bei Regen Unterschlupf finden.

Er zieht einen blechernen Kaffeelöffel aus der Hosentasche, den er aus Linas Küchentischschublade entwendet hat. Da, den musst du gut verstecken. Falls wir fliehen müssen, brauchst du einen Löffel. Wenn es unterwegs Suppe gibt, und man hat keinen Löffel dabei, kann man nicht mitessen. Das hat Karl erzählt. Man muss immer einen Löffel im Schuh haben.

Rosa schaut zweifelnd auf ihre Sandalen, dann versucht sie, den Löffel zwischen die Riemen zu schieben.

Nicht so!, ruft Frieder. Niemand darf es sehen! Vorläufig kannst du ihn zwischen deinen Spielsachen verstecken.

Im Kriegsland geht ein dicker Mann neben Frieder die Straße entlang. Es kommt vor, dass er und Frieder plötzlich zusammen durch die Wand brechen und sich dicht an Rosas

Bett vorbeibewegen. Neben dem dicken Mann sieht Frieder wie ein Zwerg aus. In der Straße sind tiefe Löcher. Große Brocken Asphalt liegen herum, verkohlte Holzbalken, Dreck- und Schutthaufen. Es riecht nach Rauch und etwas Verbranntem. Alle möglichen Gestalten sind unterwegs, huschend und rennend irren sie umher, suchen etwas und laufen vor etwas davon. Rosa möchte sich aufsetzen, aus dem Bett springen und auch davonlaufen, sie möchte Licht machen. Sie kann sich nicht rühren, sie kann auch nicht aufwachen.

Weißt du, wer ich bin, kleiner Junge?, sagt der dicke Mann zu Frieder und legt ihm die Hand auf die Schulter.

Rosa sieht, dass auch Frieder vor Angst erstarrt. Der dicke Mann bräuchte ihn nur am Genick zu packen und wie einen Stallhasen zu schütteln.

Hast du Hunger, kleiner Junge?, fragt der Mann. Ich habe Vater und Mutter umgebracht, du bist ganz allein.

Der Bauch des Mannes ist enorm dick und rund, zehnmal so dick wie Frieder und voll Essen. Rosa möchte schreien, sie ist vollkommen gelähmt. Vielleicht lebt sie gar nicht mehr. Sie spürt die Hand des dicken Mannes auf ihrer eigenen Schulter, seinen vollen schweren Bauch. Frieder soll dem Mann nichts von sich geben, kein einziges Wort, keinen Laut. Der Mann hat zu essen. Irgendwo gibt es eine Scheune voll Essen, wo der dicke Mann sich an einen Tisch setzt, der unter vollen Schüsseln und Tellern beinahe zusammenbricht.

Weißt du, wer ich bin?, fragt der Mann. Kleiner Junge, weißt du –

Da schreit Frieder auf. Ich weiß es nicht!, schreit er in höchster Not. Aber ich könnte es wissen!

Der Bauch des dicken Mannes wackelt unter brüllendem Gelächter. Er ist jetzt so nah, dass Rosa das Wackeln an ihrem Ohr spürt, dann beginnt die ganze Welt zu schreien, das Licht geht an, sie schreit weiter, bis sie Alices Stimme aus dem Schreien heraushört und die Augen öffnen kann.

Julius ist wieder eingenickt. Rosa betrachtet ihn aufmerksam. Im Familienalbum gibt es ein Bild, auf dem er wie ein General dasteht und über den Garten hinwegschaut. Seine Anzugsjacke, nur vom mittleren Knopf zusammengehalten, spannt derart, dass man den Knopf abplatzen hört. Lina, in einem schwarzweißen Sonntagskleid mit weißem Kragen, steht etwas gebückt da, als benötige sie eine Stütze, um ihren schweren Körper aufrecht zu halten. Flora biegt gerade um die Hausecke, das Kinn leicht angehoben, die Lippen halb geöffnet, während Alice auf der Terrasse am Boden sitzt und, zu Rosas Entzücken, beide Füße mitten in die Blumenrabatte gestellt hat. Die Arme um die Knie gelegt, starrt sie mürrisch zu Boden.

Die Füße in der Blumenrabatte!, verkündet Rosa jedes Mal, wenn sie das Bild anschaut. Das darf man doch nicht! Warum schaust du so böse?

Alice zuckt mit den Schultern. Wahrscheinlich ein sterbenslangweiliger Sonntagnachmittag.

Sie hat immer ein eigenes Köpfchen gehabt, meint Julius.

Es war ihr bei uns nicht mehr gut genug, wenn sie von Paris nach Hause kam, meint Lina.

Rosa möchte Julius fragen, ob er wisse, wer Vater und Mutter umbringe, aber sie traut sich nicht. Auf dem Foto sieht er dick aus, aber nicht so dick wie der Mann in Frieders Traum. Sie schaut auf ihre Fußspitzen. Unschlüssig schiebt sie ihre Finger zwischen die Latten der Bank und zieht sie wieder hervor.

Frieder schreit nachts manchmal ganz laut, sagt sie, dann rüttelt sie an seiner Hand. Julius! Wir wollen zum Bäcker!

Auch andere geraten an diesen Spätsommertagen ins Schwitzen, wenn sie auf Fragen der Obrigkeit antworten sollen. Die Reaktionen auf eine Vorladung fallen je nach Gemütslage unterschiedlich aus. Erschrecken und Ungläubigkeit mischen sich mit Zorn und Widerstand. Woher sollte man die Zeit nehmen, um zu einem Verhör zu erscheinen, zu welchem Verhör überhaupt, vor welchem Richter? In einer Sache, die Jahre zurücklag? *Im Besitze Ihrer Vorladung für morgen den 31. August teile ich Ihnen mit,* schreibt eine Frau an den Untersuchungsrichter, *dass ich mir nicht bewusst bin, was ich bei Ihnen als Zeugin zu tun habe. Ich bin Doktor Brunner nichts mehr schuldig, den Rest der Rechnung haben meine Eltern letzten Winter beglichen. Ich sehe nicht ein, warum man mich noch weiterhin belästigt. Mein jetziger Zustand verträgt es nicht, Auto zu fahren, da ich in 2 Monaten mein 4. Kind erwarte und mein Gesundheitszustand sehr schlecht ist. Im Falle, dass Sie von mir noch etwas wissen wollen, bin ich bereit, Ihnen Red' und Antwort schriftlich zu geben.*

Abschrecken muss man die Leute, befindet der außerordentliche Untersuchungsrichter des Kantons Bern, heutzutage jagt man den Leuten nicht mehr genug Angst und Schrecken ein. Leider kann er diese Frauen, mit Ausnahme der Beatrice Tanner, wegen Verjährung des Tatbestands nicht verurteilen, aber wenigstens den Landjäger kann er ihnen auf den Hals hetzen. Und der Frauenärztin, bei der Beatrice Tanner war, werden sie die Praxis auf den Kopf stellen. Niemand sieht es gern, wenn der Landjäger Einlass begehrt und unbescholtene Leute plötzlich das Gefühl bekommen, sie werden wie Vagabunden verfolgt. Genau so sollen sie sich fühlen, wie Vagabunden, Zigeuner und Heimatlose.

Der Untersuchungsrichter legt das Dossier Ernst Strahm vor sich hin.

Seit seinem siebzehnten Lebensjahr in der Leinenweberei … pro Zahltag (14 Tage) einen Nettolohn von Fr. 180.– … seine Arbeitsausführung ist oft etwas flüchtiger Art … Er habe einen verschlossenen Charakter. Strahm genießt keinen einwandfreien Leumund. Er hat eine aufbrausische Art und ist in gewissem Sinne hemmungslos.

Der Untersuchungsrichter unterstreicht beim Durchlesen des Leumundszeugnisses ab und an ein Wort, während er zustimmende Laute von sich gibt.

… wegen Anstiftung zu falscher Zeugenaussagen und Sachbeschädigung zu 10 Monaten Gefängnis verurteilt, bedingt erlassen unter Auferlegung einer Probezeit von 5 Jahren. Die Probezeit läuft heute noch.

Er nickt zufrieden. Diesem liederlichen Kerl wird er das Handwerk legen, zweimal vorbestraft und rückfällig geworden, trunksüchtig wie sein Vater, so einer gehört hinter Schloss und Riegel.

Die Eltern Strahm besitzen in Unterfelden eine kleine Liegenschaft zu Eigentum. Die Eltern Strahm sind rechtschaffene Leute. Vater Strahm spricht hin und wieder dem Alkohol etwas übermäßig zu.

Es ist noch zu bemerken, dass der angeschuldigte Strahm schon seit zwei Jahren mit einer Tochter aus Unterfelden verlobt ist. Sie habe einen guten Einfluss auf ihn ausgeübt. Strahm soll sich aber öfters geäußert haben, dass ihm seine Verlobte verleidet sei und dass er das Verhältnis rückgängig machen werde.

Mit zwei heftigen Strichen unterstreicht er *verleidet* und setzt ein Ausrufungszeichen an den Rand. *Verleidet*, was soll das heißen, *verleidet?* Dann geht man einfach zur Nächsten, Herrgott noch mal! Wenn alle es sich so einfach machten!

Warum lässt sich die Tanner mit so einem Windhund ein? Auch sie hat keinen einwandfreien Leumund. Bereits achtundzwanzig ist diese Frau, mit einem fünfjährigen Kind. *Allgemein wird ihr starker Männerzuzug nachgeredet, jedoch findet sich im gegebenen Moment niemand, der bestimmte Angaben diesbezüglich machen kann oder will. Auf alle Fälle ist sie in sittlicher Hinsicht sehr gefährdet. Hierüber könnten die Vaterschaftsprozessakten, welche sich im Amtsgericht von Kreisfelden befinden, aufschlussreich sein.*

Der Untersuchungsrichter unterstreicht *sittlich* und *gefährdet.* Immerhin hilft sie der Mutter zu Hause, konstatiert er beim Weiterlesen, diese sei gebrechlich. *Die Ordnung in der Haushaltung Tanner lässt Verschiedenes zu wünschen übrig… Eine Durchsuchung des Bettes, incl. der stark zerschlissenen Matratze ergibt keinerlei Blutspuren.*

Wie sie bei der Konfrontation vor ihm standen, verschnupfte, trotzige Jammergestalten, und sich in ihren Aussagen verhedderten!

Tanner, Beatrice: *Strahm hat mir unter 2 Malen versprochen, mich zu heiraten. Er hat mir beide Male die Hand gegeben und mir gesagt, er stehe zu mir.*

Strahm, Ernst: *Ich habe ihr nie gesagt, ich werde sie heiraten. Ich habe ihr nur die Hand gegeben und gesagt, ich stehe zu ihr.*

Vorhalt: *In der ersten Einvernahme haben Sie zugegeben, dass Sie gesagt haben, es sei Ihnen gleich, sie zu nehmen.*

Antwort: *Es wäre mir auch gleich gewesen, sie zu nehmen, ich habe ihr aber nie in die Hand versprochen, sie zu heiraten.*

Tanner, Beatrice: *Er hat mir gesagt, er habe mich lieber als die andere und er wolle mich nehmen.*

Strahm, Ernst: *Ich habe es schon so gesagt.*

Tanner, Beatrice: *Ich bin ganz sicher, dass Strahm mir die*

Worte: Es gäbe doch sicher etwas, um die Sache wegzumachen, gesagt hat. Als ich sagte, ich müsse zuerst wissen, wie man das machen sollte, hat er gesagt, in Oberfelden wohne ein gewisser Doktor Brunner, der das auch schon gemacht habe.

Strahm, Ernst: *Es stimmt nicht ganz. Sie hat mir gesagt, sie wisse schon jemand, der das mache, worauf ich beiläufig sagte, einer in Oberfelden mache es glaublich auch. Es ist möglich, dass ich auch den Namen Brunner nannte.*

Tanner, Beatrice: *Ich bestreite, gesagt zu haben, ich wisse jemand, der das macht. Wenn ich nicht die Adresse von Doktor Brunner gehabt hätte, hätte ich das Kind bestimmt behalten.*

Im August und September neunzehnhundertneunundvierzig gibt der außerordentliche Untersuchungsrichter Anweisung, in der Strafuntersuchung gegen Doktor Julius Brunner insgesamt siebzehn Personen zu verhören, die im Verdacht stehen, abgetrieben oder eine Adresse vermittelt zu haben. Die Leute sollen zu spüren bekommen, wie es ist, wenn er mit dem groben Rechen durchfährt.

Eine Nachbarin ratscht nach links, eine andere nach rechts, die Dritte bekommt den Namen des Doktors über ihren Mann, der beim Coiffeur davon gehört hat, eine Frau nimmt Chinin in hoher Dosis zu sich, ein Ehepaar Huber leiht sich beim Doktor Geld, eine große Summe Geld; sie stecken alle unter einer Decke.

Dieser Bruno Huber gibt an, er habe *vor etwa vier Jahren Geld benötigt … sie hätten Möbel und einen Elektroherd auf Abzahlung gekauft … wollten nicht bei der Sparkasse Geld aufnehmen, da sich so etwas schnell herumspreche … sein Schwager habe ihm gesagt, er würde zu Pfarrer Vogt oder zu Doktor Brunner gehen, man sage, das sei ein menschenfreundlicher Mann, der Verständnis habe, und auch der Pfarrer habe ein gutes Herz.*

Doktor Brunner habe ihnen ein Darlehen von Fr. 200.– gegeben. Im Laufe dieses Jahres habe er dann einmal eine Mahnung geschickt, daraufhin haben sie begonnen, Fr. 10.– monatlich abzuzahlen ... bis jetzt seien es vierzig Franken.

Der Doktor selbst ist von allen der größte Schlendrian. Stellt zweihundert Franken zur Verfügung, und vier Jahre später fällt ihm ein, dass die Leute das Geld zurückzahlen könnten. Auch bei den Frauen, die abgetrieben haben, fällt ihm nach Jahren wieder ein, dass sie ihm angeblich noch etwas schuldig seien. Führt kein ordentliches Patientenbuch, macht sich Notizen auf irgendwelche Zettel, was für eine Lotterwirtschaft.

Man müsste Anstalten bauen, riesige Anstalten, und diese haltlosen Personen regelrecht umerziehen lassen, auch jene Frau mit dem Chinin und den Apotheker, der es einfach ausgehändigt hat.

Dass man es mit Chinin versuchen kann, habe ich noch vom vorderen Mal her gewusst. Mit wem ich darüber gesprochen habe, weiß ich nicht mehr.

Ich habe innerhalb von 24 Stunden 2 Röhrchen Chinin gegessen. Es hat mir niemand gesagt, wie viel ich auf einmal einnehmen müsse, ich habe das von mir aus gemacht. Ich habe das Chinin aus der Bahnhofsapotheke bezogen, d. h. ich schrieb die Bestellung auf einen Zettel und schickte mein zehnjähriges Töchterchen hin. Ich hatte kein Rezept, mein Kind hat das Chinin so erhalten.

Am andern Morgen hatte ich bereits Krämpfe im Unterleib und habe dann auch noch Fußbäder genommen. Vom Chinin fühlte ich mich schwindlig. Am Tage darauf haben die Blutungen eingesetzt, Als ich auf die Toilette ging, hatte ich das Gefühl, das Blut sei gestockt, es sei etwas wie ein Klumpen, das von mir gehe. Was es war, habe ich nicht gesehen. Auch das Blut, das nachher gekommen ist, war ziemlich dick und machte den Ein-

druck wie Fetzen. Ich habe nicht gewusst, dass es verboten ist, Chinin einzunehmen, um damit eine Schwangerschaft zu unterbrechen.

Wenn es darauf ankommt, wollen die Leute alle nicht mehr so genau über das Woher und Wohin Bescheid wissen, und wie sie etwas gemacht haben.

Auf den Experten vom Gerichtsmedizinischen Institut hingegen ist Verlass. Der Mann hat die Nase eines Spürhundes, findet Schwachstellen, arbeitet schnell und präzise, um die Verhöre effizienter zu machen.

Beim Studium der Akten fällt mir auf, dass die Angaben über das mögliche Vorliegen einer Schwangerschaft bisweilen außerordentlich spärlich sind und sich nur, nach Angabe der Patientin, auf das Ausbleiben der Periode stützen.

Der einigermaßen sichere Nachweis einer Schwangerschaft ist klinisch erst in der zweiten Hälfte derselben zu erbringen, vorher ist nur eine Wahrscheinlichkeitsdiagnose möglich. Diese aber steht und fällt mit der Zahl der Wahrscheinlichkeitszeichen, die besonders an Bedeutung gewinnen, wenn mehrere derselben vorhanden sind. Ein einzelnes solches Zeichen (z. B. Ausbleiben der Periode) besagt nichts. Das Ausbleiben der Periode ist somit ein trügerisches Merkmal der Schwangerschaft und für sich allein niemals beweisend. Selbst schon Angst und Furcht vor einer Schwangerschaft können die erwartete Blutung hinauszögern und sogar für längere Zeit zum Verschwinden bringen.

Deshalb ist es, sehr geehrter Herr Untersuchungsrichter, notwendig, möglichst viele Wahrscheinlichkeitszeichen einer Schwangerschaft zusammenzutragen und bei einer allfälligen Interrogatio wären etwa folgende Fragen zu beachten:

In welchem Alter die erste Menstruation? War diese immer regelmäßig?

War die Vorgenannte zur Zeit des Aussetzens der Periode gesund?

Hatte die Vorgenannte Grund, das Vorliegen einer Schwangerschaft anzunehmen (Beischlaf)?

Wann verheiratet? Wann wurden die Kinder geboren?

Wie oft setzte die Periode aus, ehe die Vorgenannte Doktor Brunner aufsuchte?

Übelkeit, bes. am Morgen? Gewisse Abneigungen, z. B. gegenüber Speisen und Getränken? Gelüste? Brechreiz? Veränderungen oder Schmerzen in den Brüsten?

Warum suchte die Vorgenannte Doktor Brunner auf? Wie und was untersuchte Doktor Brunner? Seine Diagnose? Was gab er mit? Etwas zum Einnehmen? Flüssigkeit? Farbe? (braun)? Wie viel? Ev. Geschmack?

Wie viele Tage später suchte die Vorgenannte Doktor Brunner nochmals auf? Ärztliche Untersuchung? Bestand woraus?

Bitte möglichst genaue Beschreibung des Vorgehens bei der Auskratzung. Wenig oder mehrere Instrumente? Diese ausgekocht? Aussehen? Wurde am Anfang ein Instrument gebraucht, das in die Scheide geschoben und dann daran gedreht wurde? Blutabgang? Viel oder wenig? Wie lange? Farbe?

Wie und wohin reiste die Vorgenannte nach dem Eingriff?

Gab Doktor Brunner Verhaltensmaßregeln mit? Welche? Nachkontrolle? Nachblutungen?

In der Anstalt bimmelt es zum ersten Mal zum Abendessen. Julius Brunner sehnt sich nach dem Kind. Von ferne dringen die Küchengeräusche zu ihm herüber, das metallische Scheppern der riesigen Kochtöpfe und Pfannen, Milchkannen, die auf den Steinboden herumgewuchtet werden. Anstaltstöpfe, Kessel, Kübel, er verzieht angewidert den Mund.

Für Rosa ist die Welt rot, blau, grün und gelb, auch schon gut und böse. Gestern ist sie endlich mit Lina und Alice zu Besuch gekommen. Als er wieder allein war, schrieb er sofort einen Brief nach Hause, um seine Eindrücke zu verarbeiten. Das Heimweh packt ihn, wenn er daran denkt, wie sie abends alle zusammen in der Küche sitzen werden. Am Sonntag nimmt sich sein Schwiegersohn tatsächlich Zeit, um Lina aus dem Heftchenroman vorzulesen. Alice weigert sich.

Schund!, sagt sie, Schund, Schund und nochmals Schund!

Julius nahm gleich zu Beginn ihres Ehelebens einen ganzen Stapel davon und die paar Bücher, die Lina besaß, und verbrannte alles.

Heftchen!, donnerte er. Du und deine Heftchen!

Als er auch *Die Heilige und ihr Narr* ins Feuer warf, begann sie Zetermordio zu schreien.

Lies endlich etwas Richtiges! Eine Heilige bist du nicht und nicht einmal ein Närrlein! Narren sind nämlich lustig!

Zwei Wochen lang sprach sie kein Wort mit ihm. Die dicke Bertha kam mit Torten und Cremeschnitten beladen an, die Frauen setzten sich bei geschlossener Tür an den Küchentisch und ratschten. Als sie ging, warf ihm Bertha einen finsteren Blick zu und verließ sein Haus, ohne ihn zu grüßen.

Von Gotthelfs *Anne Bäbi Jowäger* behielt Lina auf Anhieb den ersten Satz und konnte ihn ihr Leben lang auswendig aufsagen.

Hansli Jowäger war ein braver Mann, und Anne Bäbi, sein Weib, meinte es auch gut, aber uf sy Gattig (auf seine Art).

Als Julius anfing, ihr abends auf der Ofenbank aus *Anne Bäbi Jowäger* vorzulesen, wollte sie sich vor Lachen ausschütten. Während sie sich die Tränen abwischte, bat sie ihn, nochmals von vorne anzufangen, noch einmal und noch einmal. Sie konnte nicht genug davon bekommen. Julius sagte, milde lächelnd, das sei erst der Anfang, sie solle gut zuhören, wie es weitergehe.

Das sei ihr ganz egal, meinte Lina und ließ selbstvergessen das Strickzeug in ihrem Schoß ruhen. Warum sollte man an so einen Satz ein ganzes schweres Buch anhängen? Mehr brauchte doch gar nicht gesagt werden.

Aus der *Gartenlaube* und der *Schweizer Illustrierten* erfährt sie, dass andere Menschen für Sehnsüchte und Gefühle große Worte gebrauchen, die sie nicht kennt und auch ihr Julius nicht. In Gefühlsdingen ist sie über ein geflüstertes Jules! nicht hinausgekommen, das, wenn sie es sagte, einen Wärmestrom in ihrem Körper erzeugte, so dass sie sich wie von selbst an Julius anschmiegte. Deshalb sagte sie es anfangs öfter, weil sie das Glühen hinter ihrer Bauchdecke und in ihren Brüsten mochte und es ihr wie eine Verheißung auf die große Liebe hinzuweisen schien, die bald ganz von ihr Besitz ergreifen würde.

Die Heftchenromane verschlang sie wie eine der vielen Cremeschnitten, ohne dass der süße Zorn danach jemals weniger geworden wäre. Dort ging es auch mit fürchterlichen Gefahren zu in der Liebe, wenn der Mann die Frau an sich riss und seine Lippen auf ihre presste, oder wenn die Frau im Wald überfallen wurde, zwei Hände mit schmutzigen Fingernägeln sich von hinten um ihre Taille legten und ihr schwarz vor den Augen wurde und auch Lina der Atem stockte, bis der Retter im richtigen Augenblick auftauchte, um die Heldin zu befreien und sie auf starken Armen davonzutragen. Der Retter war ausgerechnet jener Mann, den die Heldin verabscheute, aber als er sie schließlich davon überzeugen konnte, dass er der Richtige sei, um die Liebe in ihr zu wecken, und ihr wieder die Sinne schwanden, diesmal, weil heiße Gefühle sie durchwallten und sie erschauern ließen, wogten die Hitzewellen auch in Lina auf und ab. Nackte Schultern, aufgelöste Mieder und tiefe Blicke ins Dekolleté, all dies war verheißungsvoll aufregend, auch hie und da ein geschürzter Rock, ein Auflachen und Davonrennen über ein Stoppelfeld.

Was ist Schund?, fragt Rosa. Das Wort ist angenehm im Mund, es wälzt sich herum.

Schlecht, sagt Alice, schlecht Geschriebenes, kitschig und schwülstig, taugt nichts. Niemand sollte so etwas lesen!

Ein Übel wie Handorgelmusik und Jassen, fügt sie in Gedanken hinzu.

Früher schickte Lina sie ins Wirtshaus, wenn Julius an einem Samstagabend um Mitternacht noch nicht zu Hause war. Man sah nur Rauchschwaden, wenn man die Tür aufschob. Gestank nach Stumpen, Bier und Wein schlug ihr ins Gesicht. Ein paar Männer saßen um den Stammtisch herum, jeder mit einem feuchten Stumpenrest im Mund, die Köpfe schon fast in den Gläsern. Sie starrte auf die breiten Hintern in den abgewetzten Hosen, die Nackenwülste, auf ihren Vater, mitten unter ihnen, auch er in sich zusammengesunken, mit verwässerten Augen, schlaffen Wangen. Stiert sie an wie seine Kumpane, die schwerfällig die Köpfe heben, als die Tür aufgeht. Es ist, weiß Gott, kein Rätsel, warum sie sofort Hautausschläge bekommt, sobald sie einen Tropfen Alkohol zu sich nimmt.

Eh, das Alice! Julius, dein Alisseli kommt dich holen, Lina wird dir zu Hause den Marsch blasen! Alice, setz dich noch ein wenig zu uns, wir haben es gerade so gemütlich, jetzt tu doch nicht so.

Papa, komm nach Hause, sagt sie und hustet bereits.

Erneutes Grölen. Viel zu trocken! Da hilft nur ein Glas Wein!

Auf dem Nachhauseweg musste sie ihn stützen. Sie drehte das Gesicht zur Seite, um seinem Alkoholdunst auszuweichen. Jeden Montagmorgen nahm Lina die Salmiakflasche aus dem Putzschrank, ging damit auf den Balkon hinaus, um seinen Anzug auszubürsten, die Flecken zu traktieren, mit der Bürste auf den Stoff einzudreschen.

Nie musste er eine Gefängnisstrafe absitzen. Dazu war er bereits zu krank, das abnorm vergrößerte Herz, die kranke Leber, Wirtshausleber. Warum konnte ihr Vater sich nicht beherrschen! Immer durch seine Saufkumpane verführbar, dem Burgunderquartett, wie er sie zu nennen pflegte. Im Wirtshaus, wenn er einmal dort war, hörte er nicht auf zu trinken bis zur letzten Runde. Nach der Urteilsverkündung neunzehnhundertachtundvierzig ging er stracks zum Stammtisch. Lina und sie blieben zusammen auf, zwischen ohnmächtiger Wut und banger Angst hin- und hergerissen, er könnte gleich wieder verhaftet werden. Wie sah das aus, wenn der Verurteilte, der nicht hafterstehungsfähig war, abends im Wirtshaus hocken blieb? Strahlend eine Tüte Biskuits schwenkte, als er nach Mitternacht endlich auftauchte, kindisch zufrieden, weil er wieder seinen Dickschädel durchgesetzt hatte.

Wie ein Schwan so schön, sagt Lina und malt Rosa ein S in ihr Haushaltsbuch. Ein S musst du wie einen Schwanenhals zeichnen.

Linas Zuwendung für ihre Enkelin hängt von Helligkeit

und Dunkelheit ab. Wenn es einigermaßen hell um sie herum ist, zieht sie das Haushaltsbuch aus der Küchenschublade und spielt mit Rosa Anfangsbuchstaben raten.

S-C-H fängt mit einem S an, wie ich, bevor ich Julius geheiratet habe, sagt sie. Damals hieß ich Lina Saum.

An manchen Sommertagen, wenn es so heiß war, dass die Erde aufplatzte, ging sie mit ihren Schwestern zum Bach. Die Luft war still, man hörte nur die Insekten surren und brummen. Und Vogelrufe. Lerchen, die unentwegt jubilierend in den Himmel stiegen, als schraubten sie sich an ihrem eigenen Gesang höher und höher hinauf. Jeden Grashalm, jede Rispe, Dolde, die winzigen roten Plättchen des Sauerampfers, das Blau der Skabiosen sah sie im Gehen so deutlich vor sich, als ob im Rausch eines Sommertages jedes Detail nah herangeholt und ihr vergrößert vor Augen geführt wurde; wippende Kohlweißlinge und Zitronenfalter, das bepelzte Krauchen eines Tausendfüßlers. Die Sommerlandschaft und die Hitze machten sie durchlässig, beinahe durchsichtig; die Bächlein in den Wiesen, das raschelnde Schilfgras, das duftende Heu, die Blumen zogen durch sie hindurch und hinterließen einen Abdruck, als sei in ihrem Innern eine Leinwand aufgespannt. Bögen, Rispen, Grannen, die Äderungen eines Blatttellers blieben als Aufwärts- und Abwärtsschwünge in ihr haften, und Jahre später, als sie einen Kurs in Brandmalerei nahm, war man erstaunt über die Ranken, die sie von der ersten Stunde an ins Holz brannte, und lobte ihre sichere Linienführung.

Die Seligkeit, draußen zu sein, die Zeit, die Pflichten, die Mutter, die Kopfnüsse verteilte, zu vergessen, hing flirrend zwischen Himmel und Erde. Die Brust wurde ihr weit, dehnte sich wie die Landschaft nach allen Seiten aus; alles hatte darin Platz, ein ganzes Leben, ihr Leben. Zuerst würde sie in Montreux bei einer Schneiderin in die Lehre gehen, in einer großen Stadt, wo etwas wartete, auf sie allein warten würde. Es würde aus ganz anderen Dingen bestehen als die Welt, in der sie barfuß in einem selbstgenähten Baumwollkleid einen Feldweg zum Bach entlangging, sie würde immer noch selbstgenähte Kleider tragen, aber aus anderen Stoffen und auf dem Kopf kein Kopftuch, sondern einen Hut, verschiedene Hüte, und an den Füßen Schuhe für werktags und sonntags. Jede Woche einmal würde sie ihre Hände mit einer Mandelpaste behandeln *(sehr fein geriebene bittere Mandeln zerstößt man in einem Mörser mit etwas Milch zu einem weichen Teige)*, die sie über Nacht einwirken lassen musste *(vor dem Zubettgehen reibt man die Hände damit ein und zieht alte, weiche, recht bequeme Lederhandschuhe über)*; damit sie immer zarte weiße Hände hätte; bis dahin würde sie extra dafür auch ein paar alte Lederhandschuhe übrig haben.

Heiraten wollte sie durchaus, aber es reute sie, dafür die Hälfte ihres Namens gegen Brunner eintauschen zu müssen. Lina Saum, das war ein rechter Name, eine runde Sache. In der *Gartenlaube* war einmal ein Bild mit drei äsenden Rehen abgedruckt, und darunter stand: *Am Waldessaum*, das gefiel ihr. Wie immer hatte sie auf der Arbeit keine Zeit, richtig zu lesen, konnte das Heft nur hastig durchblättern, wenn die Chefin nach dem Mittagessen für zehn Minuten verschwand, um sich, wie sie sagte, etwas frisch zu machen.

Am Waldessaum gab einem doch ein ganz anderes Gefühl als *am Waldrand*. Ein Rand erinnerte eher an einen Tellerrand, an dem nichts überschwappen durfte, ein Saum hingegen konnte hin- und herschwingen, und wenn sie Geld für genug Stoff gespart hatte, dann wehte ihr so ein Saum beim Tanz ordentlich um die Beine. Ihr schien, ihr Name enthalte auch so einen Waldessaum, an dem sie ab und zu entlanggehen könnte, auch, dass alle ihre Kleider und Mäntel immer gut gesäumt sein würden.

Die Chefin ließ sich jeden Mittag aus der Confiserie gegenüber ein Mokkatörtchen bringen und aß es schmatzend vor den Augen ihrer Lehrlinge auf.

Schade, dass Mokkatörtchen keine Gräten haben und sie nicht daran erstickt!, tuschelte eins der Mädchen mit den andern.

Man sollte ihr eine ganze Mokkatorte ins Gesicht drücken und warten, bis es aus ist mit ihr!, zischelte eine andere. So Sachen dachten sie sich aus, sie hatten es gut miteinander. Die Chefin spendierte ihnen nicht einmal an Weihnachten etwas.

Die Tante in Zürich ließ Lina einen Kurs in Brandmalerei machen. Rosenblüten waren en vogue, in jedes Holz brannte man Rosenblüten ein. Dass man mit Feuer malen konnte, natürlich mit einer Schablone, begeisterte sie. Sie war ganz närrisch auf Rosenblüten. Die Schablonen ließ sie bald weg. Es gab nichts Schöneres als eine freie Holzfläche, auf der sie nach ihrem Gutdünken etwas entwerfen konnte. Das Holz duftete, wenn man den Kolben hindurchschob, um ein Motiv einzubrennen. Die Kursleiterin ließ sie machen. Sie vertraute ihr eine Gruppe jüngerer Mädchen an, denen sie Unterricht gab. Einmal kam sie sogar ins Geschäft der Tante, um Lina über den grünen Klee zu loben.

Die Lina sollte an die Kunstgewerbeschule, sagte sie, sie hat das Zeug dazu.

So, so, meinte die Tante. Und wer soll das bezahlen? Das ist nicht für unsereins. Lina solche Flausen in den Kopf zu setzen! Sie soll arbeiten gehen und für die Aussteuer sparen!

Lina stürzte blindlings aus dem Laden und rannte die Straße hinab. Die Leute drehten sich nach ihr um, weil ihr die Tränen übers Gesicht liefen. Die Tante war eigentlich ein lieber Mensch. Sie hatte ein Papeteriegeschäft, in dem Lina gegen Kost und Logis arbeitete, das gefiel ihr besser als die

Schneiderwerkstatt am Genfersee. Schneiderin wollte sie auf keinen Fall werden. Schneiderin und bei den Leuten auf Stör gehen, auftrennen, umändern, neu machen, immer mit einer anderen Herrschaft vor der Nase, und am Tisch mitessen müssen, was einem vorgesetzt wurde, nein danke, sagte Lina Saum, das sei nichts für sie.

Als sie mit einer Weißnäherin zusammen ihr Monogramm in die Aussteuerleintücher einstickte, ein L und ein S, die Schwanenbögen ihrer Anfangsbuchstaben vor der Heirat, schien ihr dies beinahe so schön, wie Blumengirlanden in Holz zu brennen. Eine Brandmalerei weiß auf weiß war das, als sie ihre Leintücher verzierte.

Was fängt mit A an?, fragt Lina. Rosa sagt: Alice. Lina sagt: Apfel. Rosa sagt: Amputieren.

Woher hast du das?, fragt Lina.

Von Julius, sagt Rosa, er hat zwei Füße amputiert im andern Krieg.

Ah, bah!, meint Lina, die jedes Ansinnen grundsätzlich mit Ah, bah! abwehrt. Julius und sein Krieg! Jetzt kommt B dran.

Ballon!, sagt Rosa. Lina sagt: Brot. Rosa sagt: Blau.

Warum ist Julius in dem großen Haus eingesperrt und nicht mehr bei uns?, fragt sie.

Ein dummes Mädchen hat dummes Zeug herumerzählt. Lina kneift die Lippen zusammen.

Er hat sich seine Suppe selbst eingebrockt, jetzt muss er sie auslöffeln.

Suppe kann er doch bei uns zu Hause löffeln!

Lirum Larum Löffelstiel!, sagt Lina. L wie Löffel! Jetzt machen wir die Namen. Wer fängt mit L an?

Du, sagt Rosa: Lina. Sie rutscht vom Stuhl. Lies mir noch einmal seinen Brief vor.

Erst die Namen, beharrt Lina. Frieder?

F wie Frieder, mault Rosa, K wie Karl, I wie Julius.

Nein, sagt Lina, Julius beginnt mit einem Jot, es gibt zwei Sorten I. Das Jot ist nicht nur ein Strich, unten macht es einen Bogen wie eine Schöpfkelle.

Du sollst mir seinen Brief vorlesen!

L wie Lupe, sagt Lina. Wo habe ich sie nur wieder hingelegt? *Den fünften September neunzehnhundertneunundvierzig. Liebe Lina! Nun war sie gestern hier, die liebe kleine Rosa, und meine Sehnsucht nach dem Kinde ist für einmal zur Ruhe gekommen. Mir kam der gestrige Tag vor wie ein schöner Traum, aus dem es nur ein trübes Erwachen geben könne.*

Lina beugt das Gesicht mit der Lupe über das Papier und liest stockend Wort für Wort ab. Es sieht aus, als lese sie mit der Nase. Sie liest Wort für Wort, so wie sie Kartoffeln schält, eine nach der andern, und erst wenn die Schale verschwunden ist, kommt das Wort ganz zum Vorschein.

Noch heute ist mir, der Garten, in dem Rosa so unbeschwert und ohne nur einen Augenblick sich fremd zu fühlen herumlief, sehe wie verklärt aus. Ich musste staunen, wie große Fortschritte sie in den paar Wochen, in denen ich sie nicht sah, gemacht hat. Was ich nötig habe, sagte ich gestern Alice. Heute mag ich nicht von solchen Dingen schreiben. Ich bin noch zu sehr mit dem Kind und auch mit mir beschäftigt. Ich habe meinen schweren Tag, an dem alles grau in grau erscheint. Ich nehme jeden Tag 2x Herztropfen. Das wird so bleiben, bis es eines Tages nicht mehr weitergeht. Einmal muss ja der Augenblick kommen, wann, wissen wir nicht. Wenn du allenfalls am Sonntag zu mir kommen kannst, dann wollen wir von anderen Dingen reden, von schönen und glücklicheren Zeiten, als wir noch jung waren und die Zukunft uns in hellem Licht erschien.

Helles Licht, wiederholt Rosa. Was heißt Zukunft?

Alles, was vor dir liegt. Lina seufzt. Du hast noch alles vor dir, das ganze Leben, das ist die Zukunft.

Die zwanzig Rosen, mit denen Julius ihr seinerzeit den Kopf verdreht hat, sind wahrhaftig nicht zum Leitmotiv ihrer Ehe geworden, eher die Dornen an den Rosenstielen. Dornen brannte sie nie ins Holz, nur Blüten, und lieber Pfingstrosenblüten als andere, ihre Blütenblätter entfalteten sich fülliger, üppiger. Alle ihre Töchter sollten Blumennamen bekommen. Bei der ersten konnte sie sich nicht speziell für eine Blume entscheiden. Es wurde dann eine Flora.

Das Album! Zeig mir die Bilder von früher! Rosa zappelt um den Küchentisch herum.

Was gibt es da schon zu sehen, murrt Lina, wenn du wüsstest, wie viel besser du es hast.

Was weiß dieses Kind schon von Einschnürungen, der Plackerei eines Korsetts. In ihrer Jugend gab es noch die Kaiserzeit. Die Frauen schnürten ihre Taillen mit Fischbeinkorsetts, trugen Rüschen und Spitzen und Hüte, auf denen sich Blumengebinde, Vögel aus Stoff und polierte Früchte stufenweise türmten. Die Männer waren stolz auf ihre Schmisse, stützten sich auf einen Gehstock und stellten ihre Bäuche mit der weißen Weste heraus. So steht Julius da, und Lina neben ihm, mit Wespentaille, von Kopf bis Fuß in weißer Baumwolle, Rüschen und Volants bis zum Boden, unter lauschigem Buchenlaub, eine Hand an einem Buchenstamm, in der anderen einen zierlichen Sonnenschirm aus weißem Stoff. Die losen Kleider gab es erst einige Jahre später, zu Hause hat sie sie dann oft getragen.

Auf dem Bild lachst du ja! Rosa sieht erstaunt hoch.

Schelmisch, etwas zögernd, als blühe während der Belichtungszeit die Hoffnung auf ein glückliches Leben auf, lächelt die junge Lina Saum über das ganze Gesicht, und hinter diesem Lächeln stecken Schalk und Schabernack.

In der Gaststube, da war es schön! Da war etwas los! Die jungen Herren haben nicht mit Komplimenten gespart. Ich war die Tüchtigste von allen (und die Schönste, haben sie immer gesagt), du hättest mich sehen sollen mit den schweren Tabletts voller Bierhumpen!

Das blühende Leben!, war Julius Brunners erster Eindruck von Lina Saum: Als hielte sie die Fäden der ganzen Gaststube in der Hand, dirigierte sie funkelnde Gläser auf die Tische, lachte, kassierte, wechselte ein paar Worte, lud ein Tablett nach dem andern voll und balancierte sie mühelos über die Köpfe der palavernden Gäste. Die Wirtschaft drehte sich auf ein Fingerschnippen von ihr, mit ihrem Lachen, ihrer federnden Ferse. Sie eilte zwischen den Tischen hin und her, als sei das Leben, das daran stattfand, ein Teil von ihr. So eine wie diese Lina, die konnte zupacken, die konnte fünf Dinge auf einmal tun, das sah man auf den ersten Blick, und dabei noch lachen.

Lina hätte gern ein Geschäft gehabt, ein kleines Café vielleicht, sie wollte selber wirtschaften. Es hätte unbedingt etwas mit Kaffee sein müssen, Kaffee ist ihr das Liebste auf der Welt. Die Frau, die den Melitta-Kaffeefilter erfunden hat, das war eine Geschäftsfrau nach ihrem Sinn. Sie ärgerte sich dermaßen über den Kaffeesatz in der Tasse, dass sie eines Tages eine Erfindung machte. Einfach so. Woher wohl die Idee für eine Erfindung kam? Ein Blitz aus heiterem Himmel, sagte sich Lina, einen Geistesblitz hat sie wohl gehabt. Der fährt ein, und man tut etwas Ungewöhnliches. Vielleicht kam die Idee für eine Erfindung auch nur durch Ausprobieren. Eine Erfindung musste ja praktisch sein. Diese Melitta nahm eines Morgens einen Metallbecher aus dem Schrank und schlug mit einem dicken Nagel Löcher in seinen Boden. Dann nahm sie ein Löschblatt aus dem Schulheft ihres Sohnes und kleidete den Becher innen damit aus. Was muss das für ein Gefühl gewesen sein, als sie dann den Kaffee aufgoss und sah, dass es funktionierte! Sie ging persönlich in die Haushaltsgeschäfte, die Kinder lieferten die Filterpakete mit einem Leiterwagen aus. Alle mussten mitmachen.

Lina hätte genug Ideen für ihr Café gehabt. Es war zu spät. Dass sie fast blind war, daran hatte sie sich gewöhnt, aber die Schmerzen, die ihr neuerdings wie geschliffen in den Bauch fuhren, ließen sie manchmal laut aufschreien, so dass man es im ganzen Haus hörte. Wenigstens war sie nicht eingesperrt.

Julius wollte sie einmal nach Münsingen in die Irrenanstalt einliefern lassen, hysterische Weiber wie sie sollte man einsperren!, schrie er herum. Sie hatte das Hackbrett nach ihm geworfen. Der Streit brach nach Manuels Geburt an Floras Kindbett aus.

Sogar in einem Krankenhausbett muss sie sich auftakeln!, dachte Lina, als sie mit Julius zu Besuch kam, thront im Bett, als sei sie Königin, mit Perlenkette, angemalten Lippen, roten Fingernägeln. Flora hatte dem Mädchen und der Köchin schon Bescheid gegeben, sie wollte die Eltern unbedingt zu sich nach Hause zum Essen schicken, in jenes Esszimmer, in dem man keinen Bissen herunterbrachte, man erkannte ja nicht einmal, was man auf dem Teller hatte, und wagte auch nicht zu fragen.

Charme hatte sie, ihre Flora, das musste man ihr lassen. In die Berner Gesellschaft einzuheiraten, nur einen Dorfarzt zum Vater zu haben und, noch schlimmer, eine ehemalige Serviertochter als Mutter, dafür musste eine schon ein Fuder Charme mitbringen. Als ob wir Korbmacher und Kesselflicker seien!, sagte Lina ein Leben lang mit unverminderter Entrüstung, so haben die auf uns herabgesehen.

Julius wollte nach dem Krankenhausbesuch gemütlich mit Lina im Bahnhofsbuffet essen gehen. Er lehnte also dankend ab, bei Flora zu Hause zu speisen, und sie spielte die Beleidigte. Dann gab Julius noch eins drauf und ging auf Lina los.

Ob sie extra ihm zuleide dieses Schlottergewand angezogen habe? Immer dieses dunkle Zeug, er könne sich so nicht mit ihr sehen lassen, sie habe doch genug schöne Kleider im Schrank!

Lina fühlte den Dämon in sich hochsteigen, der, wenn nichts mehr ging, als Schrei aus ihr stürzte, wie ein Kugelblitz, der durchs Haus rollt, zur Vordertür herein und zur Hintertür hinaus, dann flossen die Tränen, und es war wieder einmal vorbei. Bei Flora im Krankenhaus kam sie gerade rechtzeitig zur Tür hinaus, ohne schreien zu müssen. Zu Hause fing Julius wieder von ihren Kleidern an, und dass sie alles ihm zuleide tue; Lina brüllte auf wie ein Tier. Das Hackbrett ging um ein Haar an seinem Kopf vorbei. Wie viel Gefängnis man wohl bekam, wenn man seinen Mann erschlug?

Jetzt hat es ihn auf seine alten Tage erwischt. Sie nickt zufrieden und geht um den Küchentisch herum zur Brotlade. Jetzt ist er in der Anstalt eingenietet, nicht sie. Die haben ihn am Wickel. Wenn es nur nicht herauskommt im Dorf. Sein Lebtag hat ihn nichts so zum Wüten gebracht, als wenn etwas nicht nach seinem Willen ging. Nach Wien ist er nie gekommen, ihr Julius. Wie hat er immer von der Kaiserstadt geschwärmt und die Enden an seinem Schnauz lang und länger gezwirbelt! Er hat es nur bis Agram gebracht, im andern Krieg.

Sie hingegen, sie ist in Wien gewesen und mit ihrer Schwester Adelheid in die Kaffeehäuser gegangen, ins Central und zu Demel. Sie wollte nicht glauben, dass man stundenlang bei einer Tasse Kaffee sitzen bleiben durfte, und der Kellner einem sogar mehrmals am Tag ein Glas frisches Wasser hinstellte. Die hohen Räume mit den riesigen Spiegeln erstrahlten in einem Glanz, als seien sie für die Ewigkeit gebaut. Die Bilder vom Kaiser und seiner Sissi hingen lebensgroß an der Wand, auch sie waren für die Ewigkeit gemalt.

Jedes Mal, wenn sie danach das aufgeplatzte Ledersofa im Wartezimmer ansah, an dem Julius die fehlenden Lederknöpfe mit Reißzwecken ersetzt hatte, musste sie an die schönen genagelten Ledersitze in den Kaffeehäusern denken, an das Stimmengewirr, die Kellner, die ständig Momenterl! riefen, an die Dame, die nur dazu da war, Zigaretten, Zündhölzer und Aspirin zu verkaufen. Sie hatte ein eigenes Buffet und sonst nichts anderes zu tun. In Wien redeten die Leute nicht über Zeit, da war es gemütlich.

Im Lauf der Jahre verschmolzen verschiedene Kassiererinnen, die sie gesehen hatte, in ihrer Erinnerung zu einer einzigen zusammen, die in einem runden Glasbau mit Messingleisten saß und durch das Funkeln und Glitzern hindurch überirdisch schön lächelte. Sie konnte den ganzen Tag sitzen bleiben. Adelheid behauptete, manche Leute würden im Kaffeehaus leben, solche, die Bücher schrieben. Sogar die Post würde ihnen ins Kaffeehaus gebracht. Von morgens bis abends konnte man sich an Süßigkeiten satt essen. Mittags gab es Apfelstrudel und diese Palatschinken, in denen kein Schinken war, Kaiserschmarrn, und nachmittags als Krönung Sachertorte.

Im Alter jetzt tut es nachmittags auch eine Scheibe Brot mit Butter und Zucker und eine Schale Milchkaffee dazu. Die grüne gläserne Zuckerdose bleibt auf dem Küchentisch stehen, so muss sie nicht mehr jedes Mal aufstehen, um sie aus dem Schrank zu holen. Sie hatte alles dazu, eine grüne Glasschüssel, in die Blumen eingraviert waren, und zwölf Dessertteller. Brot abschneiden kann sie im Schlaf, es geht auch halb blind. Die Schüssel und die Teller sind alle im Lauf der Jahre zu Bruch gegangen. Die Mädchen, die bei ihr im Haushalt gearbeitet haben, waren selten richtig bei der Sache. Meist hat sie mit ihnen mehr Arbeit gehabt, als wenn sie alles allein gemacht hätte. Auch Flora und Alice haben etliche Teller zerbrochen. Aber die Zuckerdose hat sogar noch ihren Deckel mit dem eingravierten Blumenmuster und einem ausgesparten Halbmond für den Löffel im Rand. Sie fährt mit den Fingerkuppen über die Rillen und feinen Ritzungen. Das aufblitzende Licht in der kleinen grünen Kugel, mit der man den Deckel hochhebt, sieht sie nicht mehr. Butter, ganz gleichmäßig auf die Scheibe Brot streichen, auch das geht fast blind. Sie nimmt den Zucker Prise um Prise mit den Fingern heraus und zwirbelt ihn aufs Brot. Gegessen und getrunken haben sie immer gut zusammen. Am Tisch hörte der Streit auf.

Die Tante in Zürich fand damals eine Stelle für sie, im *Grünen Krug*. Trubel und Betrieb waren ihr gerade recht. Dort lobte man sie sehr. Und sie war stolz darauf, so flink, tüchtig, so gescheit und obendrein noch schön zu sein. Von der Kunstgewerbeschule sagte sie nichts mehr, aber der Traum hat in ihr gewütet, und das Wütende war es, das ihr eine solche Kraft gab, dass ihr alles wie Zauberei von der Hand ging. Je mehr Arbeit, desto besser konnte sie vergessen, dass auch sie gern mit den andern an einem Wirtshaustisch gesessen hätte, um ein Leben voller Möglichkeiten vor sich auszubreiten und zu debattieren. Ein kleines Lokal mit ein paar Tischchen und Stühlen hätte ihr genügt. Dort hätte sie Kaffee aufgebrüht und ausgeschenkt und selbstgebackenen Kuchen dazu serviert. Die Tische hätte sie alle mit Brandmalerei verziert. Neben dem Café hätte es noch einen zweiten Raum gegeben, dort hätte sie Brandmalerei unterrichtet. Sie hätte allen jungen Frauen Brandmalerei beigebracht und ihnen den optimalen Handaufguss nach Melitta gezeigt.

Adelheid nahm sie in die Albertina mit; sie wollte ihrer Schwester unbedingt Dürers Aquarelle zeigen. Das war ein Erlebnis, als man ihnen die großen Mappen brachte und vor sie hinlegte, in einem Saal, der nur dafür da war, dass man sich kostbare Bilder anschauen durfte. Sie mussten weiße Baumwollhandschuhe anziehen, jedes Blatt einzeln aus einer Mappe herausnehmen und auf einen Tisch mit einer grünen Filzunterlage legen. Es war ganz still, wie in einer Kirche, nur viel schöner, weil einem niemand etwas dreinredete.

Das muss ein glücklicher Mensch gewesen sein, der Dürer, sagte Lina zu ihrer Schwester. Wenn einer das Wasser so blau malen kann in einem Waldteich und so viele verschiedene Farben am Himmel, und Blau und Rosa in den Hügeln.

Es gab auch ein Bild mit nur einer einzigen Tanne darauf, als hätte man noch nie im Leben eine Tanne gesehen, das berührte sie ganz sonderbar. Aber das Schönste waren die Gräser, der Löwenzahn, der Spitzwegerich, die Pimpinelle, geradeso groß wie in Wirklichkeit.

Adelheid hatte natürlich Bücher über ihn und las Lina daraus vor. Sie erinnerte sich, dass er etwas Besonderes über die Kunst sagte, sie stecke in der Natur, und man müsse sie daraus herausreißen können. Lina kam es im Nachhinein vor, Dürer sei an ihrer Seite den Feldweg entlanggeschritten, wenn sie mit ihren Schwestern zum Bach ging, und habe alle Gräser und Rispen mit ihren Augen angeschaut.

In einem Museum kann einem alles Mögliche passieren. Alice lernte ihren Karl in einem Museum in Paris kennen, früh am Morgen, vor der Mona Lisa. Wenn sie zum Louvre ging, stand sie morgens als Erste vor dem Eingang, dann eilte sie durch alle Säle bis zur Mona Lisa hin, um sie wenigstens fünf Minuten allein betrachten zu können. Hinter sich hörte sie ein Brausen, das durch die Räume hindurch anschwoll, den Ansturm des Besucherstroms. Eines Morgens kam sie gleichzeitig mit einem jungen Mann vor dem Bild an.

Lina reagierte für einmal gutmütig. Da habt ihr euch ja gleich etwas zu erzählen gehabt, meinte sie trocken. Erst als sie vernahm, der junge Mann sei Ausländer, geriet sie in Zorn.

Freundlich, sagt der Psychiater.

-keit, ergänzt Brunner *(1 sec).*

Seit er unter Verrückten und Senilen eingesperrt ist, muss er öfter an Bachmanns idiotischen Knecht mit dem Nussknacker denken. Wie sie alle grimassieren, schnalzen, zucken, die Zunge herausstrecken! Plötzlich umherrennen oder stocksteif stehen bleiben und keinen Wank mehr tun! Verrückt ist er nicht, er nicht. Er wusste, was er tat und wie er arbeiten musste. Als ob er während einer Auskratzung hätte grimassieren und zucken können! Oder sein Maul aufsperren und gottsjämmerlich schreien wie ein Stück Vieh! Bis zuletzt ist ihm nie ein Fehler unterlaufen. Bis zuletzt hat er so wenigstens ab und zu etwas zu tun gehabt.

Der Knecht ist immer freundlich, wie ein Idiot eben, ein freier Idiot. Beim Schnitzen hängt auch ihm die Zunge aus dem Mund, immer tropft ein wenig Speichel an seinem Kinn entlang. Trotzdem ist er ein freier Idiot, nicht ein eingesperrter. Man weiß nie, wo er hinschaut, wenn man mit ihm spricht, man weiß nie, was er eigentlich sieht, vielleicht etwas, das gar nicht existiert, aber im Freien stört das nicht. Bei den Eingesperrten hingegen schon, und er, Doktor Julius Brunner, meint dieser Irrenarzt, soll am Nachmittag jeweils mit ihnen im Wachsaal liegen und sich ausruhen, was für eine abstruse Idee. Der Knecht schaut zu Boden, wenn man mit ihm spricht. Sagt kaum etwas und wenn, dann spricht er mit schwerer Zunge, beinahe lallend. Ist ihm Sprechen überhaupt ein Bedürfnis? Ein freundlicher Idiot, der die schönsten Sachen schnitzt.

Aus seinem gehänselten, ärmlichen Dasein heraus wird er am Ende seine Holzgeschöpfe hinterlassen, lauter Unikate. Der Nussknacker ist mit Sicherheit sein schönstes Stück. Etwas bocksfüßig steht er da, wohlig wie der alte Pan mit seinem glatten runden Bauch. Flora und Alice haben ihn eine Zeitlang überall herumgeschleppt, ihn zu den Katzen in den Puppenwagen gelegt. Der Knecht, erzählt er ihnen, habe hinter dem Haus gesessen und den Nussknacker in den Händen gehalten, er sei eigentlich ein Idiot und stiere in die Welt wie der Nussknacker auch.

Walnussholz, sagt Julius Brunner voller Stolz über seinen Fund und streicht bewundernd über die Oberfläche, glatt wie Seide.

Der Knecht könne nicht richtig sprechen, nur lallen, aber schnitzen könne er, der Nussknacker sei ein Kunstwerk und technisch perfekt. Im Hals habe er eine rechteckige Öffnung freigelassen und darin ein Stück Holz eingefügt, das hinter seinem Rücken wie ein Holzschweif bis zum Boden hinabreicht, ein drittes Bein. Wer weiß, vielleicht habe der Knecht beim Sitzen auf dem Melkschemel diese Idee gehabt. Julius bewegt den Holzschweif hin und her und beginnt dabei ein wenig zu lallen, das Maul des Nussknackers geht auf und zu. Er erinnert sich, dass Flora und Alice Tränen gelacht haben, weil er mit seinem Schiefmaul plötzlich etwas blöd aussah. Auch Lina musste wider Willen lachen, meinte dann aber wegwerfend, der Nussknacker sei viel zu klein für eine Walnuss, höchstens eine Haselnuss könne man damit knacken.

Schließlich gab er ihm oben auf dem Sekretär im Wohnzimmer einen Platz. Aus dem Nichts tauchte so ein Holzmanoggel auf, als hätte ein Reisender aus Afrika einen Talisman mitgebracht, eine unvermutete wilde Präsenz, die jetzt über den Familientisch hinwegblickte. Julius hält nichts von fremden Gottheiten, glaubt auch an keinen einheimischen Gott.

Dennoch wandert sein Blick öfter zum Nussknacker hinüber, als käme ihm Hilfe von dort, aus dem Unerklärlichen, einem Ding, das in seiner Materie wie in seiner glattpolierten Oberfläche eingeschlossen blieb und nichts preisgab. Im Nussknacker wohnte eine primitive Kraft wie in den Fasnachtsmasken aus den Bergen. Die erhöhten rund herausgekerbten Holzaugen blickten gleichgültig durch Julius hindurch, als seien sie mit Landschaften beschäftigt, die nicht von dieser Welt waren. Im Lauf der Jahrzehnte wurde er wie alle Möbelstücke fleißig abgestaubt und geriet darüber in Vergessenheit. Er würde ihn Rosa schenken.

Er selbst wird nichts dergleichen hinterlassen, kein Unikat, keine Schönheit. Er wünscht, er hätte noch die Kraft, wie früher einen langen Brief zu schreiben und dem Gedanken nachzugehen, warum ihm sein Leben am Ende so aus dem Ruder gelaufen ist. Flickwerk, Stümperei, so kommt es ihm vor, als habe er blindlings auf ein Stück Holz eingehackt, statt es kunstgerecht zu bearbeiten.

Seine Gedankenkraft ist ausgelaugt. Ihm hört niemand mehr zu. Alle sind erschöpft, weil sie die umständliche Fahrt auf sich nehmen müssen, um ihn zu besuchen. Eine Besuchslast, das ist alles, was von ihm übrig ist. Die Leber, das Herz und die Schande, immer die Schande, für die Familie. Nicht für ihn. Für ihn gibt es keine Schande. Nur, dass sie ihn in eine Irrenanstalt einsperrten! Ein Glück, dass sein Vater das nicht hat miterleben müssen. Am meisten haben die Pfleger und Schwestern zu tun, und Familienangehörige.

Karl hilft, wo er kann, das muss man ihm lassen, schleppt den alten Handkoffer mit der Schmutzwäsche durch die lange Allee bis an die Busstation hinaus. In Oberfelden muss er damit auch noch einen Kilometer vom Bahnhof nach Hause gehen. Was wird er wohl sagen, wenn ihm jemand auf der Straße begegnet und fragt, ob er verreist war? Was erzählen sie einander zu Hause? Sprechen sie über ihn? Nur die Kleine ist vollkommen ahnungslos. Was würden Alice und Karl ihr später erzählen? Was weiß Frieder? Alice macht sich Sorgen, er treibe sich zu viel mit der Dorfjugend herum und werde zu Hause immer verschlossener.

Julius Brunner steht langsam auf und zieht einen einfachen Lattenstuhl zu sich heran, setzt sich rittlings darauf, und legt den Kopf auf die Arme. Sein Kreuz schmerzt. Was in ihm vorgeht, kann er niemandem mitteilen. Er selbst müsste aufschreiben, was jetzt geschieht. Selbst wenn er noch genug geistige Kraft aufbringen könnte, um seine Gedanken zu bündeln und schriftlich darzulegen, wem sollte er sie mitteilen?

Er geht in seinen Grübeleien verloren, schreckt nur ab und zu hoch, weil er plötzlich zu ersticken meint, wie beim Stichwort *verachten*.

Es saugt ihn ein wie in eine Zeitkapsel, die mit ihm aus dem Untersuchungszimmer entschwindet und über den Dächern der Anstalt stehenbleibt. Wie nachts, wenn er aufsteht, um beide Fensterflügel zu öffnen, stellt er erleichtert fest, dass da draußen, außerhalb der Mauern, Luft in Hülle und Fülle vorhanden ist.

In Oberfelden hat es immer zwei praktische Ärzte gegeben. Sein Kollege Doktor Ryser macht keine Abtreibungen, wohl aber sein Vorgänger. Das hat er von den Frauen, die zu ihm kommen, erfahren. In wie vielen Dörfern gibt es einen praktischen Arzt, der Abtreibungen macht! Wenn er alle hätte annehmen wollen, hätte er jede Woche zwei Abtreibungen machen können, die Kollegen andernorts ebenso. Namen wird er keine nennen, einen Kollegen verrät man nicht. Ein gebrochenes Bein muss gerichtet, geschient und gegipst werden, und eine Schwangerschaft, wenn sie nicht erwünscht und die Frau zudem nicht verheiratet ist, so etwas muss man auch wieder einrenken, sonst wäre es so, als ließe man ein junges

Mädchen mit schief zusammengewachsenen Knochen durchs Leben humpeln.

Ratschen, elende. Dann gehen sie hin und plaudern alles aus.

Vielleicht hätte er seine Praxis besser im Freien abhalten sollen, unter einem Nussbaum, dann wäre vieles anders gekommen und manches gar nicht passiert. Vielleicht wäre er mit einer Gartenwirtschaft besser gefahren, warum auch nicht? Unter den Pflaumenbäumen neben dem Haus hätte man im Schatten sitzen können und hinten im Garten, vor der großen Obstwiese, an der Sonne. Am besten hätte man aus der ganzen Obstwiese eine Gartenwirtschaft gemacht.

Was ist schon der Unterschied zwischen einer Wirtschaft und einer Arztpraxis? Beide haben Kundschaft, einmal sind es Patienten, einmal Gäste.

Lina hätte Tablett um Tablett mit vollen Gläsern aus der Küche getragen, sie hätte gelacht, gescherzt, mit den Gästen geplaudert, als Wirtin, nicht als Serviertochter. Die Familie hätte Lina nicht tagein, tagaus mit der Kittelschürze, dem Staubtuch, dem Putzlappen, dem Putzeimer ertragen müssen. Auch ins Wartezimmer ging sie in ihrem Putzaufzug, um mit den Gästen zu reden, und die Gäste waren seine Patienten. Immerhin hatte sie auf diese Weise noch Publikum, konnte mit den Leuten reden, Geschichten erzählen, aber nicht mehr mit blitzenden Augen. Wie sie tratschte und ratschte und lamentierte!

Mit ihm hingegen sprach sie schon lange nicht mehr in ganzen Sätzen. Unwirsch, immer unwirsch.

Waldschrat!, tituliert er sie manchmal, bald wirst du nur noch krächzen! Bewahr wenigstens ein paar Vokale in deiner Kehle übrig. Für besondere Gelegenheiten!, nicht etwa für mich!

Wenn Julius einen seiner langen Briefe an Alice zu Ende geschrieben hatte, fügte sie manchmal ein paar Worte hinzu. *Sei nicht böse, dass ich Dir so wenig schreibe, ich habe immer viel Arbeit, die Zeit und oft auch meine Kräfte reichen nicht aus, alles zu bewältigen. Höre jetzt, ich habe Flora eine gestrickte Weste bestellt, die sehr hübsch ist zu einem schwarzen oder blauen Jupe und einer weißen Bluse. Möchtest Du auch eine haben, No. 44? Oder sollte es 42 sein?*

Ihre Schrift sperrt sich auf Papier, die Feder kratzt, die Buchstaben haben zu wenig Platz und zu wenig soliden Untergrund, in den sie sich eindrücken, in größeren Bögen ausbreiten könnten.

Hier fragen sie ihn doch wahrhaftig, ob er ins Kino oder in ein Dancing gehe, ja, wo sollte denn in Oberfelden ein Dancing sein? Die Herren Experten und Psychiater haben keine Ahnung vom Leben auf dem Dorf. Junge Schnösel obendrein.

Eine Arztpraxis ist kein Luftschloss, sie muss Hand und Fuß haben. Von der ersten Landpraxis an hat er alles allein bewältigt, er kennt nichts anderes. Wenn ein Bauer mit einem gebrochenen Bein dalag, richtete er den Bruch mit einem Flaschenzug, hängte einen Sandsack mit vier, fünf Kilogramm Gewicht an, fertig war die Chose. Wenn es ein einfacher Bruch war. So etwas lernt man einschätzen, wenn man auf sich selbst gestellt ist.

In Paris, das war etwas anderes, dort konnte man Geld ausgeben. Die Gare de l'Est, das ist für immer vorbei. Am frühen Morgen in die große Halle hineinzufahren, in dieses Gewimmel, in dem alles aufregend war. Wie lang das alles her ist, neunzehnhunderteinunddreißig, als alle Welt zur Jahrhundertausstellung fuhr, um die Kunst aus den Kolonien zu bestaunen, war er zum letzten Mal dort. Das gab ihm Gelegenheit, auch Alice zu sehen und ein Gespräch über ihre Zukunft in Gang zu bringen.

Er freute sich wie in jungen Jahren auf diese Reise. Dies

würde, er wusste es, sein letzter Besuch in Paris sein, sein letzter Ausflug ins Ausland. Er war erst Mitte fünfzig. Trotzdem spürte er, dass seine Kräfte nachließen. In Paris wollte er so einfach wie möglich leben, nicht in Alices Pension, sein Französisch reichte nicht aus, um Konversation zu machen, aber in ihrer Nähe. Er würde sie ausführen. Sicher war sie noch nie in einem der eleganten Restaurants gewesen, geschweige denn in den *Folies-Bergère*.

Anfang des Jahres hatte sie ihm plötzlich philosophische Fragen über die Liebe gestellt, als hätte sie noch Vertrauen in sein Wissen. *Mein liebes Alice!*, schrieb er sofort zurück, *Dein letzter Brief vom 20. Januar hat mich merkwürdig berührt. «Wenn man sich nur verstehen könnte, es ist recht schwer. Schreib mir, wie es ist und ob einfach lieben ganz unmöglich ist?» schreibst du am Schluss.*

Was meinst du damit? Ist das ein Ergebnis deiner Vorlieben für Rilkes Dichtungen? Oder meinst du das oft etwas gespannte Verhältnis zwischen Mama und mir?

Einfach lieben, ganz unmöglich?, fragst du. Ich weiß es nicht!

Verstehen, ja, das ist etwas anderes. Dass nicht alle Menschen gleich gut sind, dass es Lumpen gibt, denen nichts heilig ist, Mörder, Diebe und andere Verbrecher, das kann man verstehen, wenn man weiß, dass der Mensch sich im Laufe von Jahrmillionen aus der Säugetierreihe zu seiner heutigen Intelligenz hinaufentwickelt hat. «Der Mensch ist das Produkt seiner Umgebung.» Alles ist relativ. Wo ist etwas Absolutes? Nirgends auf der Erde und im Weltall gibt es etwas Absolutes, alles ist in stetiger Veränderung begriffen. Panta rhei! Alles fließt, und nichts bleibt.

Damit muss man sich abfinden. Nicht alles lieben, musst du dir sagen, aber alles verstehen. Dann stehst du auf dem rechten Boden und wirst dir schon in jungen Jahren jene Ruhe und Abgeklärtheit des Geistes aneignen, um die mancher, wie ich, sein

Leben lang ringt. Ruhe und Reflektiertheit sind nicht meine starken Seiten. Ich gäbe viel darum, wenn ich mich in meinen alten Tagen noch zu einem besonnenen Menschen emporarbeiten könnte. Schreib bald wieder. Herzliche Grüße, Papa.

In den Wochen vor der Reise schrieb er Alice häufiger als sonst, auch weil er sich Sorgen um sie machte. Sie studierte an der Sorbonne, zumindest versuchte sie es, ein bisschen Literatur hier, ein wenig Philosophie und Kunstgeschichte dort.

Liebes Alice! Hier erhältst du die Postsachen, die gestern bei uns angekommen sind. Ich sende sie dir selbst, um die Gelegenheit zu benutzen, dir eine Frage zu stellen. Tue ich es mündlich, so bekomme ich entweder keine Antwort oder eine, die es mich vorziehen lässt zu schweigen. Deshalb bitte ich dich, mir schriftlich darauf zu antworten. Was willst du studieren, vielmehr, welches Ziel hast du an das Ende deines Studiums gesteckt? Du bist nun bald zweiundzwanzig Jahre alt, ohne ein festes Ziel im Leben zu haben. Ich habe dich bis dahin machen lassen, habe dir hin und wieder einen kleinen Wink gegeben, und habe dich beobachtet. Du glaubst, du treibest im Ernst ein Studium, aber mein liebes Alice, du befindest dich in einer argen Selbsttäuschung. Was du bisher getrieben hast, ist nur ein Tasten und Suchen in einem finsteren Walde.

Du weißt ja, dass du jederzeit für alles Verständnis bei mir findest. Du sowohl wie Flora, beide habt ihr euch in den letzten Jahren innerlich von mir losgelöst; und ich habe mit Bedauern die Entfremdung zwischen mir und meinen Kindern wachsen sehen.

In Paris führte er sie gleich mit den Herren vom Oberfeldener Stammtisch in gute Restaurants und ein paar Negerdancings aus, damit sie einmal etwas Aufregendes zu sehen bekam; sie hatte einfach zu wenig Schneid. Im Nachhinein wurde ihm jedoch etwas anderes wichtig.

Mein liebes Alice!, schrieb er am dreißigsten September

neunzehnhunderteinunddreißig, *die schönen Tage von Aranjuez sind vorbei. Ja, leider sind die Tage von Paris für immer vorüber. Nur in meinen Träumen werden sie wieder lebendig. Jede Nacht habe ich bis jetzt von Paris geträumt, irgendetwas Ungereimtes, das aber doch etwas Erlebtes oder Gesehenes als Untergrund hat. Die acht Tage haben mich seelisch und geistig mächtiger ergriffen, als ich dachte, das spüre ich erst jetzt. Aber auch körperlich hat mich das Herumgehen und Stehen mehr angegriffen, als ich gedacht habe; ich war so müde, dass ich den ganzen Tag hätte schlafen können.*

Allmählich beginne ich, die Eindrücke zu verarbeiten. Wesentliches beginnt sich von Unwesentlichem zu scheiden, und da wird wohl als liebste Erinnerung der Nachmittag in Versailles zurückbleiben. Es ist nicht die großartige Schlossanlage, der prachtvolle Park, die den tiefsten Eindruck auf mich gemacht haben, es ist vielmehr die schöne ruhige Stunde in der milden Herbstsonne in der Eremitage und das Alleinsein mit dir.

Ich fühle deutlich, dass ich dir innerlich nähergekommen bin, und hoffe von dir das Gleiche. Du lächelst und denkst, ich beginne, in meinen alten Tagen noch zu schwärmen. Das sei mir ferne. Ich möchte dir nur mit ein paar unbeholfenen Sätzen zu erklären suchen, wie es in mir aussieht. Ich glaube, die Tage mit dir bleiben mir für den Rest meines Lebens unvergessen und haben mir insofern einen großen Gewinn gebracht, als ich nun hier zu Hause alles mit mehr Ruhe und Geduld ertragen kann. Ich bemühe mich, mich mit Gelassenheit in das Unabänderliche zu schicken, und hoffe zuversichtlich, dass es mir auch in Zukunft gelingen wird. Ich bitte dich, Mama bald einen langen, ausführlichen Brief zu schreiben. Herzliche Grüße von deinem alten Papa

Niemand hat Zeit, mit Rosa in eine Badeanstalt zu gehen, man füllt eine Zinkwanne voll Wasser und stellt sie draußen hin. Dieser Sommer gehört der Hitze im Garten, dem Gras, den Kieselsteinen, dem Torf unter ihren Füßen. Die Welt gibt sich ganz in ihre Hände, rund, eckig, stachlig, lang, kurz, weich, hart, glatt, rauh. Buschig wie ein Busch weht der Wind sie aus den Büschen an und macht sich anders über sie her, wenn er durch einen Baum rauscht oder vom Himmel herabfällt. Der Sommer bricht mit großen süßen Erdbeeren aus der Erde hervor, mit Blumen, die Rosa bis zu den Knien und an den Bauchnabel reichen, und den hohen, die, blau wie der Himmel oder gelb wie die Sonne, hoch über ihren Kopf emporragen. Der Sommer gehört prallen glänzenden Johannisbeeren, den pelzigen Stachelbeeren, den glitschigen Schnecken an der feuchten Mauer hinter den Blumenstauden, er gehört dem Gras, das auf der großen Apfelwiese hinter dem Garten wächst und durch das sie nicht mehr gehen darf, wenn es ihr bis zum Bauchnabel reicht, aber sie schleicht sich hinaus, kriecht flach am Boden entlang bis zu einer der großen Betonröhren am andern Ende der Wiese, in die sie sich hinsetzt und ins Licht blinzelt, in die grüne Welt des Dschungels, der Käfer, der Schmetterlinge, Raupen, Bienen und Hummeln. Die Betonröhren sind so groß, dass sie fast aufrecht hindurchlaufen kann. Wenn sie etwas ruft oder singt, klingt es hohl.

Der Garten mit den Torfwegen, aus denen trockene Luft aufsteigt und sich in Wellen um Rosas Beine legt, kann nicht ohne sie leben. Die Torfstückchen prickeln unter ihren nackten Füßen. Mitten auf dem Weg lässt sie sich fallen und rollt sich im Torf hin und her, nichts anderes riecht so nah nach heißem Sommer. Die Hitze dringt von unten in ihren Rücken ein und breitet sich aus, Rosas Arme und Beine liegen gerade und still, sie schaut in den tiefblauen hohen Himmel hinauf und spürt, dass die Hitze sie von unten hochstemmt; sie beginnt zu schweben. Eine Hummel zieht brummend vorbei, die Schwalben stürzen schreiend vom Himmel herab in das offene Scheunentor bei Bachmanns hinein, wo sie ihre Nester haben, Rosa bleibt auf einem Sockel der großen Hitze liegen. Fliegen!, möchte sie Julius zurufen, ich kann fliegen! Kein Ton rührt sich in ihr, sie kann sich überhaupt nicht mehr rühren, bis sie plötzlich wieder schwer am Boden aufliegt, der Torf drückt ihr in den Rücken, kitzelt sie in der Nase, niesend und schniefend setzt sie sich mit einem Ruck hoch. Vor Bachmanns Hofplatz ragen Linas Bohnenstangen in den Himmel, höher als das Scheunendach. Die Luft flimmert so gewaltig um sie herum, dass sie ihre zugespitzten Enden nicht richtig sehen kann. Im Herbst nimmt Karl sie heraus und stellt sie im Trocknen unter. Im Sommer ist alles im Trocknen, er ist ein Haus. Die Hitze um Rosa herum ist ihr eigenes kleines Haus, es geht mit ihr mit. Wenn sie Arme und Beine bewegt, beulen sich die Wände hierhin und dorthin aus und legen sich wieder an ihren Körper zurück. Sie greift mit beiden Händen links und rechts in den Torfweg und lässt die Stückchen auf ihre Beine hinabrieseln, springt hoch, schüttelt sich, läuft zu den Gießkannen zurück, taucht einen Arm nach dem andern bis zum Ellbogen ins kühle Wasser, wischt die Torfschicht ab. Auf der Wasseroberfläche bleibt feiner brauner Staub zurück.

Linas Bananenstauden stehen in hölzernen Blumenkübeln neben dem Kompost vor der Waschküche. Die wärmste Ecke im ganzen Garten, dort brüte sich der Kompost von allein aus, sagt Lina, sagt Karl, sagt Julius.

Nur Zierpflanzen, an denen nie eine Banane wachsen werde, meint Alice, aber Lina liebe sie eben abgöttisch wie alle ihre Blumen.

Die Hitze betäubt ihn. Nach der Arbeit fällt Karl in der Bahn vor Erschöpfung in Schlaf und wird in kurzen Schüben, zwischen Einnicken und Hochschrecken im Rattern des Zuges hinweggetragen und schließlich als Strandgut an ein Ufer seiner Kindheit geworfen. Er liegt bei seiner Mutter auf dem Kanapee. Ein Fremder kommt ins Zimmer, beugt sich zu ihm herab und will ihm einen Kuss geben; schlaftrunken stößt er ihn weg. Die Sequenz wiederholt sich mehrere Male wie am Fließband, ein Fremder kommt herein, beugt sich zu ihm herab, will ihm einen Kuss geben; schlaftrunken und mit jedem Mal unwilliger stößt Karl ihn von sich.

Verwirrt wacht er auf und schaut aus dem Fenster. Kühe, was sonst. Spiegelnde Fensterscheiben an Bauernhäusern, mit geschnitzten, gedrechselten Balkongeländern, an denen flammende Reihen blühender Geranien hängen; die Nachmittagssonne zündet Funken im Fensterglas.

Seine ersten drei Schuljahre fielen in den Ersten Weltkrieg; der Vater war abwesend. Erst neunzehnhundertneunzehn kehrt er als Fremder aus italienischer Kriegsgefangenschaft zurück, da ist Karl bereits neun Jahre alt.

Er erinnert sich auch daran, dass während der Kriegsjahre einmal ein Soldat ins Haus kam, um Grüße des Vaters von der Isonzofront zu überbringen. Seine Kleider strömten einen eigenartigen Geruch aus. Die Mutter musste ihm auf der Couch im Wohnzimmer ein Bett richten. Karl sah, dass sie unruhig war und alle Türen zu diesem Zimmer abschloss. Sie hatte spürbar Angst, der Junge wusste nicht, warum. Es war eine andere Angst als die alltäglichen kleinen Ängste, die er kannte, wie zu spät kommen oder in den falschen Zug einsteigen.

In Oberfelden geht er langsamer als sonst vom Bahnhof die Dorfstraße entlang, in einer Hand den Koffer mit Julius' Schmutzwäsche, den er in der Waldau abgeholt hat. Wiederholte sich die Rückkehr der Väter aus dem Krieg von einer Generation zur nächsten? Was hatte Frieder für Erinnerungen aus den wenigen Jahren vor dem Krieg an ihn, bevor er zum Volkssturm eingezogen wurde?

Heute kommt es ihm vor, als sei der Koffer nicht mit Wäsche, sondern mit Steinen gefüllt.

Bei Bachmanns Hof sitzt der depperte Knecht an einem Ende der Hausbank vor dem Holzstapel, am anderen Ende Trini, das Dorfunikum. Karl wirft ihnen im Vorbeigehen einen erstaunten Blick zu. Er hat sie noch nie zusammen auf der Bank sitzen sehen, Trini hat er überhaupt noch nie sitzend gesehen. Es taucht immer wie ein Spuk auf und verschwindet, sobald es seine Sprüche aufgesagt hat.

Der Knecht weiß, wenn er sich nicht rührt, setzt sich Trini das eine oder andere Mal am andern Ende der Bank hin. Ein ungerades Mal, wenn der Bauer weit weg ist, als wisse es genau, dass eine Viertelstunde, eine halbe Stunde niemand vom Hof auftauchen werde. Die anderen sagen, es sei ein Tubel. Von ihm sagen sie das ja auch.

Trini ist ein Leben lang schikaniert worden, musste sich für Essen und einen Schlafplatz abrackern und hat selten ein freundliches Wort gehört. Manche jagen es fort, denen ist es unheimlich mit seinen Litaneien, manche geben ihm zu essen. Seine eigenen Zahlen sagt es nie auf. Es sagt überhaupt nichts, nicht einmal Trini, seinen Namen. Wenn man es anspricht, bleibt es stocksteif stehen und stiert geradeaus durch einen hindurch. Wenn man einen Schritt auf es zumacht, stößt es wie ein Urvieh einen Schrei aus und rennt davon. Es rennt schnell, das Trini, obwohl es nur so dürre Steckenbeinchen hat. Der Knecht macht keinen Mucks, er tut, wie wenn er gar nicht da wäre, mit einem schon kalten Stumpen im Mund.

Karl will gewohnheitsmäßig grüßen, wenigstens in ihre Richtung nicken, aber von ihnen geht eine Ruhe aus, als säßen zwei Holzfiguren auf der Bank, die jemand vor langer Zeit dort abgestellt hat. Er murmelt etwas vor sich hin, geht ums Haus herum zur Waschküchentür herein und stellt den Koffer neben dem großen Waschkessel hin. Dann steigt er zwei Treppen hoch und öffnet die Tür zum ersten Stock.

Alice kommt aus dem Wohnzimmer, in einer Hand ein aufgeschlagenes Buch, in das sie einen Finger hält, um die Seite zu behalten, auf der sie weiterlesen will. Mit der andern Hand streicht sie sich ein paar Haarsträhnen aus dem Gesicht und sagt: Föhnwetter, dieser Druck im Kopf!, oder sie flüstert ihm zu, Lina habe sie wieder vom Herd weggeboxt.

Ich geh noch durch den Garten, sagt Karl und ist bereits aus der Tür.

Am Wochenende und in den Ferien arbeitet er im Garten. Lina geht brummelnd zwischen den Beeten entlang, pflückt Stangenbohnen oder Erdbeeren und schneidet verwelkte Blüten ab. Ab und zu sieht sie Karl verwundert an, während sich ihr Gesicht langsam öffnet, als ob es übe, sein Lächeln widerzuspiegeln.

Wenn Karl Julius' Wäsche nach Hause bringt, pflückt er vor dem Abendessen Blumen für Alice.

Die Zinnien sind gerade so prächtig, sagt er, oder: Die Ringelblumen ringeln sich so charmant.

Wie schön!, ruft Alice dann, als seien die Blumen eine große Überraschung aus einem Blumenladen.

Sie füllt eine Vase mit Wasser. Du darfst sie einstellen, sagt sie zu Rosa, aber erst die unteren Blätter von den Stengeln abstreifen.

Karl dreht den Wasserhahn auf und seift sich die Hände

ein. Ich habe den Koffer in der Waschküche gelassen, sagt er, ohne sich umzudrehen.

Alice seufzt noch einmal auf, tiefer und mit mehr Nachdruck.

Karl seufzt auch. Er steht am Spülbecken und schrubbt seine Hände mit der Nagelbürste. Warum hat dieser alte Mann immer noch so etwas gemacht?

Er lässt das Wasser laufen und spricht mit sich selbst. Bettlägerig! Er war immerhin schon bettlägerig! Vollkommen verantwortungslos! Dabei ist er geistig noch ganz da! Ich mit der Schmutzwäsche vom Büro zum Bahnhof, von Bern nach Kreisfelden, dort umsteigen, auf den Bummelzug nach Oberfelden warten!

Heftig legt er die Nagelbürste zur Seite. Ich bin ja froh, mich nützlich zu machen, aber das ist ja wie im Krieg! Diese Wäschepakete! Und der abgewetzte Handkoffer im Gepäcknetz!

Rosa legt die Blumen nebeneinander auf den Tisch und zupft die unteren Blätter ab. Warum ist schon wieder etwas wie im Krieg? Blätter dürfen nicht im Wasser stehen, sagt Alice, sonst würden sie schnell faulen und mörderisch stinken, schlimmer als das, was im Nachttopf sei. Alice, Karl und Frieder sind aus dem Krieg zurückgekommen. Auch Julius ist in einem Krieg gewesen, das ist noch viel länger her. Rosa weiß nicht, wo der Krieg zu Hause ist, und ob er eine Adresse hat wie sie, an der Dorfstraße acht.

Von deinen Eltern ist ein Brief da, sagt Alice. Diesen Sommer können sie noch nicht kommen.

Karl ballt eine Faust in der Hosentasche: Immer noch nicht!

Rosa teilt die Blumen in zwei Hälften und ordnet sie nach Namen. Frieder, Alice, Karl, Julius, Lina in der einen Hälfte, zwei für Oma und Opa, Karls Eltern, in der anderen. Sie leben in einem seltsamen Land, aus dem sie nicht wegfahren können. Rosa ist es recht. Sie wüsste nicht, wie sie sich um noch einen Großvater und eine Großmutter kümmern sollte.

Ich brauche noch eine Vase, sagt sie zu Alice, für die ganze Familie. Sind Oma und Opa auch in einer Waldau?

Zu ihrer Verwunderung brechen Alice und Karl in Gelächter aus. Alice kann sich kaum beruhigen. Ach, Kind!, sagt sie schließlich, wie immer, wenn sie nicht erklärt, was los ist, ach, Kind!, und wischt sich die Tränen aus den Augen.

Das liebe Geld! Mit einem Ruck zieht Karl ein kariertes Taschentuch aus der Hosentasche und beginnt sich umständlich zu schneuzen. Bald sechs Jahre ist es jetzt her, dass ich sie zuletzt gesehen habe.

Reise, sagt die Stimme des Psychiaters.

Hochzeit, antwortet Brunner.

Warum ist ihm nicht Ballon eingefallen? Oder seine einzige lange Reise, jene nach Agram? Die Reise damals im Ballon dauerte nur ein paar Stunden, unter einem flachen Himmel von Winterthur bis zum Bodensee; trotzdem schien ihm der Himmel unfassbar hoch und weit. Er hatte das Gefühl, wenn sie höher und höher steigen könnten, entfalteten sich höhere und mächtigere Himmelsgewölbe mit ihnen.

Dass der Raum endlos weitergehen sollte, beflügelte und verwirrte ihn. Wenn sich hinter jeder Galaxie neue Galaxien auftaten, verloren sie sich nicht irgendwo im All? Woran orientierte sich der Raum, das Licht? Was gab dem Licht die Richtung an?

Woher wollte die Wissenschaft so genau wissen, was die Zeit war oder das Licht? Es leuchtete ihm ein, dass das Licht Zeit brauchte, um auf der Erde anzukommen, so unendlich weit weg wie alles war, die Sonne, die erloschenen Sterne. Plötzlich hieß es, das Licht sei so und so viele Kilometer oder so und so viele Jahre weit weg, als ob eine Stunde und ein Kilometer von gleicher Beschaffenheit seien.

Der erste Wandertag ihrer Hochzeitsreise begann glücklich blau, war es nicht so?

Kräuter und Blumen verströmten ihren Duft; sie wischten sich ein ums andere Mal den Schweiß aus dem Gesicht, bis sie nach gut zwei Stunden einen Wasserfall sahen, der weiß blitzend über die Felsen hinabstürzte. Mit jedem Schritt, den sie näher kamen, spürten sie, wie die Wassermassen Erleichterung verhießen, und meinten, bereits kühlere Luft zu spüren. Lina nahm mit einem tiefen Seufzer den Strohhut ab, der ihr in die Stirn drückte; Julius stürmte plötzlich voran, auf das Wasserbecken am Fuß der Felsen zu.

Noch im Gehen begann er sich die Kleider vom Leib zu reißen, dann watete er nackt auf die Felswand zu. Wasser, das von oben auf ihn herunterprasselte, jagte ihm keine Angst ein. Er gab sich ganz dem Element hin, das war Freiheit, hautnah und greifbar, das war Glück. Nach einer Weile fiel ihm Lina ein. Warum teilte sie dieses Glück nicht mit ihm? Er wollte nackt mit ihr unter dem Wasserfall stehen, nackt in einem Gebirgsbach baden und, nur von Luft und Sonne umhüllt, nackt mit ihr in einer Wiese liegen. Stattdessen stolperte sie schluchzend querfeldein davon, mit einer Hand den langen Rock raffend, mit der anderen ihren Hut festhaltend.

Himmelherrgottzuckerbäcker! Julius stieß seinen Alltagsfluch aus. In der Gluthitze kam Lina kaum vom Fleck und schwitzte sich fast zu Tode; weinend blieb sie schließlich am Rand der Wiese stehen.

Der Wasserfall tanzte im Sonnenlicht, ein funkelndes Band, zwischen dem himmelhohen Felsen und der Wiese unten, wie konnte man sich diesem Tanz verweigern? War er ein Unflat, hatte er etwas Ehrenrühriges von Lina verlangt? Das Wasser hätte sie wie Vorhänge umhüllt; im erleichterten

Schrecken der Abkühlung hätten sie laut aufschreien und taumelnd nacheinander greifen können.

Lina weigerte sich mit Händen und Füßen, mit ihm zum Wasserfall zurückzugehen. Was ein nackter Körper wäre, hätte sie nicht zu sagen gewusst. Sie lernte das Korsett schnüren, mit Anstand eine Bluse bis zum Hals zuzuknöpfen (Stehkrägelchen, Perlmuttknöpfe), den Rock knöchellang zuzuschneiden. Tief verletzt zog sie sich in sich zurück, ohne aus dieser ersten Kränkung wieder herauszufinden, steigerte sich im Gegenteil immer mehr in einen Zustand aus Schluchzen und Jaulen, schlug aus, als er sie am Arm nehmen wollte, boxte ihm solange die Ellbogen in die Rippen, bis sein Lachen in Zorn umschlug und er sie mit beiden Armen packte und: Bauerntrampel! schrie, Bauerntrampel! Zimperliese!, und dabei blieb es, sie bei haltlosem Schluchzen, er bei: Zimperliese!

Seine heftigen Gefühle, der rasch aufflammende Ärger brachen eins zu eins aus ihm hervor, er spie sie aus wie ein Vulkan. So wie er sich im Innern fühlte, wenn er vor Zorn kochte, so schoss es siedend heiß aus ihm heraus. Das war die Kehrseite seiner Tatkraft, mit der er in Notfällen blitzschnell eine Entscheidung traf. In solchen Situationen war seine Heftigkeit von Nutzen. Unerschrocken packte er körperliche Übel an und handelte. Solange man ihn machen ließ, wie er wollte, stand er den Menschen wohlwollend gegenüber. Jetzt aber konfrontierte ihn diese flennende Frau, seine Frau, mit einer Wirklichkeit, von der er nichts wusste, nichts wissen wollte.

Wie kann man nur so übertrieben reagieren!, dachte er, vollkommen hysterisch!

Für den Bruchteil einer Sekunde durchfuhr ihn eine Erkenntnis, die er augenblicklich beiseiteschob. Im andern Geschlecht verbarg sich etwas, das noch schwerer als Einsteins Theorien zu begreifen war, ferner und unfassbarer als die vierte Dimension. Wie lange er sich mit Lina in der Wiese hinsetzen und geduldig neben ihr hätte sitzen bleiben müssen, um sich für das blanke Universum hinter ihr zu öffnen, schien ihm nicht nur undenkbar, sondern reine Zeitverschwendung, Zeit, die ohne erkennbaren Nutzen verstreichen würde. Die Zeit, die er gebraucht hätte, um Zeit zu haben für die Zeit, hatte er nicht. Er hatte zu tun.

Tod, sagt der Psychiater.

geboren, sagt Brunner *(2 sec)*.

In Oberfelden hörte Lina auf, sich außerhalb des Dorfes zu bewegen. An einem lauen Sommerabend konnten nicht einmal die Mädchen sie dazu bewegen, zum Bach hinabzugehen, sie, die im Bündnerland noch wie er den Bauern beim Heuen half und mit ihm zu Berg ging, jedenfalls vor dem ersten kleinen Tod. Ein Säugling stirbt ihm ein paar Stunden nach der Geburt unter den Händen weg, sein eigenes Kind. Sein erster Sohn wäre es gewesen.

Nicht nur Haut konnte eingeschnitten, durchstochen werden, das Leben selbst gab plötzlich nach, konnte einreißen und lag als Fleischwunde da.

Nun lernt er das Dorf in den Bergen auf andere Weise kennen. Es gewährt keine Gnade für das ungetaufte Kind. Er muss es außerhalb der Friedhofsmauern beerdigen lassen. Er wettert und flucht gegen die katholischen Pfaffen, die Kirche. Nicht dass er ein überzeugter Protestant gewesen wäre oder gar ein Kirchgänger. Er liebt das Leben, die Natur, er liebt die Energie, mit der er selbst am Leben ist, alles meistert. Wenn er nachts bei wüstem Wetter hinausmuss, am besten bei Sturm und Regen, Schnee und Eis die Pferde anschirren und durchs Tal zu einem Patienten fahren, dann ist er in seinem Element. So viel Herausforderung, Anstrengung und Einsatz sind ihm gerade recht. Wie oft hat er sich durch ein Unwetter gekämpft, um bei irgendeiner stockkatholischen Familie ein

Kind zu entbinden? Und jetzt dies. Ihm, dem Doktor, verwehren sie einen gerechten Friedhofsplatz für ein Häuflein Kreatur, das nur einmal aufseufzen konnte oder nicht einmal das.

Etwa einen Monat später wurde abends Linas Lieblingskatze überfahren. Als sie das Tier eigenhändig von der Straße aufhob und an ihren Körper gedrückt nach hinten in den Garten trug, brach die wochenlange Erstarrung auf. Ihre Knie gaben nach; haltlos schluchzend sackte sie zusammen. Julius folgte ihr nach und blieb neben ihr stehen. Nachmittags war ein Bauer mit einer offenen Beinwunde in die Praxis gebracht worden. Der Mann wand sich vor Schmerzen und konnte ein Stöhnen nicht unterdrücken. Während Julius ihn gegen Tetanus spritzte und sich daran machte, sorgfältig die Wunde zu reinigen, begann er, vom Ersten Weltkrieg und seinen Erfahrungen im Militärspital von Agram zu erzählen. Männliche Patienten konnte er immer damit ablenken, wie aufregend es in einem Kriegslazarett an der Front, wo er nie gewesen war, zuging.

Julius, dem noch in den Händen gegenwärtig war, wie behutsam er die sterile Gaze über die gereinigte Wunde gebreitet hatte, legte Lina mit derselben Behutsamkeit eine Hand auf die Schulter und wartete. Erst als sich ihr Griff um die tote Katze ein wenig lockerte, hockte er sich neben sie und nahm sie in die Arme. Sie ließ es geschehen. Er wartete, bis sie sich leergeweint hatte, dann half er ihr auf die Beine, nahm sie an der Hand und ging langsam mit ihr ins Haus zurück. Sie sagten kein Wort. Marta war in der Küche und räumte auf.

Sind die Mädchen im Bett?, fragte er.

Sie nickte. Gut, dann mach auch du Feierabend.

Sie sah ihn so verdattert an, dass er beinahe lachen musste. Stattdessen schob er sie sanft, aber bestimmt zur Tür hinaus. Morgen wieder, sagte er, gute Nacht.

Erneut nahm er Lina bei der Hand. Schweigend gingen sie zusammen ins Schlafzimmer, schweigend legten sie ihre Kleidung ab, schweigend legten sie sich zusammen ins Bett. Dann blieben sie, die Arme umeinander geschlungen, zusammen liegen, bis ihr Atem tiefer ging, nur ab und zu von einer hastigen Angst gestreift, es könnte ihnen ein Unglückswort entwischen, eine ungeschlachte Geste dazwischenfahren und den Augenblick zerreißen, der ihnen in seinem Gespinst zeigte, dass auch ihnen zeitweise ein einverständiges Zusammenleben vergönnt wäre. Sie verloren nie ein Wort darüber.

Lina ging danach öfters mit ihm zu Berg oder setzte sich mit Marta und den Mädchen in eine Wiese, um Thymian und Dost zu sammeln oder, nur so zum Zeitvertreib, auch ein Körbchen aus Grashalmen zu flechten. Julius gewann etwas von seiner alten Behaglichkeit und Leutseligkeit zurück. Mit zwei Kindern waren sie doch eine einigermaßen richtige Doktorsfamilie geworden. Alles, was er über Pflanzen und Tiere und die Berge wusste, wollte er seinen Töchtern beibringen, mit ihnen durch Wald und Feld streifen, singen, einkehren, ein wenig philosophieren, das Leben genießen. Sie sollen ihm nachschlagen, weltoffen sein, gebildet und den Genüssen des Lebens zugeneigt. Dann hatte Lina eine Fehlgeburt.

Neunzehnhundertfünf, als Lina Saum sich auf die Heirat mit Julius Brunner vorbereitete, war das kurze Bolerojäckchen große Mode. Für ein Sommerkleid aus weißem Baumwollbatist mit so einem Jäckchen brauchte sie mehr als vier Meter Stoff, ein Meter zwanzig breit und dazu noch einen Meter dreißig an Volants. Tante Ada in Zürich ging mit ihr einkaufen und bestellte gleich die Näherin für zwei Wochen auf die Stör.

Während der Lehrzeit in Montreux hörte Lina Saum von allen Seiten, sie habe eine Begabung für Schnitte, für neue

Formen, sie traue sich etwas zu, ihr Gespür für Farben sei gut. Am liebsten hätte sie mehrere Schichten übereinander angezogen, um dicht um ihren Körper herum die Stoffe mit ihren besonderen Namen zu spüren. Die Namen hatten so ein Flair aus einer andern Welt, Voile, Batist, Mousseline, Taft, als gäbe es einen Ort, an dem man leicht wie ein Schmetterling leben könnte, wie ein *papillon* eben.

Was für ein Glück du hast, sagte Tante Ada zu ihr, mit deinen dunklen Haaren und der olivfarbenen Haut. Gelb ist diesen Sommer Modefarbe, gelb und hellrote Rosen, so viel Rosen wie möglich. Trotzdem, du kannst nicht alle Jahre deine Garderobe erneuern, es wäre unklug, ein ganz gelbes Kleid oder Kostüm zu wählen; denn es bliebe immer ein aus der Mode gekommenes Kleid vom Vorjahr. Eine rosarote Seidenrose zum Anstecken würde dir gut stehen, hier sagen sie, man soll Kleidersäume und die Vorderseite eines Mantels damit verzieren, du liebe Zeit! Wo solltest du als Frau eines Landarztes so etwas tragen!

Lina hätte gerne ihre beste Freundin Emilie aus Montreux bei sich gehabt, mit der sie während der Lehre abends Modeblätter studierte und jedes Detail ausführlich besprach. *Toilettenzutaten können, wenn sie nicht richtig ausgewählt sind, den Eindruck der ganzen Erscheinung beeinträchtigen. Ein violetter, rosa oder brauner Schleier kann unter Umständen alles verderben, denn er mordet selbst den köstlichsten Teint.*

Wenn sie Teint aussprechen wollte, musste sie immer lachen. Das Wort gefiel ihr, obwohl es aus ihrem Mund wie Täng klang.

Mein köstlicher Täng!, lachte sie und drehte das Gesicht vor dem Spiegel hin und her. Emilie lachte mit und wiederholte das Wort wie immer mit ihrer weichen Aussprache; sie stammte aus dem Welschland.

Tante Ada ging mit ihr in Zürich zur Hutmacherin. Hüte

sind das wichtigste Accessoire, schärfte sie ihr ein, wieder so ein Wort, das schwer auszusprechen war.

Aggssesswar, sagte Tante Ada, aber Lina wusste, dass Emilie es anders aussprechen würde. Die Hüte waren in diesem Jahr asymmetrisch gearbeitet und wurden schräg, steil in die Höhe stehend getragen. Tante Ada schenkte ihr eine kostbare Hutnadel, für den notwendigen Halt, sagte sie: Das Haar musst du in großen Wellen locker aufstecken, als würde es sich ganz von selbst so legen und bauschen, aber das tut dein Haar von allein, darüber brauchst du dir keine Sorgen machen.

Für die Wanderungen suchte sie einen runden Strohhut mit breiter Krempe aus, die genügend Schatten spenden würde. Im grünen Hutband steckte ein kleines Stoffbouquet mit leuchtend roten Kirschen und weißen Margeriten. Der Hut fühlte sich leicht und weich gearbeitet an, aber dann drückte er ihr doch in die Stirn; am ersten Wandertag ihrer Hochzeitsreise herrschte eine mörderische Hitze. Mit einem Seufzer der Erleichterung nahm Lina den Hut ab, als sie den Wasserfall erblickte.

Wie um Himmels willen konnte jemand auf die Idee verfallen, in der Welt, im Tageslicht nackt sein zu wollen? Um nackt zu sein, brauchte sie einen Bach und ihre Schwestern oder Heimlichkeit, einen vor allen Blicken geschützten Ort, die Nacht und Verschwiegenheit.

Der glitzernde Wasserregen, der nackte Mann darunter, mein Mann!, fuhr es ihr durch den Kopf, was heißt das, mein Mann? Wie sollte ich jemals den Weg vom Rand der Wiese bis zum Wasserfall zurücklegen, splitterfasernackt? In dieser sonnengeblendeten Landschaft? Wie sollte ich aufrecht, sichtbar, ohne Kleider in solch funkelndem Wasser stehen? Eher geht die Welt unter, als dass ich dorthin gelange, wo dieser Mann jetzt vor Vergnügen johlt, anstatt von mir in meinem neuen Wanderkostüm eine Fotografie zu machen, mit dem Wasserfall und dem Felsen, der ihn trägt, als Hintergrund.

Wie sollte sie mit diesem, ihrem Mann auf du und du sprechen können, wie sie es mit Emilie oder ihren Schwestern gewohnt war, wenn sie nebeneinander saßen, in der vertrauten Körperwärme aneinanderlehnten, um einen ihrer stoffbezogenen Knöpfe zu begutachten und zu bewundern und miteinander zu lachen und zu seufzen? Mit wem sollte sie sich aussprechen, der Vertraulichkeit, den vertrauten Körpern entrissen?

Jetzt war sie von lauter neuen schönen Dingen umgeben, Stoffe, Tafelservice, Tafelsilber, Kristallgläser, Tüllvorhänge, jedes Ding ein Gegenstand des Entzückens, des Betastens, der Erörterung wert, aber mit wem nur? Julius sprach von Mörsern und Tiegeln, den Zutaten für verschiedene Salben, die sie würde zubereiten müssen, von Desinfektion und sterilen Arbeitsbedingungen.

Etwas drückt ihr die Kehle zu, als würde diese zusammengepresst und wolle sich gleichzeitig auseinandersprengen, als müsste sie auf der Stelle ihr Leben lassen. All die neuen Kleider, die sie mithat! Ein halbes Dutzend weiße Blusen, gefältelt, gerüscht, mit bauschigem Arm, mit engem Arm, Stehkragen mit Brosche, eine ganze Reihe Knöpfe aus Perlmutt am Vorderteil, auf Taille gearbeitet, mit ovalem Kragen und Volants, und eine, die locker fällt, sogar mit Matrosenkragen. Wochenlang, nächtelang hat sie daran gestichelt, gestickt und gesäumt, für jede Gelegenheit etwas. Jeder Stoff war von bester Qualität, etwas ganz anderes als die jahrein, jahraus getragenen, zigmal gewendeten, ausgebesserten Gewänder ihrer Kindheit und Jugend.

Der Eklat am Wasserfall bestimmt ihr Weiterleben. Er lässt sie nicht los, sie kann nicht davon lassen. Wie eine Süchtige geht sie immer wieder zu dieser ersten tiefen Kränkung zurück und schafft sich daraus eine endlose Folge von ähnlichen Momenten, die sie als weitere Kränkungen deutet und teils mit einer gewissen Genugtuung durchlebt, teils mit Bitterkeit. Der schwärmerische Anfang ihrer Brautzeit war längst verpufft.

Als Julius Brunner erfuhr, dass sie just an dem Tag, als er sie zum ersten Mal sah, zwanzig Jahre alt wurde, drehte er sich auf dem Absatz um und stand kurze Zeit später wieder mit einem Strauß Rosen da. Zwanzig rote Rosen, ein Vermögen! Für sie, Lina Saum, die Tochter aus dem Bahnwärterhäuschen.

Doch nicht eine Serviertochter!, empörte sich seine Mutter, als er den Eltern den Besuch seiner zukünftigen Braut ankündigte.

Bettelarm! Die Familie hat nichts, ist nichts! Eine Kuh, ein Schwein, ein paar Hühner! Einen Gemüsegarten hinter einem Bahnwärterhäuschen! Unser Schwiegervater ein Bahnwärter! Wenn wir von Solothurn nach Bern fahren, lässt er die Schranke hinauf und hinab!

Julius lachte und nahm für Lina Partei. Es gefiel ihm, dass Lina sich nicht vom Gehabe seiner Mutter und Schwester beeindrucken ließ, im Gegenteil. Wenn jemand eingebildet und hoffärtig auftrat wie die beiden Damen, sah sie sich alles genau und ungeniert an und sagte gerade heraus, was ihr in den Sinn kam. Aus ihrem Antrittsbesuch bei Familie Brunner wurde eine der wenigen Anekdoten, die Lina aus ihrem Leben zum Besten gab, am liebsten bei einer Meringue mit viel Schlagrahm und einem Kaffee mit einem Schuss Kirsch.

Als Julius mich zu Hause vorstellte, pflegte sie genüsslich anzufangen, ist Elise, seine älteste Schwester, aus Lausanne angereist, sie musste sich von ihrer Gouvernantenstelle dafür extra zwei Tage freigeben lassen. Sein Vater war Lehrer und Oberamtmann, der Mutter war das in den Kopf gestiegen, dabei ist sie nur seine Schülerin gewesen. Viel zu jung, um einen Witwer zu heiraten, für seine Kinder als Mutter anzutreten. Keine achtzehn ist sie gewesen, als sie Julius bekam.

Natürlich tischten sie die hauseigene Schokoladencreme auf. Die schwere Kristallschale, in der sie serviert wurde, gefiel mir, aber meine Creme war besser, luftiger, eher wie eine Wolke, die einem im Mund zerging, nicht wie Pudding, der einem die Kiefer zupappte. Nach dem Essen hat Elise sich am Flügel in Positur gesetzt und etwas vorgespielt, es waren so sehnsüchtige Melodien, dann wieder krachende, wenn sie plötzlich mit beiden Händen in die Tasten griff, eigentlich sollten es Walzer sein, aber tanzen hätte man dazu nicht können. Sie hatte Nagellack auf den Fingernägeln, die sich im schwarzen Lack des Pianos spiegelten, die Tasten waren auch so glänzend, aber schöner als Elises Nägel, und dazu ein schwarzes Samtband um den Hals, ein Medaillon mitten auf der Kehle, eine Spitzenbluse, Wespentaille, weißer Batistrock mit Schleppe, Knopfstiefeletten.

So eine heißt also Elise, dachte ich mir, meinetwegen. Ich heiße Lina. Soll bald als Gouvernante in Marseille eine Stelle antreten. Meinetwegen. Ob sie dort dann auch so klimpern kann, mit den gelackten Nägeln auf den gelackten Tasten? Mir kam es ganz seltsam vor, wie die Töne aus diesem furchterregenden Möbel herausrollten und im Zimmer hängen blieben, wo die Luft von uns allen schon so strapaziert wurde, und da machte sich ein Gähnen in mir breit und stieg herzhaft aus mir auf. Danach war mir wohler.

Es langt, sagte ich, von mir aus kannst du aufhören.

An dieser Stelle brach Lina jedes Mal in Gelächter aus. Ich dachte, es wäre für alle eine große Erleichterung, fuhr sie fort. Ihr hättet sehen sollen, wie Elise das Klavierstück mit ein paar Tönen verscherbelte, als liefe ein Wurf miauender Katzen über die Tasten, bevor sie auf dem Klavierschemel herumschnellte. Mich freut es heute noch, dass ich das gesagt habe.

Was haben Sie da gesagt?, fragte sie noch ganz blöd.

Es langt, wiederholte ich. Du kannst getrost aufhören.

Dann rauschten sie aus dem Zimmer, Mutter und Tochter, mit den Schleppen an ihren Röcken, die über dem Hintern aufgebauscht und gerüscht waren, so dass sie wie Entenbürzel aussahen. Sie waren natürlich ganz à la mode, mit Korsett, im Sans-ventre-Stil, wie es damals noch hieß. Nur schon einfache, sichtbare Atemzüge wären ihnen wahrscheinlich ordinär vorgekommen.

Julius Brunner war der Erste aus einer langen Generationenreihe von Bauern, der zur Universität ging. Ein Bruder übernahm eine Schuhfabrik, die er in den Bankrott trieb, ein anderer ging nach Amerika und starb jung, eine Schwester wurde Erzieherin und kam bis Marseille. Julius studierte Medizin. Jedes der Geschwister probierte Möglichkeiten aus, die der Anfang des neuen Jahrhunderts zu verheißen schien oder machte sich mit Eifer daran, den gegebenen familiären Rahmen bis zu einem fernen Horizont zu dehnen und, je nachdem, als Dame mit manikürten Fingernägeln oder als polternder Dorfarzt erinnert zu werden. Er trat in eine schlagende Verbindung ein und stellte bald einmal auf der linken Wange einen Schmiss zur Schau. In ihm stemmte sich die vertraute ländliche Sprache – zupacken, draußen arbeiten, stundenlang durch Feld und Wald streifen, sein eigener Herr sein – der geforderten studierenden Disziplin entgegen. Die ungleichen Lebensweisen kämpften gegeneinander an wie zwei stumme, verbissene Ringer, die sich in dieselbe Arena verirrt hatten. Wenn auch das Auf- und Abgehen in der Studierstube nicht mehr half und er in Hemd, Gilet und Liebestöter eingepfercht, zu platzen drohte, schrie er und stürzte aus dem Haus. Bevor er sich in einem verrauchten Lokal niederließ, vorzugsweise im *Grünen Krug*, sah man ihn aufgebracht und laut palavernd durch Zürichs Gassen rennen, als müsse er das greifbare dingfeste Leben mit jedem Schritt in seinen Körper zurückstampfen. Erst im Alter hörte er auf zu schreien. Julius Brunner fuhr beim geringsten Anlass aus der Haut. Er hieb mit der Faust auf den Tisch. Der Aufprall seiner Faust auf einer harten Oberfläche schuf eine momentane Erleichterung; er wirkte dem jeweiligen Wutausbruch wie eine Schranke entgegen. In jungen Jahren musste er mehrmals auf den Tisch einschlagen, bevor seine Körpertemperatur ein wenig abkühlte und er nicht mehr rot sah. Im Alter nahmen Tränen den Platz der Faust ein. Sobald ihm etwas aufs Gemüt schlug, füllten sich seine vom Alkohol getrübten Augen mit Wasser, und manchmal begann er zu weinen.

Mit Julius Brunner erhielt die höhere Bildung in der Familiengeschichte zum ersten Mal einen Platz. Ihr Sitz blieb meist unbenutzt, wie ein Stuhl, der ein wackliges Bein hat und nur zur Dekoration in einer Zimmerecke steht. Nur im Notfall stellt man diesen an den Tisch, nicht ohne die eindringliche Mahnung, vorsichtig zu sein und nicht damit umzukippen. Lieb ich den Spanier, trällerte er falsch und gutgelaunt, wenn er im Garten arbeitete.

Lieber nur einigermaßen gute Musik hören als gar keine!, pflegte er zu sagen.

Abends ein gutes Buch lesen!, trichterte er Lina und den Töchtern ein. Er selbst las Gotthelf, Gfeller, Bräkers *Lebensgeschichte und natürliche Ebentheuer des Armen Mannes im Tockenburg*, Lessings *Emilia Galotti* etwa oder *Nathan der Weise*, Reiseberichte, ab und zu im *Don Quijote* und manchmal im *Faust*.

Bildung blieb etwas, das im Weitergeben von einer Generation zur nächsten noch nicht in den Alltag eingearbeitet war, wie der Miststock, der Garten, die Hühner, die Kühe es gewesen waren. Und so glich man das Unbekannte, das sich spreizte, und die eigene Hilflosigkeit mit dem aus, was vertraut war, mit Essen. Naturalien wurden in Körben und Paketen verschickt. Man spedierte Edelweiß und Alpenrosen mit der Post wie Kuchen, Gemüse aus dem Garten und Wurst. Sprechen und Zuhören hatte man noch nicht gelernt. Das Unbewusste hielt erst eine Generation später Einzug, als Alice ein paar Vorlesungen in Psychologie hörte. Streit und Probleme wurden mit Essen in Schach gehalten. Jedes Gefühl übersetzte man in Essen. Bei Bohnen mit Speck und einer Flasche Rotwein fanden Julius und Lina Brunner-Saum selbst nach jedem verheerenden Streit wieder zusammen.

Im Schatten unter den alten Bäumen streicht die Luft in langen Atemzügen durch das Blattwerk und über Doktor Brunner hinweg. Zwei Arbeiter in blauen Kitteln tragen eine lange Holzleiter durch den Hof. Wahrscheinlich werden sie die Lampions vom Erntefest abnehmen. Vorgestern hat er wie die anderen abends ein Stück Pfannkuchen gegessen und musste es in der Nacht mit heftigen Magenschmerzen büßen. Wie viel Zeit bleibt ihm noch? Wie lange wird er hier ausharren müssen?

Auch in Oberfelden streicht an diesem Spätnachmittag ein Windhauch über den Hügel und die Obstwiesen hinab. Alice geht mit Rosa durchs Dorf und zum Wald hoch, wo sie für sich eine Stelle gefunden hat, um ungestört lesen zu können, weg von diesem ewigen Lärm im Dorf!, sagt sie aufgebracht, während sie den Weg entlanggehen.

Dieses übertriebene Muhen, Milchkannenscheppern, diese Traktoren, das ewige Holzsägen, die knatternde Wäsche im Wind, das müsste man alles anhalten! und nachdenken!

Worüber?, fragt Rosa beklommen und greift nach ihrer Hand.

Über Krieg und Frieden. Ach was! Ich will nicht schon wieder damit anfangen!

Sie schleppt diesen Krieg verbeult und scheppernd wie die Töpfe und Pfannen eines Kesselflickers, die außen an seinen Wagen schlagen, hinter sich her. Worte hat sie keine dafür. Bei den Entrechteten, sagte sie sich, als sie in einer Baracke auf einem dünnen Strohsack lag, durch den Kälte, Nässe, Dreck und Ungeziefer in ihren Körper krochen, jetzt bin ich bei den

Entrechteten, das war so ein Wort, das sie benutzt hatte, wenn sie über das Unrecht in der Welt nachdachte, aber jetzt erfuhr sie, wie es sich anfühlte, ausgeliefert zu sein, und das Wort blieb hohl.

Um warmes Wasser und Seife ist sie froh, um saubere Kleider, die Leintücher. Nachts liegt sie zwischen den gleichen Leintüchern wie vor ihrer Heirat. Alle ihre Leintücher hat der Krieg verschlungen, aber hier im Wäscheschrank ihrer Mutter gibt es Leintücher auf Jahre hinaus, von Hand gewaschen, aufgehängt, abgenommen, gebügelt, glattgestrichen, zusammengefaltet, Leintücher nicht aus dem Krieg, doch aus dem Krieg, aus einem Ehekrieg. Auch sie verkörpern das Unbegreifliche, dass alles in Hülle und Fülle vorhanden ist.

Sie wünscht, sie könnte wie Trini von Haus zu Haus gehen, einfach eintreten, in der Küche stehen, von allen Anwesenden Name, Geburtsdatum und Heimatort aufsagen: Vielleicht wäre dies eine Form der Erinnerung an Menschen, die man gekannt hat, mit denen man nur noch wenig teilt.

Lina isst schweratmend mit fettglänzenden Lippen, mampft und stopft bei jeder Mahlzeit noch mehr Essen in ihren schweren Leib hinein, der zu platzen droht.

Rosa geht durch die wehenden Gräser am Wegrand und streicht mit beiden Händen über Rispen und Dolden.

Nur der Sensendengel am Abend ist schön, sagt Alice zu ihr, als sie oben angekommen sind, damit kehrt etwas Frieden ein.

Sobald sie unter der großen Linde sitzen, liest sie Rosa Gedichte vor, damit sie nicht etwa mit Linas Heftchenromanen auf den Geschmack komme. *Sein Blick ist vom Vorübergehn der Stäbe so müd geworden, dass er nichts mehr hält. Ihm ist, als ob es tausend Stäbe gäbe und hinter tausend Stäben keine Welt.*

Wie die Gitterstäbe bei Julius im großen Haus, sagt Rosa.

Das hast du gesehen! Alice schaut sie erschrocken an.

Du hast es ja auch zu Karl gesagt.

Ach, Kind!, seufzt Alice wieder einmal.

Ist der Panther in einer Anstalt?

Nein, sagt Alice, in einem großen Garten, in einem traumhaft schönen Park in Paris, dem Jardin de Luxembourg.

Kann man ihn anfassen?

Der Panther lebt in einem Käfig, wie die Tiere in einem Zoo.

Lies es mir noch einmal vor.

Sein Blick ist vom Vorübergehn der Stäbe so müd geworden, dass er nichts mehr hält. Ihm ist, als ob es tausend Stäbe gäbe und hinter tausend Stäben keine Welt.

Julius ist auch müde, sagt Rosa. Was heißt Keinewelt?

Der Panther ist aus seiner Welt weggebracht worden, aus der Wildnis und sieht nur noch Gitterstäbe und dahinter die Gesichter der Menschen, die ihn anstarren. Nichts davon ist seine Welt, in die er gehört.

Hat Julius auch Keinewelt?

Alice klappt das Buch zu. Julius hat eine Welt, sagt sie. Wir sind seine Welt, und er wird zu uns zurückkommen.

Wann?

Das wissen wir nicht. Sie lächelt Rosa an. Dieses Jahr gehen wir bestimmt in den Zoo, und wenn du groß bist, fahren wir zusammen nach Paris.

Wenn man zu Hause über Rilke hätte sprechen können, anstatt abschätzige Bemerkungen zu hören!

Die Ehe ihrer Eltern war durch einen dummen Zufall zustande gekommen, in einem Wirtshaus. Eigentlich hatte Julius' Bruder ein Auge auf die Serviertochter im *Grünen Krug* geworfen, Julius sollte ihr nur etwas von ihm ausrichten, und als er hörte, sie habe an diesem schönen Maientag Geburtstag und sei gerade zwanzig Jahre alt geworden, ging er hin und kaufte, übermütig und spendabel, wie es seine Art war, zwanzig rote Rosen für sie. Die beiden Brüder schlossen wahrhaftig noch eine Wette ab, wer Lina bekommen würde, worauf sich Julius erst recht ins Zeug legte. So wurden Ehen gestiftet, ohne Sinn und Verstand, sozusagen in der Volksseele, es hätte auch an einem Schützenfest sein können. Ein Leben lang hingen ihre Eltern mit Begeisterung solchen Volksfesten an. Wenigstens dort waren sie sich einig, und bei Speck und Bohnen und einer Flasche Wein.

Ihr Vater hatte sich nie die Mühe gemacht, sich wirklich mit Rilke auseinanderzusetzen. *Es ist mir schon wiederholt in deinen Briefen aufgefallen, dass du ganz merkwürdige Fehler machst,* schrieb er ihr nach Paris, als sie ihm einmal, ganz ergriffen von ihrer damaligen Begeisterung, mitgeteilt hatte, es sei so, im Park würden die Farben aufstehen und Rot rufen. *Es gibt kein Rot, das «ruft»! Man sagt eben schreiende Farben! Auch orthographische Fehler kommen vor. Das sollte einer jungen, Literatur studierenden Dame nicht zustoßen.*

Wieder zu Hause, schiebt Rosa auf der Terrasse oben ihr Gesicht zwischen zwei Eisenstäbe des Geländers und schaut in den Garten hinab. Jeden Sommer verspricht Alice, mit ihr in den Zoo zu gehen; immer kommt etwas dazwischen. Sie versucht sich vorzustellen, was Julius sieht, wenn er im großen Haus am Fenster steht und durch die Gitterstäbe hinausschaut. Der große Hof war leer, als sie ihn besuchten. In einer Ecke kehrte ein Mann in einem blauen Kittel mit einem Besen etwas zusammen, zwei Kätzchen tollten im Kies herum. Alice hatte ihren Fotoapparat dabei, hielt ihn mit beiden Händen vor den Bauch und schaute von oben in ihn hinein, um das Kind und den alten Mann abzulichten, die zusammen die spielenden Kätzchen betrachteten. Rosa wollte wie alle Tage die roten Zopfschleifen tragen; rot wie ihre Ausrufe und Aufschreie hüpften sie bei jedem ihrer Schritte mit. Alice bestand auf den weißen, frischgebügelten, als sei Sonntag. Julius bestellte in der Anstaltsküche Kuchen und eine Tasse warme Milch, die sie von sich wegschob. Alice stellte die Tasse wieder vor sie hin.

Großvater hat sie extra für dich bestellt.

Milch ist gesund!, sagte Julius. Rosa fühlte die Hitze in sich aufsteigen.

Nicht warme Milch! Sie lief ein Stück in den Garten. Keine Blumen!, schrie sie, als sie zurückkam. Julius! Hier gibt es keine Blumen! Du musst nach Hause kommen!

Sie begann zu weinen. Er hob sie hoch und nahm sie auf den Schoß.

Wie das Kind Blumen liebte, voller Inbrunst: Blume! ausrief, Blume!, wenn es zu Hause durch den Garten rannte, mit beiden Armen Zinnien, Ringelblumen, Löwenmäulchen, roten Mohn an sich zog, sämtliche Blüten, deren es habhaft werden konnte, voller Hingabe an sich drückte und presste.

Nach mehr als sechzig Jahren, vor dem schweren Schreibtisch eines Psychiaters, der mit wachsender Ungeduld auf eine Antwort von ihm wartet, riecht Julius Brunner plötzlich den schwelenden Rauch des kleinen Feuers, den Geruch des Flusses, und sieht die glitschigen, silbrigen Fische, die sie gefangen haben, vor sich.

Vor deiner Mutter war ich schon einmal verheiratet, sagt sein Vater. Er stochert mit einem Stock im Feuer herum und spricht weiter, ohne Julius anzuschauen.

Bei Elises Geburt ist sie im Wochenbett gestorben.

Wie meinst du das?, fragt Julius. Er spürt, wie eine große Verwirrung und Angst in ihm aufsteigt. Was war ein Wochenbett? Ist diese andere Frau, von der er nichts weiß, eine Woche im Bett gewesen und daran gestorben?

Aber warum?, stottert er, ich meine, woran ist die andere Frau gestorben?

Der Vater schweigt. Als er weiterspricht, scheint es Julius, seine Stimme sei nicht richtig eingehängt.

Das kommt bei Frauen manchmal vor, sagt er. Manchmal stirbt eine bei einer Geburt. Sie verliert zu viel Blut, oder ein Blutgerinnsel verstopft eine Vene – ach was! Mit einer heftigen Bewegung nimmt er die Pfeife aus dem Mund und klopft sie an einem Stein aus.

Der Junge wagt nicht, die Worte zu wiederholen, die an unaussprechliche Geheimnisse rühren. Wie kann jemand zu Hause im Bett liegen und verbluten, ohne Schlacht, Schwert und Hieb? Floss alles Blut auf einmal ab, und von wo? Wie lange dauerte es?

Ist der Doktor nicht gekommen?, fragt er schließlich.

Er kam zu spät, sagt sein Vater knapp. Er konnte nichts mehr ausrichten.

Frivolités!, hauchten die Damen bei Gertruds Nachmittagstee. Gertruds geklöppelte Spitzen sind reinste Frivolités!

Unter studierten Weibsbildern oder Damen, wie seine Mutter Gertrud eine gewesen war, hatte er sich nie wohl gefühlt. Sie nahm ihre Rolle sehr genau, die Rolle der Nachfolgerin, die eine Lücke füllen musste, bevor sie sich ausbreiten konnte. Eine jugendliche Schönheit, sagte man von ihr, etwas filigran vielleicht, und das Filigrane wurde im Lauf der Jahre zu Granit. Im Sommer lud sie jeden Monat einmal die feinen Damen nachmittags zum Tee ein und ließ ihre vielgerühmten Charlotten, Götterspeisen und Biskuitrollen auftragen.

Wenn Julius an sie dachte, begann seine Haut zu kribbeln. Aus seinen beiden Schwestern hatte sie Gouvernanten gemacht, die vor lauter Vornehmheit eine Kuh nicht mehr von einem Pferd unterscheiden konnten.

Frivolités! Der Ausdruck verbarg etwas Spinnwebenartiges, das einzureißen drohte, wenn man zu nahe kam, ganz anders als bei einem Stück Gaze, bei der die hauchdünne Qualität einen Zweck hatte.

Sobald er zur Tür hereinkam, wandten sich alle Blicke in seine Richtung. Bauernschädel und Chirurgenhände. In seiner Stimme orgelte alles mit, was er liebte, Wanderlieder, Wirtshäuser, Schützenfeste, Stammtische, Stumpenrauch, Jassen, Ländlermusik. Diese Mischung machte es den Leuten leicht, Zugang zu ihm zu haben. In Gefühlsdingen jedoch lernte er nur mühsam und erst spät im Leben, dass man sich in verschiedenen Abstufungen äußern konnte. Dort blieb er ungehobelt, als wüsste seine Seele nichts von chirurgischem Fingerspitzengefühl, Schmerzen, Schmerzstillung und Wundversorgung.

Nichts ist jemals einfach gewesen mit Schwangerschaften und Geburten. Mit Flora und Alice ging noch alles gut. Das Elend kam danach, mit den toten Söhnen, obwohl es, wenn er es genau betrachtete, mit Lina anfing. Studierte Frauen hätte es in Zürich genug gegeben, und nicht nur Russinnen. Ricarda Huch hatte schon achtzehnhunderteinundneunzig, mit nur siebenundzwanzig Jahren, ihren Doktor in Geschichte gemacht. Von ihr sprach man wie von einer Heiligen.

Seine Töchter hingegen, die kein Studium zu Ende führten, hätten von solcher Disziplin einiges lernen können. Und eine wie Paula Brupbacher, die ihre eigene Praxis hatte und Vorträge hielt, die hatte Schneid. Lina täte gut daran, ihren Aufsatz über putzwütige Frauen zu lesen.

Er gehörte nicht zu den Sozis, überhaupt in keine Massenbewegung, er musste allein schalten und walten. In seiner Praxis hätte er niemanden neben sich leiden können, weder eine studierte Ehefrau noch eine Kollegin. Brupbacher, der

Armenarzt, war in aller Munde, löste einen Skandal nach dem anderen aus mit seinen Vorträgen über das Elend der Frauen. Was er zur Verhütungsfrage und zur Abschaffung des Abtreibungsgesetzes zu sagen hatte, damit war er, Julius Brunner, einverstanden. Aber die Ehe als eine schönbemäntelte Einrichtung der Prostitution zu denunzieren, das ging ihm dann doch zu weit.

Meint es das Schicksal unter Umständen gut mit einem Mann, wenn die erste Frau stirbt und er Gelegenheit bekommt, eine zweite zu heiraten? Der Junge trägt noch keine derartigen Gedanken in sich, wie der hadernde Alte sechs Jahrzehnte später im Garten der Waldau. Vor dem Schlafzimmer seiner Eltern stand ein üppiger Hagebuttenstrauch, im Sommer neigten sich die Zweige ins offene Fenster herein.

Atmete die sterbende erste Frau seines Vaters den Duft der Hagebuttenblüten ein? Wenn er ein Zimmer betreten wird, schwört er sich, würde er wissen, was zu tun war, würde Anordnungen geben, und die Frau würde wieder aufstehen. In seiner Nähe würde so etwas nicht mehr vorkommen, dass eine Frau zu Hause verblutete.

Der Landjäger fährt über die Dörfer, klopft an Haus- und Küchentüren, um Vorladungen auszuhändigen oder nach Anweisung des außerordentlichen Untersuchungsrichters des Kantons Bern erste Befragungen an Ort und Stelle durchzuführen, bestimmte Personen rechtzeitig abzufangen, damit sie andere nicht warnen konnten, so auch Frau Schneider und Frau Bauer.

Von einem gewissen Hans Schneider liegt eine Postkarte vor, die in der Praxis Doktor Brunner bei der Hausdurchsuchung konfisziert wurde. Als Zeuge in dieser Angelegenheit vernommen, gibt Schneider zu Protokoll, er sei bei Doktor Brunner nicht in Behandlung gewesen und sei ihm auch kein Geld schuldig.

den 8. März 49, Sehr geehrter Herr Doktor!

Wenn Sie mir doch recht noch bis im Mai könnten warten mit dem Restbetrag so wäre ich mich göttlich froh. Diesen März muss ich den hohen Zins bezahlen u. für ein Sohn Konfirmandenkleider anschaffen, so dass ich leider doch nicht alles miteinander machen kann. Zürnt mir nichts. Hoffentlich kann ich's dann bis im Mai eher zahlen. Sind halt auch nicht immer so bei Geld. Müsst mich begreifen.

Freundlich grüßt Sie, Hans Schneider

Hans Schneider schüttelt den Kopf. Man sieht ihm an, dass er die Postkarte zum ersten Mal in der Hand hält.

Das ist die Schrift meiner Frau. Ich weiß nicht, was los ist. Meine Frau ist vor Jahren einmal bei Doktor Brunner gewesen. Sie hat Unterleibssachen gehabt. Sie hat glaublich eine Auskratzung machen lassen. Meines Wissens hat sie aber jeweils bezahlt. Ich habe nie eine entsprechende Rechnung gesehen. Es ist mir nicht bekannt, dass sie neulich wieder bei ihm gewesen wäre. Meine Frau war damals in der Hoffnung und zwar etwas mehr als einen Monat. Sie hat keinen andern Arzt aufgesucht. Die Adresse hat sie von einer Frau Bauer. Sie ist seither weggezogen. Die jetzige Adresse kenne ich nicht. Nach der Auskratzung sind keine Komplikationen eingetreten. Sonst weiß ich in dieser Sache nichts.

Gemäß Ihrem telefonisch erteilten Auftrag vom 17. Aug. 1949, gibt Landjäger Scholl zu Protokoll, *habe ich die nachgenannte Frau Schneider-Lüthi Erna, Ehefrau des Fritz Schneider, Landwirt, sofort aufgesucht und bevor ihr Ehemann nach Hause kam, in vorerwähnter Angelegenheit einvernommen.*

Frau Schneider gibt zu, bei Doktor Brunner eine Abtreibung vorgenommen haben zu lassen. An den genauen Zeitpunkt kann sie sich aber nicht mehr erinnern. Es wurde ihr empfohlen, bis zu ihrer gerichtlichen Einvernahme darüber nachzudenken.

Nach der Einvernahme der Frau Schneider habe ich noch am gleichen Abend die Adressenvermittlerin Frau Bauer, Hausfrau, zu den gleichen Punkten abgehört. Scholl, Landjäger.

Frau Schneider erscheint am neunundzwanzigsten August zum Verhör. Es ist nicht ihre Angewohnheit, um den heißen Brei herumzureden, sie gibt nach ihrem Gutdünken Auskunft.

Als Doktor Brunner die Restzahlung angemahnt hat, habe ich im Namen meines Mannes geantwortet. Ich habe den Namen meines Mannes auf die Karte geschrieben, mir aber nichts Böses dabei gedacht. Gesagt habe ich meinem Mann nichts, denn ich habe ihm nie gesagt, dass ich damals nur Fr. 100.– bezahlte, obwohl er mir Fr. 150.– gegeben hatte. Er hat mich allerdings auch nie gefragt danach.

Was wissen diese mehrbesseren Herren von ihrem Leben auf dem Hof? Sie hat nichts Unrechtes getan. Die Sache war mit ihrem Mann abgesprochen.

Mein Mann ist Pächter. Wir haben 8 Kühe, 2 Pferde und 5 Gusti (junge Rinder), und wir müssen schon sehen, dass es langt.

Wir haben vier Kinder, zwei Buben und zwei Mädchen. Werner, der älteste ist 1933 geboren, der zweite 1937, ein Mädchen 1938 und das kleinste 1944. Bevor das Kleine dreijährig war über Weihnacht und Neujahr 1946–1947, musste es wegen Blinddarm ins Spital. Gerade um diese Zeit herum fühlte ich mich in anderen Umständen. Im Christmonat habe ich glaublich meine Sache noch gehabt. Ausgehends Januar ist sie dann ausgeblieben und am 10. oder 12. Horner (Februar) bin ich dann zu Doktor Brunner gegangen.

Was ging das den Richter und diesen andern Herrn an? Wusste einer von diesen beiden, was es hieß, vier Kinder zu haben und mit einem fünften schwanger zu sein?

Bei mir daheim waren wir zwanzig Kinder, wovon drei als Kleinkinder gestorben sind. Wir haben seinerzeit heiraten müssen, und er brauchte eine Bewilligung dazu. Im Januar 1933 haben wir geheiratet, im Mai ist mein Mann in die Rekrutenschule eingerückt und im Mai habe ich auch den Buben gehabt. Mein Mann sagte mir, er wolle nicht, dass es gehe wie bei uns daheim, und ich solle sehen, dass ich die Sache wegmachen könne.

Sogar die Adresse der Nachbarin, die ihr geholfen hat, wollen sie wissen. Ja, wie sollte man denn ohne eine solche Nachbarin zurechtkommen? Frau Bauer sagte ihr, Doktor Brunner mache das, und man könne nachher wieder nach Hause gehen. Sie ist extra mit ihr nach Oberfelden gegangen und hat ihr gezeigt, wo der Doktor wohnt, damit sie nicht im Dorf nach ihm fragen musste, so eine Nachbarin war das.

Als ich zur verabredeten Zeit erschien, hatte Doktor Brunner für den Eingriff alles bereit. Zuerst untersuchte er mich innerlich und er sagte, es liege eine Schwangerschaft vor. Zuerst hat er eine Spülung in die Scheide gemacht und dann ein Instrument eingeführt, an welchem er schrauben musste. Nachher hat er Stifte gehabt, die er, wie er mir sagte, zur Erweiterung der Gebärmutter brauchen musste. Die Instrumente hat er meines Erinnerns ausgekocht, ich glaube fast, elektrisch. Mit diesen Stiften ist er hin- und hergefahren und ich hatte Schmerzen wie «wilde Wehen». Nachher hat er mit einem Instrument, das vielleicht 30 cm lang war und am Ende etwas hatte wie einen kleinen Löffel gekratzt. Ich habe das Kratzen gehört.

Es tönte so rauh, wie wenn man Rüben putzt.

Während des Kratzens hat er mir dann an dem Löffel einen Klumpen gezeigt, ungefähr von der Größe einer Baumnuss oder eines kleinen Apfels, und er sagte mir: Das wäre es gewesen.

In der einen Hand hatte er eine Schüssel, in der anderen das Instrument mit dem Klumpen, den er dann in die Schüssel warf.

Er hat vielleicht eine Viertelstunde gekratzt und gegen Schluss hatte ich sehr starke Schmerzen. Ich habe auch stark geblutet.

So war das. An das Kratzen erinnert sie sich genau.

Nach dem Eingriff hat er eine Spülung gemacht und nachher Watte vorgelegt. Ich konnte noch etwa 20 Minuten liegen bleiben. Er machte mir eine Einspritzung und sagte, es sei gegen eine Blutung. Er gab mir Tropfen mit, die ich einnehmen sollte, wenn es später noch stark geblutet hätte. Es war eine braune Flüssigkeit, von einer Farbe wie Baldrian, aber andern Geschmacks. Er verlangte von mir nach dem Eingriff Fr. 160.–. Ich sagte ihm, ich hätte nur Fr. 100.–, da ich mir dachte, das sei ein Doktor, der könne schon ein wenig warten.

Am Spätnachmittag war sie wieder zu Hause, gerade rechtzeitig, um das Abendessen zu kochen. Die Blutung hörte in der Nacht auf. Das war alles. Mit welchem Recht mischte sich ein Richter ein? In eine Angelegenheit, die nur sie und ihren Mann und die Kinder, die schon da waren, betraf?

Lang, sagt der Psychiater.

-sam, ergänzt Brunner *(3 sec).* Langweilig wäre akkurater. Langsam und langweilig wie dieser Ort.

Nachts entschwindet er im Schlaf aus der Anstalt. Im Schlaf ist er frei, zu tun und zu lassen, was er will. Auch tagsüber verschwindet er, verliert sich in Tagträumereien, Erinnerungsfetzen, die meisten verschwommen, manche glasklar. Die Anstalt fördert auf unheimliche Art den geistigen Schwund, ein schleichender Vorgang, der aus dem Eingesperrtsein rührt. Er braucht sein Haus, um sich frei zu fühlen, und alle seine Lieben, die auf ihn angewiesen sind, um sich versammelt. Hier ist niemand auf ihn angewiesen; er bewirkt nichts.

Die Gedanken sind frei, sagt er plötzlich laut und erbittert, stimmt die Melodie an und bricht nach drei falschen Tönen ab. Der Psychiater blickt von seinem Fragebogen hoch: Gehört das noch zu *langsam*?

Julius schaut ihn an: Das gehört zu Freiheit, sagt er, immer noch voller Erbitterung.

Es verwundert ihn doch, dass so viel Erbitterung in ihm ist. Die Freiheit hat sich nach innen verkrochen, ein Ungeheuer, das mit ihm zusammen eingesperrt ist und ihn mit Prankenhieben traktiert, nicht etwas, worin er umhergehen kann. Die Gedanken sind frei, was nützt ihm das!, wenn ihm der freie Gang verwehrt bleibt.

Seit dem Ersten Weltkrieg ist ihm die Zeit nie wieder so elend langsam vergangen.

Oft befindet er sich in einem Schwebezustand, liegt wie ein Mäusebussard, der weit unten in einem Feld ein winziges

Ding erspäht, rüttelnd in der Luft, blickt in eine Episode seines Lebens hinab, als sei diese wie eine Fotografie, in die er nur einzutreten braucht, am Boden ausgebreitet.

Wieder steigt er in Agram die vielen Stufen von der Oberstadt zum Markt hinunter, an den niedrigen Buden vorbei, in denen Kaffee und Slibowitz ausgeschenkt wird.

Mehr als alles andere hätte er in einer der beweglichen Feldsanitätsanstalten arbeiten und in einem Armeeverband mitziehen wollen, dort wo man auf der Stelle über die ersten Maßnahmen nach einer Verletzung blitzschnell entscheiden und handeln musste, das lag ihm; je lebensgefährlicher die Situation des Patienten, desto besser. Von morgens bis abends, ohne sich Ruhe zu gönnen, präsent sein, Schusswunden behandeln, mit Vereiterungen, Fisteln, Wundbrand, Gangrän konfrontiert werden, kleinere und größere Eingriffe durchführen, um die Verwundeten transportfähig zu machen, so hat er sich die Situation vorgestellt.

Jeden Tag studiert er im Kaffeehaus die Berichte über die Isonzofront und grämt sich, dass er nicht dort ist.

Das Kriegsministerium in Wien teilte ihn nur fürs Reservekrankenhaus von Agram ein.

Ich muss mich selbst darüber wundern, ein wie fleißiger Briefschreiber ich für dich bin; teilte er Lina am achten Dezember neunzehnhundertfünfzehn mit, *heute schreibe ich den dritten Brief innert fünf Tagen. Hätte ich wenigstens etwas Bedeutendes zu melden! Dieser Drang zum Schreiben kommt wohl daher, dass ich mich dabei eines mir unangenehmen Gefühls entledigen kann. Sobald ich den Schlussstrich unter den Namen gesetzt habe, ist es verschwunden. Nicht lange, höchstens ein bis zwei Tage, dann macht es sich von neuem bemerkbar. Es ist das Heimweh nach dir und den Kindern, das ein wenig nachlässt, sobald ich meine Gedanken und Gefühle niederschreibe. Ihr fehlt mir überall.*

Das Entbehren würde mir nicht so schwerfallen, wenn ich genug Arbeit hätte. Doch fehlt mir augenblicklich auch diese. Wir haben am Sonntag unsere meisten Kranken abschieben müssen und bis jetzt keine neuen Transporte erhalten. Fälle, die eine Operation erfordern, werden sofort der eigentlichen chirurgischen Abteilung unseres Spitals zugeführt, der ich später auch zugeteilt werden soll. Wann dies geschehen soll, entzieht sich meiner Kenntnis. Du siehst, es ist mir also nicht das zuteilgewordn, was ich gewollt habe, doch muss ich sagen, dass ich auch so viel sehe und lerne, was ich zu Hause in der Praxis nicht alle Tage zu Gesicht bekomme.

In der Hauptsache mussten sie Wunden reinigen und verbinden. Reihenweise hat er seitdem vereiterte Finger behandelt und Abszesse aufgeschnitten. Man macht sich keine Vorstellung, wie viele vereiterte Finger in einer Landpraxis vorkommen. Immerhin konnte er in Agram etliche Inzisionen bei größeren Abszessen durchführen und zweimal bei einer Fußamputation assistieren.

Zwar war er damals nicht eingesperrt wie in der Anstalt hier, doch konnte er sich auch dort nicht so bewegen, wie ihn gelüstete, und nie lange genug. Nur selten fand er einen Kollegen, der zu einem längeren Bummel über Land bereit war. Allein mochte er sich nicht immer aufmachen, zu oft war er bereits nach allen Himmelsrichtungen hin gegangen, ohne einen Bekannten an seiner Seite zu haben.

Mehr als einmal wanderte er zum Agramer Friedhof hoch und blieb lange vor den Soldatengräbern stehen. Holzkreuze, die Namen, Geburtstag und Todestag enthielten, dehnten sich zu Hunderten vor ihm aus. Jeder einzelne Hügel war etwa einen Schuh hoch und, wie mit Zirkel und Maßstab abgemessen, auf drei Seiten mit grünem Rasen eingefasst.

Schnittführung nach Pirogoff!, verkündete der Oberarzt vor der Operation.

Bis dato die bewährteste Methode für die Wegnahme des Fußes. Zwei Schnitte! Er setzte das Skalpell an.

Brunner beugte sich mit ihm über den Operationstisch und den Fuß des Patienten. Der Oberarzt zog den ersten Schnitt, von der vorderen Fläche der beiden Knöchel leicht konvex gegen die Fußspitze, den hinteren durch die Fußsohle hindurch. Mit einem zweiten, tieferen Schnitt öffnete er das Gelenk, trennte die Seitenbänder durch und legte das Fersenbein frei.

Brunner musste plötzlich an Flora denken, wie aufgeregt sie als Kind gewesen war, als sie zum ersten Mal einen Tuberkulosekranken gesehen hatte. Den ganzen Heimweg sprach sie von nichts anderem.

Papa, was ist innen drin?, wollte sie wissen. Wenn man in den Körper hineinsieht, was ist in einem drin?

Viel Blut, gab er gutmütig zur Antwort, Muskeln, Fleisch, Sehnen, ein Herz, eine Leber, zwei Nieren – er musste über seine Aufzählung lachen. Flora blieb stehen und trampelte von einem Fuß auf den anderen. Papa!, sagte sie vorwurfsvoll, das meine ich doch nicht! Was ist innen im Fleisch drin? Im Herzen wohnt der liebe Gott, setzte sie ernsthaft hinzu, wie sie es in der Sonntagsschule gelernt hatte.

Dummes Zeug!, brauste Julius auf. Der liebe Gott ist nicht im Herzen, wenn er überhaupt irgendwo ist.

Flora sah ihn erschrocken an. Aber die Liebe wohnt im Herzen, begehrte sie auf, und wahrhaftig, er sah sie ungläubig an, ihre Augen füllten sich mit Tränen. Er streichelte ihr über den Kopf.

Ich habe es nicht bös gemeint, lenkte er ein, du hast recht, das Herz ist der Sitz der Liebe, sagte er aufmunternd und fügte hinzu: Das haben schon unsere großen Dichter gesagt.

Welche?, fragte Flora. Haben sie hineingesehen? Wie kann man hinter das Fleisch sehen?

Er bezweifelte, dass sie ein aufgeklapptes Fußgelenk mit abgeklemmten Blutgefäßen, Sehnen und Muskelsträngen ohne Haut hätte sehen wollen.

Der Oberarzt wies ihm die Aufgabe zu, Knochen durchzusägen, zuerst an der Ferse, und anschließend die Gelenkflächen des Schienbeins und der Knöchel abzutragen. Er selbst trennte die Achillessehne dicht am Ansatz durch, während er fortfuhr, jeden Schritt zu erklären. Die Verkürzung des Beins solle so gering wie möglich sein, die Sägeflächen der Knochen müssten durch eine sorgfältige Naht aufeinandergehalten werden.

Er richtete sich kurz auf. Für die Fläche des Stumpfes, mit der der Fuß auftreten wird, eigne sich die Haut der Sohle am besten, da sie derb sei und am wenigsten Schmerzen bereite. Die Narbe werde man nach vorne verlegen, so dass der Patient sie beim Auftreten nicht spüre. Der Oberarzt war ein erfahrener Chirurg und wusste alle Vorgänge genau zu erklären.

Ein Gefühl tiefer Zufriedenheit breitete sich in Julius Brunner aus. Endlich lernte er etwas. Wenigstens sprachen die jüdischen Ärzte, manche von ihnen ungarischer Herkunft, Deutsch. *Du weißt,* hatte er Lina mitgeteilt, *dass Juden mir mit wenigen Ausnahmen nie sehr sympathisch waren.*

Grundsätzlich geht die Tendenz heute dahin, sagte er jetzt, sich so wenig wie möglich der beraubenden Chirurgie zu bedienen und stattdessen alles daranzusetzen, verletzte Extremitäten zu erhalten.

Er warf einen kurzen Blick auf den Patienten. Armer Kerl, so jung. Schwamm darüber, er wird damit fertig werden müssen. Ein komplizierter Splitterbruch, mit verletzten Blut- und Nervenstämmen, lässt uns keine andere Wahl. Das ist eine Situation, die dem Arzt das Amputationsmesser in die Hand drückt!, beendete er theatralisch seine Erläuterungen.

Bei der zweiten Amputation, eine Woche später, durfte Julius Brunner auch die Schnitte durchführen.

Danach wurden seine Hände wieder nutzlos. So etwas kannte er nicht, die Hände an Arbeitstagen ruhen zu lassen. Abends, nachdem er die Langeweile eines langen Tages mühsam beherrscht durchgestanden hatte, setzte er sich in seinem Zimmer hin und schilderte Lina in langen Briefen die erduldete Qual.

Meine liebe Frau!, schrieb er am sechsten Februar neunzehnhundertsechzehn. *Kannst du dir vorstellen, wie das ist, wenn man absolut nichts zu tun hat? Du hast immer Arbeit genug, mehr als dir und mir manchmal lieb ist. Denk dir einmal, wir hätten keine Kinder, es wäre kein Haushalt da, der dir mit seinen Sorgen und Arbeiten den Tag ausfüllt, so dass der Abend den Morgen ablöst, kaum dass du einmal Zeit gefunden hast, über irgendetwas nachzudenken. Stell dir vor, du würdest jeden Morgen mit der angstvollen Frage aufwachen: Was fange ich heute an, damit die Zeit vergeht? Dies ist nun tatsächlich jeden Tag meine erste Frage.*

Ich erwache gewöhnlich um sechs Uhr früh, draußen ist es noch dunkel. Deshalb drehe ich mich bald auf diese, bald auf jene Seite, um noch ein wenig Schlummer zu finden. Manchmal gelingt es. Um acht Uhr entschließe ich mich dann endlich aufzustehen, kleide mich langsam an, wasche und bürste mich noch langsamer, trinke so langsam wie möglich meine Milch und mache mich zum Ausgehen fertig.

Endlich rückt die neunte Stunde heran. Ich gehe ins Spital, obwohl unser Turnsaal, unsere beiden Baracken leer sind. Ich muss hingehen, der Spitalkommandant will es so haben. Während einiger Tage ging ich gar nicht hin, da ließ er mich rufen und sagte mir in sehr höflichem Ton, ich möchte doch die üblichen Spitalstunden einhalten. Mit einem hier ansässigen Arzt, seiner Gattin aus Graz und einem Kadetten plaudere ich nun bis elf Uhr. Dann machen wir zu zweit, zu dritt oder zu viert einen kleinen Spaziergang.

Endlich schlägt es zwölf Uhr, die Stunde des Mittagessens ist da. Jetzt weiß ich wenigstens, dass ich während der nächsten zwei Stunden eine Beschäftigung haben werde; denn nach dem Essen gehe ich ins Kaffeehaus und lese die neuesten Nachrichten.

Gegen zwei Uhr gehe ich auf mein Zimmer und lese oder schreibe. Um vier Uhr muss ich mich wieder ins Spital begeben, wo sich das Gleiche wie am Morgen abspielt. Hierauf folgt wieder ein Spaziergang und um sieben Uhr abends lande ich in der trauten Häuslichkeit.

Nun setze ich mich, nachdem ich meine Milch getrunken habe, hinter ein Buch oder gehe manchmal aus, ins Kaffeehaus, wo Musik gemacht wird, oder in ein kleines Weinhaus, wo ich mit einigen halben Litern meinen Unmut, meine Ungeduld, die täglich sich erneuernde melancholische Stimmung zu verscheuchen suche. Das Sitzen im stickigen Krankenhaus, im rauchigen Kaffeehaus bekommt meinem luft- und sonnenscheingewohnten Körper gar nicht. Doch ist das nicht ein herrliches Leben? Sollte ich nicht eher dem Geschick dankbar sein, das mir ein solches Schlaraffenleben verschafft hat, anstatt mich dagegen aufzulehnen und Arbeit zu verlangen? Zwanzig Kronen am Tag und dabei nichts tun!

Man ließ sich Zeit in Wien. Wäre ja noch schöner, wenn ich nicht mehr selbst entscheiden könnte, wann ich nach Hause fahren werde!, beschwerte er sich in jedem Brief mit diesen oder ähnlichen Worten. Genau dies musste er jedoch in jenen langen Monaten erfahren.

Die k. u. k. Bürokratie ließ sich von einem ignoranten Ungeduld wie ihm nicht aus ihrer jahrhundertealten Lethargie aufrütteln. Seine gesamte Dienstzeit kam ihm wie eine Verbannung in ein Reich der Schläfrigkeit vor, von dessen Existenz er nichts gewusst hatte, einem Zustand, der sich mit seinem Tatendrang schlecht vertrug.

Wenn er geahnt hätte, wie träge und umständlich man im Wiener Kriegsministerium Verwaltungsfragen handhabte, er hätte es sich zweimal überlegt, ob er bei den Mittelmächten Dienst tun wollte. Er dachte, er würde in eine deutschsprachige Stadt einberufen werden. Stattdessen musste er einsehen, dass er trotz der gekauften Grammatik kaum Kroatisch lernen und somit in der Bevölkerung weiterhin fremd und isoliert bleiben würde.

Immerhin konnte er einmal zwei Wochen lang für einen in Urlaub gefahrenen Abteilungsarzt die Innere Abteilung übernehmen und hatte plötzlich alle Hände voll mit Rheumatismen, Magendarmkatarrhen, Bronchitiden, Herz- und Nierenkrankheiten zu tun. Das gab ihm die Hoffnung, diese Reise doch nicht umsonst unternommen zu haben. Was hegte er damals für Illusionen, hochfahrende Träume! Schämen müsste er sich, schrieb er nach Hause, wenn er nicht so viel gelernt und an praktischen Kenntnissen erworben hätte, dass er sich im Bedarfsfall auch an die Spitze einer Abteilung für Kriegschirurgie stellen könnte.

Gelitten habe er wie ein Hund!, sagte er jeweils mit Nachdruck, wenn er seinen Aufenthalt in der Fremde schilderte. Er sehnte sich danach, abends zum vertrauten Waldrand hochgehen zu können. Ein Fuchs, ein Reh, nur schon ein hoppelnder Hase hätte ihn erleichtert aufatmen lassen, wenn er an einem heimischen Waldrand entlanggehoppelt wäre.

Beinahe wünschte er sich Trini herbei, die in den Häusern der Lebenden wie ein Geist auftauchte und die Daten der Bewohner herunterleierte. Wenn sie plötzlich in der Tür zum Krankensaal stünde und seinen Namen, Geburtstag und Heimatort aufsagte, wäre seine Existenz auf seltsame Art bestätigt gewesen.

Erst jetzt, in der Anstalt, sieht er sich wieder gezwungen, darüber nachzudenken, wie er die Stunden des Tages verbringen, wie er die Zeit totschlagen könnte. Auch hier hat er niemandem zum Reden, am allerwenigstens den Psychiater, der auf eine Antwort von ihm wartet.

In Julius Brunners Sommernachmittag bimmelt es das zweite Mal zum Abendessen.

Er bleibt sitzen. Es war allein ihre Schuld. Sein zweiter Sohn wäre es gewesen. Warum in Dreiteufelsnamen musste seine Frau im achten Monat selber Fenster putzen!

Deine verdammte Putzsucht!, brüllte er.

Der Zorn fraß an ihm wie ein Waldbrand. Wundbrand. Der zweite kleine Tod wütete wie ein Wundbrand in Lina und ihm. Die Erstarrung, die der erste kleine Tod hinterließ, konnten sie aufweichen und das Unfassliche salben, bandagieren und damit weiterleben, bis es eine Narbe bildete, die mit der Zeit blasser wurde und nur noch, wenn das Wetter umschlug, mit einem Ziehen daran erinnerte, dass etwas sie von einem Tag auf den andern aus dem Hinterhalt anfallen konnte. Der zweite kleine Tod blieb. Wie ein Grabstein hat er sich zwischen ihnen aufgerichtet und ist nicht mehr gewichen. Linas Wehklagen füllte das Haus in unberechenbaren Schüben, tierische, dumpfe Laute, vor denen sogar Flora die Flucht ergriff und sich schutzsuchend an Martas Schürze festhielt.

Die winzige Leiche nistete sich wie ein unbelebter Teil des Körpers ein, durch den kein Blut floss, kein Sauerstoff. Wo fand das alles statt, die Schmerzen, die Verhärtungen, die Schnitte und Vernarbungen des Gefühls?

Im Herzen wohnt der liebe Gott, sagte Flora als Kind, ernsthaft und ganz davon überzeugt: Gott ist die Liebe.

Im Herzen starb sie auch ab. Etwas fehlte, was hätte lebendig sein, wachsen sollen, was ihr Leben hätte erweitern und bereichern können.

Insgeheim begann er, Lina zu verfluchen und sich selbst zu bemitleiden. Selten durchbrach ein lichter Augenblick ihre Gemütsschwere, ihr Räsonieren, ihr Giften und Gezänk. Als ob sie es mit Fleiß und Absicht tat. Als ob sie mit Eifer darauf bestand, unglücklich zu sein, nur um ihm ihr Unglück vorwerfen zu können. Die Kränkungen sind wie Nachgeburten in ihr geblieben, sie hat sie nicht ausgestoßen.

Verachten, wiederholt der Psychiater.

Brunner gibt keine Antwort.

Im Herbst neunzehnhundertsechzehn erhielt er nach monatelangem Warten endlich Bescheid, dass seinem Gesuch auf Entlassung stattgegeben werde und er die Heimreise antreten dürfe.

Endlich auf Schweizer Boden, während der Bahnfahrt von Zürich nach Bern wurde er Zeuge eines Missgeschicks, das ihn tiefer beschäftigen sollte, als alles, was er an Transporten mit verwundeten Soldaten unterwegs gesehen hatte. Als er die Verbindungstür zwischen zwei Waggons aufschieben wollte, sah er durch das Fenster auf den kahlen Schädel eines Mannes hinab, der zwischen den beiden Türen kniete und mit kalkweiß verzerrtem Gesicht und flehend erhobenen Händen zu ihm hochschaute. Verzweifelt versuchte er auf der Plattform, die sich zwischen den Waggons hin- und herbewegte, sein Gleichgewicht zu halten.

Automatisch begann Julius, ihm durch den Lärm des Zuges: Sie sind gerettet! Sie sind gerettet! zuzurufen und sah zu seiner Erleichterung, dass der Mann einen tiefen Seufzer ausstieß und sich sein Gesicht ein wenig glättete.

Solange man nicht stürzt, hat man Angst vor dem Stürzen. Als junger Mann ging einmal ein Pferd mit ihm durch. Es war ein Pferd, das vorübergehend bei einem Nachbarn untergestellt war und bewegt werden musste; er kannte es nicht.

Erst freute er sich über den wilden Ritt querfeldein, bis er merkte, dass er mit diesem Pferd nicht fertig wurde. Es brannte mit ihm durch, als sei ein Dämon in es gefahren, es bockte, erhob sich auf die Hinterbeine, stob in rasendem Galopp davon und versuchte ihn um jeden Preis abzuschütteln. Nach einer Stunde durch Feld und Wald, wo er sich ducken, schließlich ganz auf den Pferderücken legen musste, um nicht von herabhängenden Ästen geköpft zu werden, begann seine Konzentration nachzulassen. Stattdessen stieg Zorn in ihm hoch, und damit hatte er verloren. In hohem Bogen flog er schließlich über den Kopf des Tieres hinweg und traf hart auf seinem Steißbein auf. Das Pferd donnerte mit Schaum vor dem Mund heran und bremste dicht vor seinem Körper ab, dann wieherte es triumphierend auf und galoppierte davon.

Alle andern Stürze, beim Skilaufen etwa, waren harmlos dagegen. Immer gab es einen ersten Sturz, ein Erschrecken, dem Erleichterung folgte. Er konnte im Wissen aufatmen, dass er sich vor diesem Sturz nicht mehr zu fürchten brauchte.

Haben Sie sich verletzt? Können Sie aufstehen?

Der Mann schüttelte den Kopf und begann wieder mit offenem Mund zu atmen. Die Metallplatten unter ihm schoben sich unaufhörlich in- und auseinander. Panische Angst hielt ihn in seiner Stellung gefangen, es war ihm unmöglich, mit seinem massigen, großen Körper aufzustehen, der Zug rüttelte und schlingerte zu stark.

Im Zürcher Bahnhof hatte ein Schwerverwundetenzug vom Roten Kreuz mit deutschen Soldaten, die gegen französische ausgetauscht wurden, gestanden. Da Brunner eine Stunde warten musste, trat er in einen der Waggons ein. Das Bild, das sich ihm bot, versetzte ihn in die ersten Wochen in Agram zurück, als er zum ersten Mal mit Kriegsverwundeten konfrontiert wurde. Jene befanden sich vor der Operation, was in vielen Fällen Amputation von Füßen, Beinen, Armen oder Händen bedeutete. Was er hier zu sehen bekam, war noch erschütternder. Diese Soldaten hatten den Ansturm mit Flammenwerfern hinter sich und erste Gasangriffe durchgestanden. Sie waren für ihr ganzes Leben verstümmelt, die meisten von ihnen noch jung. Am schrecklichsten war der Anblick von Schädelverletzungen, mehrfach gebrochenen Unter- und Oberkiefern, der Mund nur noch ein eingezogenes Loch, bei einem fehlte auch die Nase. Einige waren erblindet. Sie hofften, in Deutschland durch die eigenen Chirurgen doch wieder ihr Augenlicht zu erlangen. Alle hofften auf Besserung, auf ein Wunder, sobald sie zu Hause sein würden. Brunner begann, in aller Eile Zigaretten zu verteilen, bevor er das rollende Lazarett verließ, um rechtzeitig seinen Zug zu erreichen.

Er wollte nur noch eins: eine eigene Praxis eröffnen und von morgens bis abends arbeiten.

Später erinnerte er sich genau, dass er den Anblick des hilflosen alten Mannes als abstoßend empfunden hatte. Abartig!, war sein erster Gedanke. Wie kann man sich nur in eine solche Situation bringen!, während er versuchte, ihm aufzuhelfen, was sich in dem engen Raum als schwierig erwies.

Hinter ihm wurden Stimmen anderer Passagiere laut, und als jemand energisch sagte: Lassen Sie mich durch! Ich bin Arzt!, trat er sofort beiseite, ohne geltend zu machen, dass er länger als ein Jahr im Militärspital von Agram Dienst getan und immerhin mitgeholfen hatte, zwei Füße zu amputieren.

Die Angst des Alten setzte ihm mehr zu als die Verzweiflung der jungen Soldaten, die er gerade gesehen hatte. Deren Verzweiflung war tragisch, diese hier nur hilflos.

Ein alter Mann auf Knien, niemand sollte so etwas zu sehen bekommen!

Jetzt war er selber dort angelangt. Man wird nur einmal im Leben gerettet und weiß es nicht einmal richtig zu schätzen.

Im Jahr davor und noch einmal im Jahr davor, als man ihm den Prozess machte, hat er wie immer einen Kampf gegen eine Obrigkeit geführt, die ihm dreinreden wollte. Auch wenn er nicht mehr die Kraft hatte, sich in Positur zu werfen und, wenn nötig, ein Himmelherrgottzuckerbäcker! zu donnern, so hat er wenigstens dank seines geschwächten Zustands den Kopf aus der Schlinge ziehen und unbehelligt nach Hause gehen können. Noch nie hat er sich als Angeklagter gefühlt.

Einen Vormund wollen sie ihm aufhalsen. Er hat ausgespielt, ausgedient, seine Schuldigkeit getan. Wie Spelterini am Ende seines Lebens gehört auch er nicht mehr in diese Zeit.

Er hätte gern ein anderes Leben mit Lina gehabt, ein fröhlicheres. Auch seine Töchter hätte er gern glücklicher gesehen. Manchen Leben hängt irgendwo ein Bleiklotz an, war es nicht so? Es gab Augenblicke, da hingen sie auch an ihm wie Blei. Er lässt sich nicht in so etwas hineinziehen, Blei ist ihm fremd. Er gehört in eine andere Welt, bei ihm laden die Bleiernen ab. Er schafft Abhilfe. Nur Lina hat er nicht helfen können.

Weglaufen, ausreißen, abhauen – nichts davon geht mehr. Es wäre auch nicht seine Art. Kämpfen will er noch, so gut es geht, um eins: nach Hause zurückkehren zu dürfen, wenigstens bis zum Prozessbeginn. Wenigstens bis zur Verurteilung. Wenn sie ihn holen werden, um ihn zum Gericht nach Kreisfelden zu bringen, dann wird das quasi auch noch eine Fahrt in Freiheit sein. Oder bereits nicht mehr.

Ist ein Angeklagter, der auf seine Verurteilung wartet, noch ein freier Mensch? Jedenfalls wird er am Prozesstag selbst noch nicht eingesperrt sein, erst hinterher, falls er diesen Tag überhaupt erleben sollte. Dann wird er für seinen letzten

Gang in Freiheit sein Haus mit den Füßen voran verlassen. Hauptsache, er wird von Zuhause aus zum Friedhof gefahren werden, nicht aus dem Gefängnis oder einer Irrenanstalt.

Dass sie ihn tatsächlich für den Rest seines Lebens hinter vergitterte Fenster und Türen ohne Klinken einsperren würden, daran wagt er nicht zu denken. Sein Leben hat so nicht angefangen. Er beendet es als Angeklagter.

Was ist die Wahrheit? Sich selbst eine Diagnose stellen, das kann er noch. Gedächtnisschwund ist in seinem Alter normal. Wein verträgt er schon lange nicht mehr. Auch weinerlich ist er geworden. An früher kann er sich genau erinnern, auch das ist in seinem Alter normal.

Nachts hat er den Pfleger rufen müssen. Ringen, immer dieses Ringen nach Luft. Die Wasseransammlung in den Beinen, auch dies einige Liter zu viel, wie das Wasser, das sich in den zugebundenen Unterkleidern sammelte, als er im Eis einbrach. Rufen Sie dem Ertrinkenden als Erstes mit fester Stimme zu: Sie sind gerettet!

Hätte sein Schulkamerad damals nicht in der Zeitung gelesen, wie man mit einem Ertrinkenden umgehen musste, wäre ihm der erlösende Satz nicht eingefallen.

Rückenschwimmen fiel ihm leicht. Selbst wenn ihm kleine Wellen ins Gesicht klatschten oder er den Kopf weit nach hinten beugte, um seinen Schädel zu kühlen, verspürte er keine Angst. Solange er Himmel über sich sah, wenn er die Augen aufschlug, nicht Wasser unter sich und über sich, hatte er das Gefühl, in Sicherheit zu sein, sich ungehindert bewegen und wieder an Land gehen zu können, wann er wollte.

Am weitesten hatte er sich in die Luft hinausgewagt. In den Bergen war er trittsicher. Vor keinem Felsenband, keiner Geröllhalde schreckte er zurück. Auch *Berg* gehörte zu den Stichworten des Psychiaters, *Berg,* sagte er, *-gipfel*, antwortete Brunner automatisch *(2 sec)*, darauf folgte *Sterben*. Brunner dachte etwas nach, bevor er *leicht* sagte. Der Psychiater notierte *12 sec.*

Hoch oben auf einem Gipfel wünschte er sich oft, er könnte abheben, einfach in der Luft weitergehen, wünschte, der Fels würde ihn nicht an sich binden, ihn nicht daran erinnern, dass er begrenzt war wie der Berg, mit einem festen Umriss und einem festen Standort. Nur auf Eisfelder traute er sich nicht.

Wie groß der Unterschied zwischen dem Weiß von schneeverkrusteten Kanten und den prächtig glänzenden Wolken war, an denen man im Ballon vorbeiglitt. Weiß wie Schnee sind sie, leuchtend weiß, nur ohne eingeschlossene Eiskristalle.

Zweimal hat er bei Patienten gesehen, welche Sterbensart ihn erwarten würde, erbrochenes schwarzes Blut, mit Kot vermischt, furchtbare Schmerzen, ein Röcheln, dann das letzte Aufbäumen. Die Blutklumpen auf der Bettdecke, das Geschrei der Frauen.

Der Mensch, die Krone der Schöpfung? Eher ein grobes Stück Fleisch. Von einem Menschen, dessen Leber sich zersetzte, ging ein entsetzlicher Gestank aus. Versagte das Herz vorher, das Bewusstsein, das Hirn?

Nun konnte man schon so viel sehen im menschlichen Organismus. Was sind das für Entdeckungen gewesen, der Blutkreislauf, das Durchleuchten, das Röntgen! Als er zum ersten Mal im Schuhgeschäft seinen Fuß in so einen Apparat gestellt hat und nicht wusste, zu wem das durchsichtige Gebilde mit den Knochen darin gehören sollte. Das Durchleuchten in der Schule.

Um nichts in der Welt möchte er jetzt seine inneren Organe und Gefäße sehen. Die geschrumpfte Leber mit ihren Verhärtungen und Narben, das gestaute Blut im Magen, wahrscheinlich Krampfadern bis in die Speiseröhre hinauf. Bis nichts mehr gehen und er sein Blut in einem Schwall erbrechen würde.

Der Frühschoppen war ihm von jeher lieber als der Pfarrer. Trinken lernte er nicht erst in der Teutonia, viel früher schon, als sein Vater ihn zu einem Bauern ins Welschland schickte, um Französisch zu lernen. Mittags schlich er mit den welschen Burschen in die Weinkeller und lernte, mit einem kleinen Schlauch den Wein direkt vom Fass abzusaugen. Eine Mordsgaudi war das. Als er in Genf mit dem Studium anfing, war er leidlich trinkfest.

Dann schwanden ihm die Sinne – solche Floskeln fallen ihm ein, wenn er übers Sterben nachdenkt. Eine Gnade wäre das, wenn ihm die Sinne schwänden. Ersticken will er nicht. Nicht bei Bewusstsein. Er hätte nicht gedacht, dass das Ende so schwer sein könnte. Schwer wie sein vergrößertes Herz, ein Brocken. Die Beine schwellen sofort an, wenn er aufsteht, lauter Wasser.

Arme Lina. Sie wird ihre Putzwut noch über sein Ende hinaus austoben können, wenn sie die Blutklumpen von der Bettdecke abkratzen muss.

Auch Lina ist ein schwerer Brocken. Die Cremeschnitten ihrer Freundin Bertha sind in ihr aufgeschichtet. Cremeschnitten und Mokkatorten. Dazu Bratensauce. Rahm, viel Rahm, auch viel Butter. Gegessen haben sie immer gut und gern zusammen. Auch sie wird es schwer haben beim Sterben, wird schwer umzudrehen sein im Bett, falls sie Pflege braucht.

Sollte dies sein Tod sein, ein Erstickungsanfall in Gefangenschaft? Er machte Licht und klingelte Sturm. Jetzt sehe ich aus wie der Alte im Zug, dachte er, als er sah, dass das Gesicht des Pflegers einen erschrockenen Ausdruck annahm, sogar meine Hände haben sich flehend angehoben.

Strophantin!, keuchte er.

Dreißig Sekunden sind vergangen. Der Psychiater räuspert sich, öffnet den Mund, um das Stichwort *verachten* zu wiederholen, und lässt es bleiben. Der Patient scheint vollkommen abwesend zu sein, wer weiß, wo er in seinem senilen Hirn herumgeistert.

Brunner schaut kurz auf und starrt wieder zum Fenster hinaus. Eigentümlich, auf wie viele Arten man eingesperrt sein kann. Der Psychiater ist in seinem Denkgehäuse und der Irrenanstalt mit seinen Eingesperrten zusammen eingesperrt.

Zu Hause rumort Lina in ihrer Küche herum, beinahe blind. Abends sitzt sie mit der Lupe über der aufgeschlagenen *Gartenlaube* am Küchentisch und entziffert mühsam ein paar Sätze aus einem Fortsetzungsroman. Rezepte schneidet sie nicht mehr aus. Sobald Julius das rhythmische Schlagen der Gabel auf Porzellan hört, weiß er, dass sie sich in einem Suppenteller den Teig für eine Omelette zubereitet.

Seit Jahren nimmt sie vor dem Schlafengehen eine Omelette und einen Milchkaffee zu sich. Er bleibt mit der Zeitung im Ohrensessel sitzen und wartet. Manchmal nickt er über den Feierabendgeräuschen ein, dem Zurückschieben des Stuhles auf dem Steinfußboden, Linas Ächzen beim Aufstehen, dann stellt sie Teller und Kaffeeschale im Spülbecken ab. Wie viel ist bei einem zu harten Ton dabei schon zu Bruch gegangen! Sie hantiert langsam und brummelt Unverständliches, trocknet Teller, Schale, Gabel, Messer ab und räumt alles weg. Eine Schublade wird auf- und zugemacht, die Schranktür knarrt. Dann die Zähne. Wasser läuft. Sie bürstet über die Prothese für die obere Zahnreihe und lässt sie in ein Glas fallen, dann klinkt die Küchentür auf und zu. Zwei Schritte über den Gang, die Schlafzimmertür klinkt auf und zu. Wenn er eingenickt ist, wacht er mit einem Ruck auf. Er wartet, bis er die Stille aus dem Schlafzimmer hört, dann das erste Schnarchen. Von der schlafenden Lina wird ein Hauch Kaffee ausgehen, als sei sie zufrieden.

Er hätte Alice fragen mögen, wie sie sich als Gefangene gefühlt hatte, aber wie sollte er das bewerkstelligen? Sie wich ihm aus. Was war dort passiert? Ihr Gesicht sah nicht nur unterernährt aus, als sie zurückkam, unter der Haut war eine tierische Angst eingelagert. Im Dorf blickten die Leute rasch an ihr vorbei, wenn sie die Straße entlangging. Sie sah sie mit einem stehengebliebenen Schrecken an, von dem sie nichts wussten. Er musste ihr einen Brief schreiben, nur was? Früher schrieben sie sich noch Briefe, in denen plötzlich eine tiefsinnige Frage auf dem Papier auftauchte. Sie hing mehr denn je diesem Rilke an. Er besaß nur den *Cornet*, und wer hatte den nicht im Ersten Weltkrieg im Tornister, selbst noch im Zweiten? Nach allem was er mit eigenen Augen gesehen hatte, konnte er diese Art Heldentum nicht mehr gutheißen. *Im Westen nichts Neues*, das war ein Buch, das ihn erschüttert hatte. Alice mochte es nicht lesen, es war ihr nicht poetisch genug. Er hätte gerne gewusst, ob sie heute anders darüber dachte, nachdem sie selbst so viel Unpoetisches erfahren hatte.

Die Leute im Dorf hatten keine Ahnung vom Krieg, was es hieße, wenn zum Beispiel Bachmanns Kühe im Stall verbrennten und die Frauen, Hund und Katze mit aufgeschlitzten Bäuchen herumlägen. Kein ordentlicher Miststock mehr vor dem Hof!, keine Einzäunungen, nur noch Zertrampeltes! Niemand war fähig, sich so etwas bei ihnen zu Hause vorzustellen. Greuelberichte kannte er genug. Was hatte Alice mit eigenen Augen gesehen? Frieder wusste in seiner Verstörung mehr als jeder Bauer im Dorf. Immer Lagerfeuer, natürlich musste er Lagerfeuer machen und Cervelats und Kartoffeln vom Feld braten und vor den Dorfkindern aufschneiden, dass er in einem echten Krieg dabei gewesen war.

Vielleicht sollte er doch lieber versuchen, noch einmal Einstein zu lesen, statt weiterhin mit Don Quijote umherzuziehen.

In seinem Kopf wird es angenehm leer, beinahe ein wenig wattiert und beduselt wie nach einem schönen Besäufnis, nur ohne Katzenjammer.

Er schaut den Psychiater an. Namen von Menschen, Ortschaften, Landschaften verblassen. Die Leere hat etwas Unbenennbares wie über der Erde, wenn man Berggipfel an Berggipfel sieht, namenlose Zacken, Kuppen, glänzende Schneefelder und Eisschründe. Namen tun nichts zur Sache. Man sieht die Schöpfung und könnte abstürzen. Zu seinem Erstaunen spürt er, dass keine Erwartung mehr da ist.

Mit Unrecht verachten, antwortet er.

Der Psychiater nickt, während er *40sec* dahinter schreibt.

Der Patient hat mit mehr als einem Wort geantwortet, hier liegt das Problem.

Merkfähigkeit, Auffassung, formales Denken und Orientierung, mit den üblichen Untersuchungsmethoden geprüft, sind nicht wesentlich gestört. Explorand ist allseitig orientiert. Er kann sich 5- und 6-stellige Zahlen einprägen und noch nach 4 Minuten wiedergeben. Auch die Konzentrationsfähigkeit ist nicht wesentlich gestört. Im Assoziationstest zeigt er einige verlängerte Reaktionen und viele Wortverbindungen, jedoch keine bizarren Reaktionen und auch kein Vorwiegen von Werturteilen.

WINTER 1949

Wie Lina prophezeit hatte, musste man ihren Mann noch im November neunzehnhundertneunundvierzig auf die Innere Abteilung des Inselspitals verlegen, weil das Herz nicht mehr mitmachte.

In der Waldau schließt der Psychiater das Dossier Doktor Julius Brunner ab.

Patient hat auch am Morgen leichte Ödeme, hustet wegen Stauungsbronchitis und schläft nicht. Dabei ist nicht zu verkennen, dass er die Beschwerden übertreibt, weil er hofft, damit seine Entlassung erwirken zu können. Aus diesem Grund spricht er in allen Briefen und auf jeder Visite vom Sterben. Er verlangt, am Morgen länger liegen bleiben zu können, und stand kürzlich einfach nicht auf! Den Vorschlag, wenigstens am Vormittag im I. Wachsaal, wo sich nur ruhige bettlägerige Patienten aufhalten, zu liegen und pflegen zu lassen, lehnt Patient kategorisch ab!

Gesteigerter Eigensinn und leichtere Beeinflussbarkeit schließen sich bei degenerativen Altersprozessen bekanntlich nicht aus. Der Kranke ist je nach der momentanen Stimmung positiv oder negativ suggestibel. Das eigensinnige Beharren auf einer unvernünftigen Meinung, zum Beispiel, nicht in einem Wachsaal liegen zu wollen, und das plötzliche Nachgeben, wenn er barscher angefasst wird, sind auf eine solche Veränderung zurückzuführen.

Auch heute ist die Rückfallgefahr erheblich. Die beiden Fälle aus dem Jahr 1949 beweisen, dass der Angeschuldigte, trotzdem er zeitweise bettlägerig war, auf seine kriminelle Tätigkeit nicht verzichten konnte.

Bezüglich des Vorgehens Doktor Brunners verweisen wir auf das gerichtsmedizinische Gutachten, aus dem hervorgeht, dass der Angeschuldigte nach medizinischer Lehre und Erfahrung jeweils ein Curettement vorsichtig und unter aseptischen Kautelen vornahm und dass weder Verletzungen noch Infektionen beobachtet wurden.

Ferner ist zu bedenken, dass sein Ruf als Abtreiber ihm auch in Zukunft wieder Frauen zuführt, die eine Unterbrechung der Schwangerschaft verlangen, und dass er infolge seiner leichten Beeinflussbarkeit wieder nachgeben wird. Die pathologischen Altersveränderungen werden noch zunehmen und mit ihnen die Kritiklosigkeit. Auch sein Vorschlag, das Inventar der Praxis zu verkaufen, kann ihn nicht mit Sicherheit davon abhalten, weil er nach eigenen Aussagen bekanntlich für die letzten beiden Abtreibungen die Instrumente eines Kollegen borgte!

Das Abtreibungswesen greift zu stark um sich, dieser verlotterte Dorfarzt ist das beste Beispiel dafür und eine Schande für seinen Berufsstand. Schon zweimal ist er ihnen durch die Lappen gegangen, weil er nicht hafterstehungsfähig war. Die Tochter gab zu Protokoll, die Frau des Angeklagten lebe meist in der Küche und werde langsam blind.

Es müsste doch auch für die Angehörigen eine Erleichterung sein, wenn er sicher verwahrt wäre.

Wir müssen deshalb die Verwahrung nach Art. 14 vorschlagen, so hart diese Maßnahme auch für den Angeschuldigten und dessen Familie ist. Sie bietet allein die Gewähr, dass der Explorand, wenn er sich von seiner schweren körperlichen Krankheit einigermaßen erholt hat, keine weiteren Delikte mehr begeht. Die Verwahrung ist in einer ärztlich geleiteten Heilanstalt durchzuführen, wo nicht nur der psychische, sondern auch der körperliche Gesundheitszustand des Angeschuldigten kontrolliert und, wenn nötig, behandelt werden kann.

Resümee: Kritiklosigkeit, Schäbigkeit und Schlauheit bei krankhaft gealterter Persönlichkeit.

Vermindert zurechnungsfähig.

Fünfhundertfünfzig Franken! Empört starrt Lina in die Zeitung. *Ein Weihnachtsgeschenk?*, liest sie laut vor. *Eine wirkliche Freude kann man mit einer Waschmaschine jeder Hausfrau bereiten! Ab Fr. 550.–. Tägliche Vorführung von 15.00 bis 17.00 in unserem Laden. Im Dezember Samstagnachmittag geöffnet.* Die Familie ist um den Esstisch versammelt. Man blättert nervös durch Zeitungen und Illustrierte, man horcht, ob man ein Auto hört, das vor dem Haus hält.

Frieder sitzt über seinen Schulbüchern; er muss büffeln. Büffel, sagt er, sind Tiere, die schwere Lasten ziehen, und geht zu Rosa hinüber, um ihr einen Büffel auf die Schiefertafel zu zeichnen, die neben dem Fenster an der Wand hängt. Der obere Rand schließt mit dem Fenstersims ab, am unteren Rand hat auch sie einen Sims, auf dem eine weiße, rote, blaue, grüne und gelbe Kreide, ein Lappen und ein kleiner Schwamm liegen. Der Schwamm ist trocken und voller Löcher. Wenn sie ihn netzt, muss sie alles Wasser ausquetschen, sonst läuft es über die Schiefertafel und tropft den Boden voll.

Rosa bedrängt alle, ihr Tiere oder Buchstaben zu zeichnen, atemlos verfolgt sie den Vorgang und wischt das Gezeichnete sofort weg; das gibt ihr ein Gefühl von großer Zauberkraft. Unablässig bettelt sie darum, dieses Spiel zu wiederholen, und wenn niemand mehr will, malt sie ihre eigenen Striche und Krakel an die Tafel und wischt sie wieder weg.

Die Buchstaben fangen mit A an und hören mit Z auf, sagt Frieder, A wie Anfang und Z wie Zeit. Warum steht eigentlich das Z am Ende des Alphabets?

Lina sagt, am Ende sei das Ende, deshalb heiße das Wort so, danach komme nichts mehr.

Karl sagt, es gebe noch ein anderes Alphabet, es fange mit Alpha an und höre mit Omega auf. Mit roter Kreide malt er die beiden Zeichen Alpha und Omega auf die Schiefertafel.

Anfang und Ende, sagt er feierlich. Das Omega sieht aus wie eine untergehende Sonne, sie hat nur noch einen halben Kreis und sinkt langsam unter den Horizont.

Rosa wischt alles weg. Für die Sonne braucht sie die ganze Schiefertafel, sie braucht einen riesigen Kreis, der alles ausfüllt. Am oberen Rand beginnt sie, mit der gelben Kreide in beiden Händen, einen Strich zu ziehen, aus dem ein Kreis werden soll. Die Kreide bricht. Vor Schreck und Enttäuschung heult sie auf.

Die Kreide muss ganz bleiben, die Sonne muss alles ausfüllen, so wie sie an einem heißen Tag in jeden Winkel dringt und sich alles, was man berührt, warm anfühlt, wie Julius gesagt hat. Frieder nimmt eine Hälfte der abgebrochenen Kreide und zieht sie mit der Breitseite über die Tafel, so musst du es machen, sagt er, dann bricht sie nicht.

Er nimmt Rosas Hand und fährt mit ihr den Kreisrand ab, siehst du, es geht, nur nicht fest aufdrücken. Jetzt kannst du den Kreis ausfüllen.

Rosa fährt, mit einem Kreidestück in beiden Händen, die Schiefertafel hinauf und hinab, nach links, nach rechts, erst gelb, dann rot, dann wieder gelb. Die Sonne ist so groß wie sie. Sie könnte den Schnee vor dem Fenster zum Schmelzen bringen.

Die Sonne hat Zeit.

Rosa sagt die Worte langsam nacheinander auf; als taste sie mit den Füßen durch unbekanntes Gelände, dann schaut sie verwundert zum Esstisch hinüber. Niemand dreht sich zu ihr um, niemand nickt bestätigend zu ihren Worten, die eine Linie quer durch das Zeitungsgeraschel und die Bemerkungen der Erwachsenen hindurchziehen.

Die Gewichte der Standuhr beginnen zu rasseln, sie schlägt elfmal.

Sie ist nicht mehr nur das Kind, das Buchstaben und Zahlen lernt, die die Erwachsenen ihr vorsagen. Die Worte setzen etwas in Gang. Der Klang des goldenen Stundengongs vibriert in ihr nach und mischt sich mit dem Gelb und Rot ihrer Sonnenscheibe. Ihre Sonne ist mächtig. Sie könnte Julius Zeit geben, genug Zeit, um gesund zu werden.

Wann kommt er endlich?, fragt sie.

Bald, sagt Alice, zum Mittagessen wird er hier sein.

Die Erwachsenen machen sich Luft über Zeitungsmeldungen, über Nachrichten von Verwandten, die bereits in der Westzone sind und anderen, die in der Ostzone festsitzen. Berlin sei die geheime Hauptstadt der Freiheit; Amerika werde aufgefordert, für ein freies und geeintes Europa die Führung zu übernehmen, in welchem Berlin in die Westdeutsche Republik eingeschlossen wäre.

Warum denn eingeschlossen!, sagt Karl gereizt.

Lina studiert den Anzeigenteil. *Elchina, ein verträgliches Chinapräparat für Mädchen und Frauen. Unübertrefflich bei nervösen und anderen Beschwerden. Bei Migräne, Magenverstimmung, Müdigkeit, Abgespanntheit, Unlustgefühlen. Originalflasche à Fr. 3.– in den Apotheken.*

Der Wunsch jeder Hausfrau: Tortenplatten, Brotsägen, Makkaronizangen.

Eine Makkaronizange, sagt sie, das wäre einmal etwas anderes.

Paraden in Ostberlin wie zu Hitlers Zeiten!, liest Karl mit erregter Stimme vor, ausgerechnet vor Weihnachten! Vierhunderttausend Menschen sollen sich an der Massenparade zur Einweihung der Stalinallee beteiligt haben! Ist das denn menschenmöglich!

Rosa schnappt dieses und jenes auf, so wie man aus dem

Rauschen einer Fremdsprache, die man noch nicht versteht, Worte und Teilsätze erkennt, die sich wieder auflösen und schließlich im Ohr liegenbleiben.

Morgenduft!, wirft sie in die Runde. Lina nickt zustimmend: Eine gute Sorte für Apfelkuchen.

Die Erwachsenen sagen ihre Sätze über Hitler und Stalin und Churchill, über Äpfel und Waschmaschinen, und was man sich zu Weihnachten wünschen könnte.

Alice träumt von einem *seltenen Erlebnis.* Sie möchte abends mit Karl nach Kreisfelden ins Kino oder nach Bern in ein Konzert gehen. Lisa della Casa wird angekündigt, und im Tonfilmtheater Palace in Kreisfelden spielt täglich 20.15 Uhr *(Sonntags 3 Vorstellungen 14.30, 17, 20.15)* das grandiose französische Filmwerk von Jean-Paul Sartre: *Les jeux sont faits,* liest sie vor: *«Das Schicksal der Lebenden ist vorausbestimmt, niemand kann Wesentliches ändern.» Ein seltenes Erlebnis!*

Der Mensch denkt, und Gott lenkt, sagt Karl, wann sollten wir denn ins Kino gehen?

Ein Taxi biegt von der Landstraße ab und fährt die Dorfstraße entlang. Julius Brunner hat während der langen Fahrt kein einziges Wort mit dem Chauffeur gewechselt. Zu viele Worte schwirren in seinem Kopf herum, die Sätze wiederholen sich in einer Endlosschleife.

Das Taxi bringt mich nach Hause. Dort können sie mir nicht in die Augen schauen. Lina nicht und Alice auch nicht. War da nicht gerade wieder ein Prozess, als sie mit Rosa schwanger war? Zum Glück werde ich heute nicht mit dem Landjäger transportiert, auch nicht mit einem Auto aus Oberfelden. Über viereinhalb Monate bin ich fort gewesen. Ich wollte einen Wagen vom Garagier aus Kreisfelden haben. Der Chauffeur hat mich nicht besonders angeschaut, als ich ihm Namen und Adresse nannte. Er hat mich ja auch nur aus dem

Inselspital in Bern abgeholt und nicht aus der Waldau. Bis zum Prozess wird noch viel Zeit vergehen, vielleicht verstecken wir dann gerade für Rosa Ostereier im Garten. In der Zeitung stand bis jetzt noch nichts. Es ist lange her, dass wir für ein Kind Ostereier versteckt haben. Der Chauffeur ist freundlich, er redet nicht. Ich auch nicht, ich schaue der Landschaft im Vorbeifahren zu. Schnee hat alles zugedeckt. Als sie mich einsperrten, am fünften August, war das Land aufgeheizt wie ein Backofen. Ich würde mich wundern, wenn ich diesen Winter überleben sollte. Warum nur in Dreiteufelsnamen fällt es einem so schwer, etwas aus seinem Leben zu machen! Einst lag doch mein Leben weit ausgebreitet vor mir! Das Fürchten kam später. Der Krieg. Der alte Mann auf den Knien im Zug. Noch ein Krieg, und Alice mit Frieder und Karl mittendrin. Lina hat mich das Fürchten gelehrt, und jetzt diese Anstalt.

Ein Schrecken weniger. Bis an mein Lebensende wird mich niemand mehr denunzieren. Der Landjäger wird mich nie mehr abholen.

Nur einsperren können sie mich noch. Auf Abtreibung steht Zuchthaus nicht unter drei Jahren, oder der Ort, von dem ich gerade herkomme, wo Idioten verwahrt werden. *Heil- und Pflegeanstalt*, du liebe Zeit! Ich wüsste nicht, dass der Aufenthalt dort besonders der Heilung oder Pflege dient.

Jetzt fahren wir um die Kurve, an der Bäckerei vorbei. Daneben Steiners Konfektionsgeschäft, schräg gegenüber Drogerie Marti, dann kommt der Uhrmacher, daneben Bachmanns Hof. Vis-à-vis von Bachmanns steht mein Haus, ein schönes Haus. Ausladend, stattlich. Oder ist es einladend? Im Winter nicht, wenn nur das vertrocknete Gerank des Weinstocks an den Mauern klebt. Heute haben wir den neunzehnten Dezember. Mein Schild hängt noch neben der Haustür, Doktor Julius Brunner, prakt. Arzt. Ich muss bezahlen.

Könnten Sie bitte hupen, sagt er zum Taxifahrer. Vielleicht kommt dann jemand aus dem Haus und hilft mir hinein.

Sein Fürsprecher (Pflichtanwalt) hatte ein Gesuch um Haftentlassung eingereicht.

Herr Doktor Brunner wird allenfalls höchstens für wenige Stunden aufstehen können, ohne aber im Entferntesten die Möglichkeit zu haben, seine Praxis wiederaufzunehmen. Seine Krankheit wird zudem jetzt und in Zukunft eine dauernde Überwachung durch die Angehörigen notwendig machen. Diese Überwachung übernehmen seine Ehefrau, seine Tochter und sein Schwiegersohn, die im gleichen Hause wohnen. Den Angehörigen liegt sehr daran, dass Doktor Brunner auf die kommende Weihnachtszeit wieder zu Hause ist und zwar vor allem aus Pietätsgründen.

Er ist froh, dass Winter ist; niemand hält sich auf der Straße auf. Bei Bachmanns ist Licht im Stall, bei Küfers nebenan auch. Sein Leben endet wie im Märchen: Als wüster, abgewirtschafteter Mann kommt er zum Sterben nach Hause, und was ist? Als Erstes wird ihm das jüngste Enkelkind entgegenspringen. Ihre Seele hat er jedoch unterwegs nicht dem Teufel verkauft. Ihm ist er gar nicht begegnet, nur dem Psychiater, dem Obersten Untersuchungsrichter und dem Experten.

Mit einem Freudenschrei wirft Rosa die Arme in die Luft und läuft auf ihn zu.

Hilf Großvater herein, sagt Alice. Sie bleibt im Hausflur stehen. Rosa nimmt Julius bei der Hand, geht mit ihm die paar Treppenstufen bis zur Wohnungstür hoch und geleitet ihn ins Wohnzimmer bis zum Kanapee. Alice faltet eine Wolldecke auseinander und legt ein Ende über seine Füße, dann geht Rosa vom Fußende zum Kopfende des Kanapees und breitet sorgsam die Decke über ihn aus, streicht sie über der Brust und an der Seite glatt. Julius hält die Augen geschlossen. Sie zieht ihren kleinen Hocker heran, setzt sich hin und legt den

Finger an die Lippen. Er muss schlafen!, flüstert sie den andern zu.

Sie schleichen erleichtert hinaus. Lina scheppert in der Küche lauter denn je mit den Töpfen herum. Alice bleibt unschlüssig in der Tür stehen. Das Essen ist fertig, und Reden kann man nicht.

Das Gezänk zwischen Lina und Julius wird wieder die Luft im Haus verpesten.

Lina wird von morgens bis abends jammern und Julius die ärgsten Vorwürfe machen, weil sie seinetwegen mehr Arbeit hat, zumal sie zunehmend unter Schmerzen leidet. Der alte Hader über alles, was er ihr angetan hat, wird aufbrechen und ihnen allen das Leben vergällen. Wie wohltuend seine Abwesenheit vier Monate lang durch die Räume geweht hat.

Auch Beatrice Tanner sitzt kurz vor Weihnachten am Küchentisch. Die ganze Zukunft steht wieder schwer vor ihr. Sie hat sich in der Papeterie einen linierten Schreibblock und ein weißes Kuvert gekauft. Zuerst das Datum. *20. Dezember 1949.*

Sehr geehrter Herr Untersuchungsrichter, fährt sie hastig fort, *auf Ihre Mitteilung vom 19. Dezember möchte ich mir erlauben Ihnen paar Worte zu schreiben. Als Einziges möchte ich Ihnen bittend an Ihr Herz legen, dass man mich nicht irgendwo einsperrt und mich von meinem Kind wegnimmt. Ich weiß, dass ich etwas begangen hatte, das ich nicht sollte, und mir eine Strafe wartet. Meine Mutter erlitt ein Schwermutsanfall, dass wir sie fortgeben mussten, und nun in ärztlicher Behandlung in Kreisfelden ist. Dies ist das Einzige, was ich Ihnen noch sagen möchte und mir auch keine Ruhe lässt, denn ich weiß, dass ich an der Krankheit meiner Mutter schuldig bin.*

Hochachtungsvoll grüßt Sie: Frl. B. Tanner

Den Winter über wird es ruhiger an der Dorfstraße acht. Rosa hört den Hausmauern zu. Während der Monate, in denen Julius abwesend war, hat sie gelernt, die Veränderungen im Mauerwerk wahrzunehmen. Es zog sich mit einem Rascheln zusammen, als würde Papier zusammengeknüllt oder als kratzten feinste Krällchen am Mörtel, dehnte sich unmerklich aus und zog sich wieder zusammen. Je länger Julius wegblieb, desto dünner wurden die Mauern. Die Ziegelsteine konnten wachsen oder abbröckeln. Jetzt nahmen sie jeden Tag ein wenig an Dichte zu.

Die Mauern sind dicker geworden, sagt Rosa vor dem Einschlafen.

Alice sieht sie erstaunt an. Wo?

Hier. Das Haus muss nicht mehr Angst haben.

Das Haus ist wieder ein festes Haus mit soliden Mauern, das dort, wo es stehen soll, seinen festen Platz hat. Julius bleibt oft im Bett, in der Kälte will er nicht hinaus. Die Praxis ist ausgeräumt. Lina und Julius haben sich ganz im Erdgeschoss eingerichtet. Frieder schreit nachts weniger, auch der dicke Mann treibt seltener sein Unwesen. Karl kommt abends früher nach Hause. Alice lässt ihre Bücher auf dem Küchentisch liegen, sie muss die Küche nicht mehr mit Lina teilen. Rosa wird mit Botschaften und Aufträgen zwischen den Stockwerken hin- und hergeschickt.

Die Zeit vergeht im Gehäuse der Standuhr, in der das Pendel regelmäßig hin- und herschwingt, ein schwarzer Holzstab, an dem eine goldene Scheibe hängt, der Stundengong. Die Sonne am Winterhimmel ist blass, der Ballon unsichtbar. Julius klappt den Sprungdeckel der Taschenuhr auf. Auch hier ist die Zeit drin, sagt er, und vergeht wie in der Standuhr. Rosa hält das Zifferblatt ans Ohr, um dem Ticken zuzuhören, derselbe Rhythmus, mit dem das große Pendel hin- und herschwingt, einmal pro Sekunde, sagt er.

Ihr Herz klopft. Die Sonne hat Zeit, sagt sie und sieht Julius an.

Alice holt die Hyazinthengläser, in denen die Zwiebeln schon Wurzeln getrieben haben, aus dem Keller, bestückt sie mit Hütchen aus farbigem Stanniolpapier, um den Keim noch im Dunkeln zu halten, und stellt sie für Lina zwischen die Doppelfenster im Wohnzimmer.

NACHWINTER 1950

Im Nachwinter neunzehnhundertfünfzig kommt wieder Unruhe auf. Der Schnee schmilzt und rutscht von den Dächern, der Briefträger stapft durch den Matsch und trägt Briefe vom Amtsgericht Kreisfelden in verschiedene Haushalte.

Auch beim außerordentlichen Untersuchungsrichter des Kantons Bern treffen Briefe ein, die von der Sekretärin gewissenhaft abgeheftet werden

Den 10. Januar 1950. An den Untersuchungsrichter des Kantons Bern.

Heute erhielt ich vom Landjäger die Mitteilung für Ernst wegen Anstiftung d. Abtreibung bei B. Tanner. Ich will nicht unsern Sohn entschuldigen. Er war alt genug, aber es kommt uns vor, als wenn er nicht mehr normal wäre. Er vertrinkt mit ganz kleinen Ausnahmen all sein Geld. Wenn er nüchtern ist, was etwa seit einem Jahr selten vorkommt, so kann man gut mit ihm reden, sonst braust er nur auf und gibt die andern Schuld.

Ich möchte Sie von ganzem Herzen bitten, helfen Sie uns damit unser Sohn nicht ganz verlorengeht. Seine Mutter hatte es im Leben immer schwer, habe für meine Kinder gekämpft, gelitten u. kann nicht zusehen wie unser Kind im Unrat versinkt. Könnten Sie ihn nicht von einem Psychiater untersuchen lassen und ihn dazu bringen dass er unterschreibt. Habe gehört dass es Einspritzungen gäbe, um sie vor dem Alkohol zu retten.

Ihr habt ja wenig Zeit u. ich will nicht kommen als Ankläger. Aber hier weint eine Mutter alle Tage um ihr verlorenes Kind. Es ist doch nicht gesagt, dass er trinken muss, weil sein Vater diese Schwäche hat. Vielleicht wäre es gut, wenn ich grad mit

Ihnen reden könnte. Ich möchte nicht Kösten machen. Würden sonst einen Einspruch nehmen betreff dieses Mädchens. Wie viel Unheil richtet sie noch an, es hätte ihr fürs ganze Leben eine Warnung sein sollen beim letzten Fall. Möchte Sie um Entschuldigung bitten u. bitte Sie höflichst, helfen Sie uns u. tun Sie, was Sie für gut finden. Einsprache wird Ernst nicht machen, denn es ist ihm alles gleich u. er hat sich ganz fallenlassen. Sie haben wohl keine Zeit mir zurückzuschreiben, aber ich vertraue Ihnen.

Hochachtungsvoll grüßt, Frau Klara Strahm

18. April 1950. An die Kriminalkammer des Obergerichts des Kantons Bern

Doktor Brunner wird von mir seit Anfang Februar einmal wöchentlich besucht. Dabei wird jedes Mal eine intravenöse Injektion von Strophantin (Herzmittel) gemacht. Der Gang und die Bewegungen des Patienten sind langsam und ohne Kraft. Er wird rasch kurzatmig. Auf Ihre speziellen Fragen äußere ich mich wie folgt:

Ad 1. Ich halte den Brunner nicht mehr für fähig, einen abortiven Eingriff vorzunehmen. Es ist natürlich bei den bisherigen Erfahrungen nicht vollständig auszuschließen, dass er bei einer sich bietenden Gelegenheit einen diesbezüglichen Versuch wagen würde. Es scheint mir aber doch als sehr unwahrscheinlich, dass eine Frau bei einigermaßen normalem Verstand sich einer so offensichtlichen menschlichen Ruine für diesen nicht harmlosen Eingriff anvertrauen würde.

Ad 2. Eine beschränkte Verhandlungsfähigkeit während 1 bis 2 Stunden dürfte im gegenwärtigen Zustand vorhanden sein, wenn keine körperlichen Anstrengungen damit verbunden sind. Eine Einvernahme im Gericht Kreisfelden ist m. E. nicht zulässig, weil körperliche Anstrengung beim Steigen bis zum Gerichtslokal erforderlich wäre.

Ad 3. Doktor Brunner ist m. E. gegenwärtig nicht hafterstehungsfähig und wird auch später nicht hafterstehungsfähig sein.

Mit vorzüglicher Hochachtung, Dr. Ryser

Im Frühling, als der Kuckuck endlos aus dem Wald ruft, die Nesseln Rosa wieder über den Kopf wachsen und die Schlehen ihren bitteren Duft verströmen, gerät das Haus in große Aufregung wegen des Gerichts. Alice wälzt sich schlaflos durch die Nächte, Frieder schreit im Traum. Rosa hört, wie Alice zu Karl sagt: Lina hat Blut im Stuhl, wir müssen Doktor Ryser holen.

In welchem Stuhl?, fragt Rosa. Niemand gibt Antwort.

Julius wird weggebracht werden, wenn auch nur für einen Tag. Der Landjäger wird kommen, um ihn im Auto nach Kreisfelden zu fahren.

Was macht das Gericht?, fragt Rosa.

Ein Urteil, sagt er. Das Gericht denkt sich eine Strafe für mich aus.

Aber wofür! Und warum dürfen die das! Du bist doch groß und alt!

Julius muss so heftig lachen, dass er fast an einem Rasselanfall erstickt.

Auch wenn man groß und alt ist, macht man Fehler, sagt er schließlich und wischt sich die Augen aus. Er zieht ein zusammengefaltetes weißes Taschentuch aus der Hosentasche und beginnt sich umständlich zu schneuzen. Sie hört, wie ihm der Schleim hochkommt. Herrgottnochmal!, ächzt er und greift zum Spucknapf. Rosa rennt aus dem Zimmer, bevor auch aus ihr so ein Pfropfen herauskommt. Im Gang würgt sie ihn hinunter.

An einem Sonntag im Winter machte Lina einmal ein Poulet und lud alle zum Mittagessen ein. Alice musste hinuntergehen, um ihr zu helfen.

Sie holt die dampfende Bratenform aus dem Rohr und wuchtet sie auf den Tisch.

Schön knusprig, sagt sie anerkennend.

Das Poulet schaut Rosa mit einem großen braungebratenen Bauch an. Es hat die Füße zusammengebunden und sieht wie ein Päckchen aus, überhaupt nicht wie ein Huhn, das gackert und scharrt. Ringsherum liegen Speckwürfelchen, die im Bratensaft glänzen.

Das wird eine gute Sauce geben! Lina leckt sich die Lippen. Und jetzt muss es noch eine Viertelstunde stehen, damit es fertiggaren kann. Wenn wir es zu früh aufschneiden, wird es trocken.

Sie humpelt am Stock mit Rosa ins Wohnzimmer und reicht ihr das Sonntagsbesteck aus dem Buffet, dann setzt sie sich wieder hin. Rechts das Messer, links die Gabel, gibt sie Anweisung. M wie Messer, G wie Gabel, L wie?, fragt sie.

Lirum Larum Lina Schwanenhals!, sagt Rosa. Lina muss lachen. Du liebe Zeit!, sagt sie. Das wäre schön, wenn ich noch einen Schwanenhals hätte.

Alice holt das Passevite aus dem Küchenschrank. So, sagt sie, jetzt geht es los. Ich muss die Kartoffeln für das Püree passieren, Julius kann derweil das Poulet tranchieren.

Er wetzt bereits ein Messer am Wetzstein hin und her, dann nimmt er die große Fleischgabel in eine Hand und das scharfe Messer in die andere.

Ich brauche noch einen Suppenlöffel, sagt er zu Rosa. Pass gut auf. Jetzt lernst du etwas Chirurgie. Wenn du ein Poulet tranchieren kannst, kannst du entweder Koch oder Chirurg werden. Zuerst schneidest du auf jeder Seite ein wenig hinein. Dann biegst du so einen Schenkel einfach zur Seite und klappst ihn auf, und jetzt spieße ich das Poulet mit der Fleischgabel auf und lasse den Saft auf einen Teller auslaufen. Lina wird ihn für ihre Sauce brauchen.

Etwas Rosarotes läuft aus, innen in dem aufgeklappten Schenkel sieht sie einen schwarzen Blutfaden wie die eingetrocknete Blutspur, wenn sie sich das Knie aufgeschürft hat. Es würgt sie ein wenig im Hals, wie wenn sie Blut in Julius' Spucknapf sieht, aber sie schluckt es hinunter.

Immer schön am Knochen entlangschneiden, sagt er, am Brustbein entlang an einer Seite ganz hinunterschneiden, und jetzt kannst du den Suppenlöffel nehmen und das Fleisch hinunterdrücken, das geht ganz leicht, siehst du? Und ich kann ein ganzes Stück Fleisch ablösen, da haben wir eine schöne Pouletbrust, und aus dem Gerippe wird Lina eine gute Suppe kochen. Bei einem Huhn kann man ganz einfach überall durchschneiden, wo man es braucht. Bei einem Fuß hingegen muss man schon ordentlich sägen, wenn man ihn amputieren muss. Zum Glück muss man das fast nie, das ist eine große Operation und erfordert ein Spital.

Du wirst doch dem Kind nicht deine Schauergeschichten vom Knochensägen erzählen!, empört sich Alice, und uns auch nicht! Bei einem so schönen Mittagessen!

Rosa hört, wie Julius im Wohnzimmer den Spucknapf abstellt und sich aufs Kanapee zurückfallen lässt. Die Sprungfedern quietschen. Sie schaut vorsichtig zur Tür herein: Fertig?, fragt sie.

Fertig, sagt er.

Also, das Gericht, beginnt sie wieder.

Julius winkt ab. Er ist mager geworden. Seine Wangen haben Dellen, in die sie ein halbes Schokoladenosterei hineinlegen könnte.

Ich bin müde, sagt er. Es ist schwer zu erklären. Ich habe einen Fehler gemacht, und morgen tagt das Gericht.

Musst du ins Gefängnis?, flüstert sie.

Nein, sagt Julius bestimmt. Schlimmer. Oder ich komme wieder nach Hause.

Musst du hinter die Gitterstäbe?, flüstert sie, aber so leise, dass er es vielleicht nicht mehr gehört hat. Er hat die Augen geschlossen und den Kopf zur Wand gedreht. Falls das Gericht ihn einsperrt, wird sie ihn befreien.

MAI 1950

Niemand stellt Lina eine Frage, kein Psychiater stoppt die Uhr. Sie spürt, dass sie nur noch wenig Zeit hat; da beginnt sie zu sprechen. Julius ist außer Haus; er wartet mit dem Fürsprecher im Hotel *Zur Linde* in Kreisfelden auf das Gerichtsurteil. Als wolle sie ein letztes Mal ihr Leben gegen seines anstemmen, findet ihre Geschichte am Vormittag des fünfzehnten Mai neunzehnhundertfünfzig aus ihr hinaus. Alice sitzt bei ihr und hört zu. Lina habe ohne zu Stocken von sich gesprochen, als läse sie im Unsichtbaren einen Text ab, gleichzeitig sei sie Satz für Satz weniger geworden, als ob mit jedem Wort ein wenig Leben aus ihr entwichen sei. Ihr Leben habe mit dieser einzigen langen Ausformulierung nicht an Form gewonnen, es sei im Gegenteil wie Sand in einer Sanduhr abgerieselt, sie, Alice, habe eine merkwürdige Benommenheit gespürt, und auch als sie gesehen habe, dass sich der Kanapeebezug neben Linas Oberschenkel dunkel einfärbte, sei sie noch eine Weile ruhig sitzen geblieben, weil es ihr ganz natürlich vorgekommen sei, dass Blut aus ihr abfließe.

Ich konnte sie ohnehin nicht allein umdrehen, sagt sie abends zu Karl, unförmig, wie sie ist. Das Kanapee ist natürlich hin. Es gibt einem schon zu denken, wie unappetitlich so ein Leben am Ende aussieht.

Bei Lina kann man mit keinen Geschichten aufwarten, die sich halb im Illegalen bewegen, die heimlich schillern, wie die Hochglanzfotos, die Flora verzückt in die Hände nahm, Geschichten, Abenteuer, Eroberungen, Übertretungen und das Leid der andern, der Suff oder ein Krieg, Bordelle in Genf oder Paris, ein Umsichschlagen, Umsichbrüllen, wie es Männerrecht war.

Dennoch ruhte im innersten Ring ihrer Verschlossenheit, gut gegen ihre eigene Bitterkeit geschützt, eine bunte Kugel, in die sie manchmal hineinsah, als könnte sie sich rückblickend ein anderes Leben weissagen. Linas Wunderkugel duftete nach Kaffee und Brandmalerei.

Schatten und helle Flecken, brummelt sie. Umrisse. Fetzen. Meine Küche kenne ich wie meine Hände, jeden Pfannenstiel, jede Kelle, jeden Teller, jedes Glas. Rings um den Tisch kann ich mich festhalten und alles greifen, was ich aus dem Küchenschrank und am Herd brauche. Am Abend gibt es eine Omelette und Milchkaffee, dann schlafe ich gut. Es gibt nichts Besseres auf die Nacht als eine Omelette mit Milchkaffee. Ein Ei, ein Löffel Mehl, ein wenig Milch, mit der Gabel im weißen Suppenteller mit dem dicken Rand verquirlt, das ist der Abendrhythmus. Ein Ei, ein Löffel Mehl, ein wenig Milch, und der Tag quirlt ab, nichts bleibt übrig. Ein Bröckchen Butter in die kleine Eisenpfanne, und warten, bis sie zu duften beginnt, dann den Teig hineingießen. In den Garten muss ich noch, zu den Bohnenstangen.

Alice und Julius haben heute Nachmittag den Doktor für mich bestellt, der auch Julius behandelt, den Doktor Ryser. Das kann warten, bis er wieder zu dir kommt, sage ich zu Julius, meinetwegen will ich nicht extra den Doktor bemühen, aber sie haben ihn trotzdem angerufen. Es ist seltsam, wie mir auf einmal alle Worte über die Lippen gehen, als seien sie immer da gewesen, wie Fische im Wasser, nicht eingesperrt im Hals wie in einem Verlies, wenn man plötzlich alles sagen kann, dafür hat man ein ganzes Leben gebraucht. Danach werden sie nicht mehr gebraucht werden, nicht mehr in dieser Kehle und nicht mehr auf dieser Zunge.

Heute werde ich Alice bitten, mir mitten am Tag eine Omelette zu machen.

Jetzt die Bohnen. Der Stock. Wenn nur dieses Licht nicht wäre, draußen fällt es mich an, schneidend hell. Stehen bleiben, warten. In der Helligkeit bin ich wirklich mit Blindheit geschlagen. Von der Obstwiese weht ein Duft herüber, süßer als Rosenduft, die Apfelbäume. Die Schattenflecken kommen zurück, jetzt geht es wieder. Links das Geländer und langsam, langsam. Die Helligkeit und die Messer schneiden mich mit ihren Klingen entzwei. Vom Kreuz durchs Gedärm in die Leiste hinab hacken sie alles durch. Die Füße tasten die Stufen hinab, als müsse ich mich aus meinem Haus schleichen. Ich muss es durchstehen, die spitzigen Bohnenstangen müssen um. Heute muss alles zum Erliegen kommen.

Alice, du bist immer gut zu mir gewesen. Doch, doch, hör zu, was ich dir sagen will. Hör jetzt auf, wie ein kopfloses Huhn umherzurennen. Ich muss reden, und du musst zuhören. Machst du uns einen frischen Kaffee? Reg dich nicht über die Bohnenstangen auf, das musste sein. Ich habe sie umgelegt. Reg dich doch nicht so auf. Nein, Alice, ich bin nicht verrückt, setz dich zu mir, jetzt ist Zeit. Heuer gibt es eben keine Bohnen, jedenfalls nicht von mir.

Das wird der letzte Milchkaffee gewesen sein, den ich trinke, dann wirst du es auch leichter haben, wenn ich nicht mehr da bin, nein, nein, wehr nicht ab, jetzt muss ich reden. Riechst du den Flieder? Heute wird ein heißer Tag werden, der Flieder riecht schon vor dem Mittagessen. Ich werde es nicht mehr erleben, was das Gericht Julius zu sagen hat, für mich tagt ein anderes Gericht. Hoffentlich fällt er in der *Linde* nicht tot um. Vielleicht doch. Wer weiß, vielleicht trifft der Herrgott heute zwei Fliegen auf einen Schlag und hat uns beide unter Dach und Fach.

Dein Kaffee ist gut. Mein Lebtag habe ich keinen so guten Kaffee getrunken. Melitta, die den Kaffeefilter erfunden hat, war auf allen Verkaufsmessen, um Kaffee aufzubrühen, um den echten Handaufguss vorzuführen, wusstest du das? Schau in meinem Küchenschrank nach, innen an der Tür hängt immer noch die genaue Anweisung.

Der optimale Handaufguss: Wasser sprudelnd kochen lassen. Nicht sprudelnd aufgießen! 6 – 7 gr. Kaffeepulver pro Tasse. Beim ersten Aufguss das Kaffeemehl nur anfeuchten! So ist es recht. Das gibt einen guten starken Kaffee. Die Anweisung kenne ich besser als jeden Psalm.

Weißt du, wie das ist, wenn man ins Leere tritt? Ich war im achten Monat. Wir hatten doch diese alte schöne Holztrittleiter, wo man obendrauf gut etwas abstellen kann. Mit einer Schüssel Seifenwasser bin ich hinaufgestiegen, ich wollte die Fensterrahmen abwaschen. Das Mädchen musste an dem Tag die Vorhänge waschen, die Fenstergardinen und die Tüllvorhänge, alle zusammen. Ich wollte, dass es schön sei für die Geburt. Dann bin ich ins Leere getreten. Der dicke Bauch war mir im Weg, ich konnte mich nicht so drehen, wie ich meinte, es müsste gehen. Klammerte mich am Fensterrahmen fest, die Schüssel fiel, die Leiter fiel, mein Bauch fiel mit mir und schlug am Fenstersims auf, Alice, da verwich das Leben aus mir. Da war doch ein Kind in mir, das strampelte, und nun schlug es hart am Fensterbrett auf. Julius hat mir das nie verziehen. Ein zweiter Sohn wäre es gewesen! Der erste Sohn starb nach der Geburt, dafür konnte ich nichts. Aber beim zweiten, das war meine Schuld, nur meine. Ich war so elend weit weg. Meine Mutter konnte nicht kommen, die Reise war viel zu lang, sie war ja schon krank. Wenn ich an Zuhause dachte, an Mutter, Vater, die Kuh, das Schwein, die Hühner, den Garten und den kleinen Bruder, dann schlug ein Weh über mir zusammen, das mich zu Boden drückte. Die Tüllvorhänge bauschten sich in allen Fenstern wie bei meiner Schwiegermutter, für jede meiner prächtigen Topfpflanzen hatte auch ich glänzend polierte Messingkübel. Eine Zeitlang habe ich nichts mehr getan, nicht einmal geputzt. Wenn es zu schlimm wurde, bin ich auf und davon, zum Wald hochgelaufen. Alice, der Schmerz war wie ein Tier. Gegen Baumstämme habe ich gehämmert, in die Wipfel hochgeheult, ein langgezogenes Jaulen wie von einem Hund. Wenn ich zurückkam, stand die Nachbarin unter der Tür und wartete auf mich. Lina, komm, eine Tasse Kaffee wird dir guttun, sagte sie jedes Mal. Das waren rechte Leute. Aber dass niemand für unsere armen ungetauften Würmer aufstand! Außen an der Friedhofsmauer mussten wir sie begraben lassen. Die Kinder des Doktors! Bei jedem Wetter ist er hinaus, um deren Kinder zu entbinden, und dann so etwas. Wenn er abends ins Wirtshaus ging, gab es Streit. Nicht wegen ein paar Halben Wein. Weil er abends einfach gehen konnte, sich an einen Stammtisch setzen und nicht zu Hause mit dem Elend eingesperrt war. Dann hat mir das Schreien geholfen, Alice, das tut gut, tief aus dem Bauch. Du! Läufst draus und davon, wenn dir danach ist! Gehst am Tag zu Berg! Und nachts ins Wirtshaus!

Vorher habe ich gar nicht gewusst, was für eine Kraft ich habe mit meiner Stimme. Die Kraft kommt nicht von außen. Die Stimme hat sich mir von allein gezeigt. Die Stimme ballt sich zusammen, tief unten im Bauch, und dann steigt sie hoch und gellt aus einem heraus und sprengt den Druck, der auf einem lastet. Du solltest es auch tun. Alice, du schleppst zu viel mit dir herum. Man wird es nie ganz los, aber so ein Augenblicksschreien, so eine Gewitterreinigung ist eine Erlösung. Es hat lange gedauert, bis ich merkte, dass jeder Schmerz eine Stimme hat, kein Schmerz kommt allein. Ob es ein Jaulen oder eine Klage, ein einziger Schrei oder ein Schreien ist, das kein Ende nehmen will, jeder Schmerz hat seine Stimme, du musst sie nur gebrauchen. Ich habe damals immer schon Hackbrett oder Kochtopf in der Nähe gehabt, wenn wir Streit hatten. Nur geschleudert habe ich nicht. Die Leere hat mich zerrissen.

Das Mädchen war zu jung, die kam nicht nach mit der Arbeit, sie sollte ja bei mir lernen. Eines Tages bin ich mit ihr dahintergegangen, aber gründlich. Jede Woche haben wir das Haus von oben bis unten geputzt, bis alles glänzte. Jeden Tag die Leintücher abgezogen und die Matratzen gewendet. Damit sie weniger schnell durchgelegen sind, habe ich zu ihr gesagt. Es hat mir geholfen, so besessen alles umherzuwuchten. Das war ein Dämon, Alice. Es gibt verschiedene Dämonen. Und dieser hatte mich fest in seiner Gewalt. Ich musste putzen, immer putzen. Ich glaube, die Dämonen sind alle um uns herum wie die Schutzengel. Wenn sich irgendwo eine leere Stelle auftut, springen sie sofort herzu. Sie brauchen ja etwas zu tun. Heute Morgen, das war ein anderer Dämon, der hat Ordnung gemacht. Der letzte Dämon. Oder war es schon ein Engel? Der hat alles eingeknickt, was zu lange fest gestanden hat. Jetzt kehrt Ruhe ein. Alice, machst du mir noch eine Omelette? Und schenk dir auch noch eine Tasse Kaffee ein.

Das ist nichts für dich, sagt Alice und schiebt Rosa zur Tür hinaus. Geh spielen, da ist zu viel Blut.

Lina ist für immer eingeschlafen. Ich muss Doktor Ryser anrufen.

Am Geheimplatz zielen die Jungs mit Steinschleudern auf leere Büchsen und Flaschen und üben Messerwerfen. Rosa hat Frieder ihr Ehrenwort gegeben, zu Hause nichts davon zu erzählen.

Sie trottet über die Obstwiese bis zu den großen Betonröhren und kriecht ein paarmal hu-huend durch eine hindurch, um ihre Stimme lauter als sonst zu hören. Dann setzt sie sich hin und schaut zum Haus zurück. Der Garten ist verstört. Lina hat die Bohnenstangen samt Blättern und Bohnen zu Boden geworfen.

Sie springt auf und rennt los. Im ganzen Haus rollte eine schwarze Wolke wie eine Kugel umher. Alice hatte Blut am Kleid. Vielleicht klebt Blut an allen Stühlen, nicht nur an Linas Stuhl? Julius ist noch nicht vom Gericht zurück. Sie muss sofort Frieder Bescheid sagen, sie hat ihren Löffel nicht bei sich, sie weiß gar nicht mehr, wo er ist. Einen Augenblick zaudert sie, ob sie sich schnell ins Haus schleichen und einen Löffel holen soll, dann läuft sie weiter.

Das erste Stück zum Bach hinunter kann sie ungehindert rennen, ein paar Kletten bleiben an ihr hängen, dann wollen die Nesseln mit ihren gezackten Blättern nach ihr greifen, sie atmet vorsichtig und macht sich schmal, dann kommen die Schlehen. Sie hält sich die Hände seitlich an die Augen und geht langsam an den langen spitzen Dornen entlang. Unten am Bach beginnt sie wieder zu rennen, die Böschung hoch bis zu den Haselnusssträuchern, zwängt sich durch das Gebüsch hindurch und schaut auf den Geheimplatz hinab.

Hinter der Feuerstelle steht eine zweite Kiste und darauf eine umgestülpte Harasse, auf der Flaschen und leere Büchsen aufgereiht sind. Frieder rennt über die Wiese, um eine umgefallene Büchse aufzustellen, als ein anderer, die Steinschleuder bereits im Anschlag, das Gummiband schnellen lässt. Es geht so schnell, dass sie ihn nicht warnen kann. Der Stein trifft Frieder mit voller Wucht an der Schulter, er schreit auf, stolpert über einen Baumstrunk und bleibt liegen. Fluchend beißt er die Zähne zusammen, rappelt sich hoch und fällt sofort wieder hin. Stöhnend hält er sein rechtes Bein an die Brust gezogen. Die andern drängeln sich um ihn herum, boxen einander in die Seiten. Rosa rennt die Böschung hinab mitten in den Tumult hinein. Sein Fuß sieht seltsam verdreht aus.

Was machst du denn hier!, schreit einer der Jungs. Mädchen haben hier nichts zu suchen!

Sie hockt sich neben Frieder auf den Boden. Tut es weh? Du sollst nach Hause kommen, Lina ist eingeschlafen.

Frieder hat sich auf die Seite gedreht, mit dem verdrehten Fuß nach oben. Einer der Jungs will ihm die Schnürsenkel aufmachen, da schreit er so laut auf, dass der andere zurückspringt. Der Knöchel ist dick angeschwollen.

Was ist los? Frieder presst die Zähne zusammen und hält sein Bein an den Bauch gezogen mit beiden Händen fest. Die Jungs reden alle durcheinander und wollen Rosa wegstoßen, die sich an Frieder festhält. Sein Gesicht ist weiß wie die Kreide für ihre Schiefertafel.

Wir müssen ihn tragen, wir müssen eine Trage machen!, schreien alle durcheinander.

Lina?, fragt Frieder.

Rosa zieht die Schultern hoch. Alles voll Blut.

Ist sie tot?

Für immer eingeschlafen. Und dein Fuß?

Weiß ich doch nicht!, stößt er hervor. Tut höllisch weh.

Vielleicht muss man amputieren, meint sie, ich werde Julius Bescheid sagen, und rennt wieder los. Ein Gefühl überschwemmt sie, als sei der dicke Mann mitten am Tag hinter ihr her. Vielleicht bringt er auch Großvater und Großmutter um. Was wäre, wenn auch Julius für immer eingeschlafen sein sollte? Das Herz klopft ihr im Hals, auf dem Weg kämpft sie schniefend und heulend gegen die Nesseln an. Das letzte Stück läuft sie quer über die Dorfstraße, obwohl sie das nicht darf. Ein Taxi fährt gerade weg. Rosa rennt ums Haus herum und zur Hintertür in Linas Küche hinein. Die Tür zum Schlafzimmer steht offen, Julius sitzt mit drei Kissen im Rücken im Bett und rasselt.

Julius! Man muss amputieren!

Sch-sch-sch!

Die Gemeindeschwester bleibt die Nacht über hier, sagt Alice, ich muss wieder einmal richtig schlafen. Man kann ihn nicht allein lassen, man würde ja nicht hören, wenn etwas wäre –

Frieder ist angeschossen, er kann nicht mehr gehen!

Die Gemeindeschwester raschelt durchs Zimmer, Alice nimmt Rosa am Arm. Julius darf sich nicht aufregen!, zischen beide.

Julius zieht den Atem pfeifend ein und aus: Rosali, komm, setz dich hin. Was ist los?

Ist Lina tot?

Ja, Lina ist gestorben.

Und du? Bist du auch voll Blut?

Nein.

Musst du ins Gefängnis?

Nein.

Und nichts Schlimmeres?

Nein, nichts Schlimmeres.

Keine Gitterstäbe?

Keine Gitterstäbe.

Bleibst du hier?

Ja, ich bleibe hier.

Sicher?

Ganz sicher.

Alles ist kaputt!, heult es plötzlich aus ihr heraus.

Kind! Du hast ja Fieber!, sagt Alice und legt ihr die Hand auf die Stirn. Rosa stößt sie weg. Ich muss heulen! Lass mich sein!

Linas Eisenbahn steht für immer still. Ihr Bett ist mit der

weißen Decke zugedeckt, die sonst über beide Betten ausgebreitet wird, wenn am Tag niemand darinliegt. Die Welt zieht sich aus allen Ecken und Enden ein. Etwas schleicht sich an und zieht sie mit aller Macht von innen her zusammen, wie einen Ballon, dem die Luft ausgeht. Es ist überall, wie die Geschwindigkeit nachts, lautlos. Man weiß nicht, aus welcher Richtung es kommt, es kommt von hinten, vorne, oben und unten, von beiden Seiten und überall ringsherum, es wickelt sie lautlos und dunkel in sich ein. Sie muss bei Julius bleiben, es könnte sich auch an ihn anschleichen und ihn hinterrücks verschlucken.

Das Kind ist ja untröstlich, sagt die Gemeindeschwester. Es hängt wohl sehr an seiner Großmama? Sie tätschelt Rosa den Kopf: Sei nicht traurig, sie ist jetzt beim lieben Gott.

Nein!, brüllt Rosa. Geh weg!

Doktor Ryser wird jeden Moment kommen, sagt Alice, und der Schreiner, mit dem Sarg.

Was denn Sarg!, ächzt Julius und beginnt so fürchterlich zu rasseln, dass er blau anläuft. Die Gemeindeschwester steht schon neben ihm und hält ihm den Rücken. Keuchend stützt er sich mit beiden Händen auf.

Himmelherrgottzuckerbäcker! Warum denn jetzt schon ein Sarg!

Sch-sch-sch!, macht Alice. Du darfst dich nicht aufregen! Wir können sie doch so nicht liegen lassen, sie läuft uns aus! Sie ist doch ganz voll Wasser gewesen! Die Haut löst sich ja schon ab!

Herrgottnochmal!, ächzt Julius wieder und lässt sich in die Kissen zurückfallen.

Kann Doktor Ryser auch amputieren?, fragte Rosa. Frieder hat einen ganz verdrehten Fuß.

Rosali, sagt Julius. Auf seine Stimme drückt etwas wie ein Filzpantoffel. Er sagt ihren Namen so matt, dass ihr das Herz stehenbleibt. Dann bewegt er ein wenig die Finger auf der Bettdecke, um ihr zu sagen, sie solle näher kommen.

Der Fuß wird schon wieder werden, sagt er. Ein guter Verband tut's auch. Essigsaure Tonerde und hochlagern, schlimmstenfalls muss er einen Gips bekommen. Amputieren muss man zum Glück nur ganz selten.

Seine Finger liegen wieder still, er hat die Augen geschlossen. Er kommt Rosa ganz zerlöchert vor, als habe er sich in seinem eigenen Haus verirrt. Das Haus schlottert wieder. Seine Hand ist mit braunen Flecken bedeckt und voll dicker blauer Adern, wie die Schlangen in Frieders Dschungelzeichnung. Die Fingernägel glänzen wie die Perlmuttknöpfe an seinem Nachthemd. Sie glänzen lang und schmal wie weiße Kieselsteine. Man könnte sie im Dschungel auf den Boden legen, sie würden ihr den Weg leuchten. Vorsichtig legt sie ihren Zeigefinger auf einen Nagel und tastet sich einen um den andern weiter. Sie sind fest und glatt, an den Enden rund geschliffen.

Auf dem Waschtisch zwischen den Fenstern stehen die Fläschchen aus braunem Glas und die durchsichtigen, geriffelten. Manchmal, selten genug, wenn eins leer ist und nicht nachgefüllt wird, bekommt sie es zum Spielen. Linas Kartonschächtelchen mit Haarnadeln, Haarklemmen, Sicherheitsnadeln stehen wie immer zusammen, und daneben ein Körbchen mit Julius' Kragenknöpfchen, eins mit Manschettenknöpfen und daneben Rasierpinsel und Seife.

In größeren Schachteln werden Briefe, Karten, Zettel, Bleistifte, Radiergummis und Briefmarken aufbewahrt. Auf dem Buffet im Wohnzimmer stehen noch mehr solche Schachteln mit Briefen, Zetteln, Briefmarken und eine ganze Batterie halbgeleerter Fläschchen mit Medikamenten.

Dieser elende Ramsch!, schimpft Alice, wenn sie unter sich sind. Wann werden wir endlich ausmisten können!

Die Fläschchen und Schachteln halten sich still. Julius müsste aufstehen und wie immer nach etwas suchen, nach Manschettenknöpfen, seiner Brille, einem Taschentuch, er müsste sich ärgern und nach Lina rufen, sie müsste ihn anraunzen und etwas zurückfauchen, Türen müssten quietschen, aufgerissen und zugeschlagen werden, die Katzen vor der Küchentür müssten nach Lina miauen, das Radio müsste Handorgelmusik spielen, Lina müsste die Buttermaschine drehen, Julius müsste dazu, lauter als die Handorgel und die Buttermaschine, aus der Zeitung vorlesen. Von allem ist nur noch die Hälfte da und kein Echo.

Kaum liegt Lina im Sarg, kommen die Kränze, danach Doktor Ryser mit einer Spritze für Julius und einer zweiten für Frieder. Alice rennt mit großen roten Flecken auf den Wangen hin und her. Doktor Ryser sagt, sie solle mit ihm nach oben gehen und sich eine Weile ausruhen, während er einen Gips für Frieder vorbereite. Im Parterre sind mehr Kränze im Wohnzimmer als Leute im Dorf. Rosa hält die Luft an und versucht, so lange wie möglich nicht einzuatmen. Die Kränze stinken und sind voll dunkler, gezackter Blätter.

Am Tag nach den Kränzen kommen die schwarz angezogenen Leute. Sie riechen komisch und verdunkeln das Wohnzimmer. Julius sitzt im Ohrensessel neben der Standuhr und ringt nach Luft. Alle wollen ihm die Hand drücken.

Das grüne Kanapee ist verschwunden. An der Wand steht der alte Tisch aus der Waschküche, und darauf türmen sich die Kränze auf.

Zum Glück sind alle Fenster offen, flüstert Alice Karl zu, der Geruch nach Mottenkugeln ist unerträglich.

Der Leichenwagen wartet bei Bachmanns auf dem Hofplatz. Die Leute tragen die Kränze wieder hinaus und hängen sie ringsum am Wagen auf. Ein Pferd hebt den Schwanz hoch und lässt ein paar Pferdeäpfel fallen.

Das wird ein langer Begräbniszug, sagt Alice zu Julius, bevor sie hinausgeht, alle sind gekommen.

Ist das wahr?, fragt er und beginnt zu weinen. Dann sind wir doch nicht ganz und gar verraten und vergessen. Bei einem ordentlichen Leichenschmaus muss man eine ganze Wirtschaft füllen!

Die dicke Bertha packt in der Küche ihre Torten aus. Bachmanns Hofplatz hat sich geleert, die Kirchenglocken läuten. Die Pferdeäpfel liegen allein da, ohne Lina, die sie immer für ihr Rosenbeet brauchte. Die Pferdeäpfel liegen nackt und leer im Sonnenlicht. Sie dampfen nicht. Keine einzige Schmeißfliege ist gekommen und hat sich darauf niedergelassen. Rosa steht am Fenster und starrt sie unverwandt an. Nichts rührt sich. Je länger sie die leeren Pferdeäpfel in der Sommerhitze anstarrt, desto deutlicher spürt sie, wie alles stillsteht. Die Sonne steht still. In den blühenden Fliederbüschen und Apfelbäumen vor den Nachbarshöfen ist jede Bewegung erloschen. Reglos stehen sie da, als seien sie verblasste Fotografien aus einem alten Album. Das Summen der Bienen, jeder Lufthauch ist verstummt.

Eine Ahnung, die noch zu überwältigend und bedrohlich für ihren kindlichen Körper ist, bemächtigt sich ihrer. Eines Tages würde sie nicht mehr zwischen verschiedenen Stockwerken hin- und herlaufen. Das Parterre würde leer und abgestorben sein, wie die Pferdeäpfel, der Flieder und die Apfelbäume. Nie mehr würde sie die Welt verzückt mit großen, weiten Lungenflügeln einatmen und sich mit allen Sinnen einverleiben, wie sie es bis da Tag für Tag getan hatte. Unaufhaltsam würde sie den Stimmen der Erwachsenen näher rücken, sich Tag um Tag ein Stückchen weiter von den Torfwegen unter ihren Fußsohlen entfernen und dem Stimmengewirr entgegenwachsen, auch wenn es noch einige Jahre dauern sollte, bis es auf gleicher Höhe in ihr Ohr dränge.

Noch sind Lungen und Herz nicht ausgerüstet, um der bedrohlichen Verengung ihrer Welt standzuhalten.

Sie weiß nicht, wie oft sich das Zentrum der Welt im Laufe eines Lebens verschieben kann. Mit der Zeit würden ihre Lungen lernen, sich in langgezogenen Wellenbewegungen über Jahre hin auszudehnen und zusammenzuziehen.

Von weit her dringt Julius' Stimme an ihr Ohr.

Rosali, flüstert er, wein du nur. Es geht wieder vorbei.

Sie dreht sich zu ihm um. Er hat die Augen geschlossen, aber seine Lippen bewegen sich noch. Jetzt erst merkt sie, dass ihr die Tränen übers Gesicht laufen. Sie sieht wieder zum Fenster hinaus. Die Pferdeäpfel sind mit Fliegen bedeckt. Ein Ruck geht durch sie hindurch, der sie von Kopf bis Fuß erzittern lässt und sie in den Umriss ihres kleinen Körpers zurückschiebt, aus dem wie gewohnt ihre kindlichen Aufschreie und Fragen hervorbrechen. Sie muss so heftig weinen, dass es sie schüttelt. Sie schleicht sich ans Bett.

Julius! Mir ist alles verleidet! Die Sonne steht still! Kann die Zeit auch sterben?

Nein. Julius öffnet die Augen. Die Zeit stirbt nicht. Am Ende ist immer die Zeit.

Hast du die Riesin schon einmal gesehen?

Niemand sieht sie, sagt Julius. Sie ist überall, wie die Luft.

Die Luft kann ich doch sehen!

Julius hat wieder die Augen geschlossen. Du musst warten. Du musst so lange warten, bis du vergessen hast, dass du sie sehen willst, dann ist sie plötzlich da.

Man sieht nur die Spuren der Zeit, sagt er noch, bevor ihm das Kinn wieder auf die Brust sinkt und er einnickt.

Rosa ist es recht, dass sie nicht mit den Erwachsenen zum Friedhof darf. Sie muss bei Julius bleiben und achtgeben, dass er nicht für immer einschläft. Wenn sie still sitzen bleibt, sieht sie vielleicht die Zeit. Ramsch ist ein schönes Wort wie

Dschungel und Schund, das sich im Mund breitmacht und an dem man lange etwas hat.

Eine trübsinnige Gesellschaft findet sich nach der Gerichtsverhandlung bei Beatrice Tanner in der Küche ein.

Mädchen, jetzt wird gearbeitet, jetzt ist fertig lustig.

Metzgermeister Lüthi donnert seine Hände mit gespreizten Fingern zu beiden Seiten auf den Tisch, dass das ungewaschene Geschirr vom Frühstück ins Wackeln gerät. Die Tassen haben abgesprungene Henkel, das grünlichbeige Plastiktischtuch ist von Rissen durchzogen und voller Brotkrumen, die die Feuchtigkeit von verschüttetem Milchkaffee aufgesogen haben.

Beatrice Tanner steht mitten in der Küche und hält sich die Ohren zu.

Alle haben sie hereingelegt, der Strahm, die Frauenärztin, deren Tabletten nichts nützten, Strahms Mutter, die sie ins Verderben stürzen wollte. Wenigstens muss Strahm ins Loch, das geschieht ihm recht.

Ihre Mutter sitzt, in ein gestricktes Dreiecktuch eingewickelt, im Korbstuhl beim Herd und fängt laut zu wimmern an. Sie wimmert seit Tagen. Ihre Haare sehen talgig aus wie ihr Gesicht, und ihr Blick ist hinter einem milchigen Film weggetreten.

Was du deiner Mutter antust!, sagt Lüthi vorwurfsvoll.

Beatrice starrt ihn finster an. Hundertvierzehn Franken fünfzig für die Untersuchung im Frauenspital, hundertzweiundfünfzig Franken fünfzig Gerichtskosten! Sie beginnt zu weinen.

Ein Glück, dass der Kreuzwirt letzten Sommer vom Schlag getroffen wurde. Zwar steht er wieder hinter dem Tresen, aber den rechten Fuß schleift er nach, und die rechte Hand ist eingerollt und blaurot verfärbt. Die Kreuzwirtin muss neben der

Küche auch noch Bier zapfen. Beatrice könne ab sofort halbtags arbeiten, teilte sie ihr kurz und bündig mit, und wenn sie sonst keine Dummheiten mache, könne sie bleiben.

Sie reißt die Tür zu ihrer Kammer auf, geht mit geballten Fäusten auf das Bett los, reißt das Bettzeug ab und zeigt voller Zorn auf die Matratze.

Da! Schau dir das an!, schreit sie zu Lüthi hinüber. Ich habe mein Lebtag gearbeitet und getan, was ich konnte. Ich brauche eine neue Matratze! Wie soll etwas anders werden mit so einer Matratze! Und die Wände brauchen einen Anstrich!

Lüthi schnalzt mit der Zunge und lehnt sich mit verschränkten Armen im Stuhl zurück. Wohl, wohl. Er nickt. Wir werden sehen, was sich machen lässt. Vorerst einmal gründlich putzen, dann sähe es hier schon anders aus.

Beatrice steht mit hängenden Armen in der Tür zu ihrer Kammer. Was werden wir sehen, rumort es in ihr. Wie sollte sie die armselige Behausung, ihr armseliges Dasein anders sehen. Putzen! Selbst wenn sie die schlaffen Fenstergardinen waschen sollte, die fleckigen Fenster putzen, das Tischtuch, den Tisch, den Fußboden schrubben, die Ärmlichkeit, die an allem haftete, röche immer noch nach Ärmlichkeit.

Sie horcht nach innen, wo sich alles zusammenballt, die Bitterkeit, die sich jetzt in ein Übelkeitsgefühl verwandelt, dem eine große Leere folgt, die alles vernichten kann.

Wenigstens für Lilo!, ruft sie in die Küche hinein. Lilo hat ein Anrecht!

Das Übelkeitsgefühl kriecht innen in ihrer Brust herum und in die Eingeweide hinab. Die seltsamsten Wörter fallen ihr plötzlich ein, glasklar und strahlend hell. Wenn man die Welt einen einzigen Augenblick lang strahlend hell sehen könnte, müsste es dann auch in einem selber strahlend hell sein? So trüb wie das Leben ist, könnte es sich ebenso gut auslöschen. Lilo soll nicht bei denen sein, die den andern nur nachschauen, wenn sie lachend weitergehen, in ein besseres Leben hinein, sie soll nicht hintanstehen müssen und wissen, dass sie immer zurückbleiben wird.

Trini, wie immer ungerufen, stößt die Küchentür auf. Beatrice Tanner, fängt es an, geboren am vierten Mai neunzehnhunderteinundzwanzig ...

Du hast mir gerade noch gefehlt, du Totsch! Beatrice Tanner geht mit erhobenen Fäusten auf Trini zu, das einen gellenden Schrei loslässt und Reißaus nimmt.

Was tust du! Die alte Frau Tanner hat sich aufgerichtet und schaut ihre Tochter entgeistert an. Versündige dich nicht! Gib Trini etwas zu essen!

Beatrice Tanner dreht sich immer noch voller Zorn zu ihrer Mutter um, dann lässt sie die Arme sinken. Ach was, versündigen, gibt sie zurück, du musst immer übertreiben.

Sie fühlt eine tiefe Genugtuung darüber, dass sie jemanden wie Trini verjagen kann. So umhergestoßen und zurückgeblieben wie dieses Unglücksmensch wird sie nie sein.

Lüthi steht auf und geht zur Tür. Wir werden sehen, sagt er noch einmal und verschwindet.

Nach Linas Begräbnis flattert eines schönen Tages, man weiß nicht, wie der Wind geweht hat, die letzte große Rechnung ins Haus an der Dorfstraße acht.

Brunner, Julius Gottlieb wird verurteilt

zur Bezahlung an den Staat der für die Abtreibungshandlungen empfangenen Zuwendungen im Gesamtbetrag von Fr. 885.–

die Kosten der Untersuchungshaft inkl. Internierung in der Heil- und Pflegeanstalt Waldau im Betrage von Fr. 1059.10.–

die Kosten für die Ausarbeitung des psychiatrischen Gutachtens vom 3. Dezember 1949 im Betrage von Fr. 250.–

Das liebe Geld! Karl fährt sich mit beiden Händen durch

die Haare, dann steht er mit einer heftigen Bewegung vom Esstisch auf, an dem er Zahlen addiert hat.

Ist das denn menschenmöglich! Wie oft hätten meine Eltern für dieses Geld schon zu uns kommen können!

Er zieht einen Artikel aus seiner Aktentasche, der im Kreisfeldener Tagblatt erschienen ist. Und das hier! Er klopft einige Male mit dem Handrücken auf die zusammengefaltete Zeitungsseite. Sollen wir so etwas abheften oder wegwerfen? Aufbewahren? Wofür?

Alice nimmt das Blatt stirnrunzelnd an sich und liest den Artikel einige Male durch.

Der Kriminalkammer des Kantons Bern, die infolge des Geständnisses aller Angeklagten ohne Zuziehen der Geschworenen tagte, war wegen gewerbsmäßiger Abtreibung ein hochbetagter Landarzt überwiesen worden. Dieser musste wegen des gleichen Delikts, das er zum Teil aus Komiserationsgründen, zum andern Teil sicher aber aus gewinnsüchtigen Motiven beging, schon vor einigen Jahren von einem Amtsgericht verurteilt werden. Im Zusammenhang mit zwei neuen, 1949 begangenen, verbotenen Handlungen stellte die Voruntersuchung jedoch fest, dass der Arzt auch schon vor der ersten Verurteilung gleiche Delikte begangen hatte, die damals nicht zur Verurteilung führten, da sie unbekannt blieben. Für die meisten der Frauen, die den Arzt aufsuchten, ist die Verjährung eingetreten, nur dem einen Manne, der kriminell vorbestraft ist und die früheren Strafen noch nicht verbüßt hat, wurde der bedingte Strafvollzug verweigert.

Der Arzt wurde, unter Rücksicht auf sein hohes Alter, das ihm die klare Unterscheidung erschwerte, als in vermindertem Grade zurechnungsfähig erklärt, so dass die Strafe statt auf das Minimum von drei Jahren Zuchthaus auf drei Jahre Gefängnis angesetzt werden konnte. Dies bewahrt ihn vor der Einstellung in den bürgerlichen Rechten.

Ebenso wurde gerichtlich von dem Verbot der Berufsausübung abgesehen, da der Arzt ohnehin nicht mehr praktizieren kann noch will.

Die Kammer lehnte auch die vom Psychiater beantragten sichernden Maßnahmen (Einweisung in eine ärztlich geleitete Anstalt) als nicht erforderlich ab, doch beschloss sie die Überweisung der Akten an die zuständige Vormundschaftsbehörde zum eigenen Schutze des Greises. Er selbst war wegen seines hinfälligen Zustandes vom persönlichen Erscheinen dispensiert.

Aufbewahren, entscheidet Alice, nein, auf keinen Fall, sagt sie gleich darauf, weg mit dem Plunder.

Dann beginnt sie zu lachen und kann das Lachen nicht mehr eindämmen. Es steigert sich in etwas Schrilles hinein, Töne, die sie noch nie von sich gegeben hat. Karl tritt verlegen von einem Fuß auf den andern, sagt beschwichtigend: Aber, aber, Alice, beruhige dich doch, und streicht ihr über die Haare. Sie wird von haltlosem Schluchzen geschüttelt. Hysterisch!, schießt es ihr durch den Kopf, jetzt bin ich hysterisch!

Vermindert zurechnungsfähig!, keucht sie schließlich und krallt sich mit beiden Händen an Karls Armen fest.

Am Äquator müsste man leben, sagte der alte Brunner, wenn er im Sommer vor seinem Tod bei mildem Wetter hinter dem Haus saß.

Dort weht der Passat und fächelt dir den lieben langen Tag sanfte Luft zu, immer gleich.

Julius Brunner konzentrierte sich auf die Luft, die Winde, den Himmelsraum. Früher ging er auch leidenschaftlich gern schwimmen, aber eher, um sich abzukühlen, als um sich fortzubewegen. Schwerlich hätte man ihn überreden können, ein Segelboot zu betreten. In seinen Geschichten kommt kein Ruderboot vor, nicht einmal ein Dampfschiff. Und gewiss hätte es ihn nie verlockt, zur See zu fahren. Nie hat er Ebbe und Flut erwähnt. Die Luft faszinierte ihn zwischen Himmel und Erde, nicht auf dem Meer.

Es würde mich freuen, wenn du mir ein wenig von deiner Umgebung und dem Meer, das ich nie gesehen habe, erzählen könntest, schrieb er seiner Tochter Flora nach Amerika.

Er bekam nie eine Antwort.

Hinter seiner Gebrechlichkeit blieb etwas von seiner früheren Mächtigkeit spürbar, ein verhallender Ton, den das geschwächte Herz, das an seiner eigenen enormen Vergrößerung einging, langsam verschluckte.

Nach seiner Beerdigung sah Rosa zum ersten Mal eine Dorfwirtschaft, die bis zum letzten Platz gefüllt war. Es kamen noch mehr Leute als bei Lina und dazu ganze Verwandtschaften, die man jahrelang nicht gesehen hatte oder überhaupt nicht kannte. Julius' alte Schwester Elise mit den gelackten Fingernägeln hutzelte zwischen den Tischen umher. Sogar Alice blickte sich zufrieden um und meinte, es sei doch schön, dass man sich nicht ganz auseinandergelebt habe. Nur wenn einer seiner alten Korpsbrüder ihr den Stumpenrauch ins Gesicht blies, wandte sie sich angewidert ab.

Die Leute reichten sich den Oberfeldener Anzeiger weiter, in dem ein kurzer Nachruf abgedruckt war.

Im Alter von 77 Jahren ist Julius Brunner, Arzt, dahingerafft worden. Im Jahr 1918 hatte er seine Praxis angetreten und einen weiten Kreis von Klienten betreut. Die letzten Lebensjahre waren von schweren Schicksalsschlägen umwittert, von schwerer Krankheit umdüstert und auf den engsten Familienkreis beschränkt; der Tod war ihm Erlösung.

Rosa hielt es nicht auf einem Stuhl. Sie quetschte sich zwischen Tischen und Stühlen durch, schaute in die erhitzten Gesichter und hörte den Geschichten zu, die sich die Leute erzählten. Ab und zu ging sie vor die Tür und blickte zum Himmel hoch. An glutheißen Sommertagen kam es vor, dass sich der Ballon in einer Luftspiegelung zeigte. Ein hauchdünn gedrehtes Band flimmerte von ihm in die Gegenwart herab, das sie sich, dreimal rechts herum, dreimal links herum, ums Handgelenk wickeln konnte. Feinster Sand rieselte durch die Luft, im Gegenlicht glitzerte ein Vorhang aus lauter Quarzteilchen.

Any story told twice, is fiction.

Grace Paley

Als mein Großvater in die Waldau eingeliefert wurde, war ich knapp zwei Jahre alt. Ich habe keine persönlichen Erinnerungen an die Ereignisse jenes Sommers.

Im Staatsarchiv des Kantons Bern liegt eine Akte von achthundert Seiten über seine Abtreibungsprozesse und die Verhöre der Frauen, die hier zur Sprache kommen.

In der Waldau konnte ich Teile seiner Krankengeschichte einsehen.

Die kursiv gesetzten Textstellen stammen aus diesen Unterlagen und aus einigen Briefen, die noch von ihm existieren.

Mein Großvater starb, als ich fünf Jahre alt war. Ich erinnere mich an seine Atemnot und an seine Zuneigung.

Aus der Erinnerung an ein Lebensgefühl, das in heiße Sommer eingebettet war, aus den Erzählungen der Familie und einigen Hinweisen aus den Tagebüchern meiner Mutter habe ich sein Leben erfunden und Kunstfiguren geschaffen, die eine fiktive Familie bilden.

Die Namen aller Personen sind anonymisiert.

DANK

Die Autorin dankt folgenden Institutionen
für die großzügige Unterstützung an diesem Buch:

Stadt Bern, Abteilung Kulturelles

Kultur
Stadt Bern

Erziehungsdirektion des Kantons Bern

SWISSLOS
Kultur
Kanton Bern

Bundesamt für Kultur

UBS Kulturstiftung